本书出版获西南民族大学中国语言文学博士一级学科建设经费资助

教育部文人社会科学研究青年基金项目"少数民族网络文学批评的学理研究"（17YJC751043）

西南民族大学中国语言文学学术文丛

N ew Media Poetry and
Cultural Modernity

徐杰 / 著

新媒体诗歌
与文化现代性

社会科学文献出版社
SOCIAL SCIENCES ACADEMIC PRESS (CHINA)

目　录

绪　论

　　只要我们能够平心静气地走进网络诗歌，就会看到网络诗歌的蓬勃和新鲜，就会惊讶它的汪洋之势和年轻的生命力。尽管，那里还是，而且很可能长时期都会是一个泥沙俱下的现场，但是汪洋之中的确不乏优秀的网络诗人和诗歌，这是我们不能熟视无睹的。如果中国诗歌放弃或缺乏对网络诗歌的把握和研究，那么，摆在我们面前的诗歌现场不仅仅可疑，我甚至认为根本不真实。①

——梁平

　　如果说网络小说已然成为网络文学商业性的成功典范的话，网络诗歌则是在多样性、实验性和批判性上独树一帜。我们看到中国网络诗歌经历了审美范式的转换，从挑衅十足的先锋性和道德伦理的叛逆性到追求经典诗歌的社会功能性重置。②

——贺麦晓

无处不在的网络媒介与持续升级的手机、VR、AR 和 AI 等硬载体，它们的完美结合彻底改变了 21 世纪人类的感知比率、思维模式、人际交往、消费关系和工作方式等。当代人将手机置于掌中戳戳点点，好似古代君王批阅奏章，俨然指点江山之态。我们每个人似乎都处在世界的中心，可以知晓全天下的资讯，可以点评生活中

---

① 梁平：《阅读的姿势——当代诗歌批评札记》，四川文艺出版社，2014，第 7 页。

② Michel Hockx, *Internet Literature in China*, New York：Columbia University Press, 2015, p.141.

的种种事件，可以获取脑海中能想到或不能想到的任何物质商品。我们透过新媒体以君临天下的姿态面对、处理和改变世界。可以说这是一个名副其实的"新媒介时代"，中国与世界同处于这个时代。网络为中国的发展提供了坚实的技术基础与媒介动力，催生了新经济发展、"新业态"、"新基建"和"新治理"等。同时，网络本身的"去中心化"让所有的人又处在"非中心"的身份姿态中。"网络技术"话语意味着去身份化的个体自由、人与人的平等、价值形态的多元和权力的分散等。技术逻辑也让我们陷入思维的碎片、精神的漂浮和价值观的混乱之中。媒介技术的一路狂奔让人类窥视到可能的"后人类"未来，灵魂和精神被远远地抛在后面。新媒体文艺逐渐成为承载网络新媒介时代人类精神的新美学形态。

　　在希利斯·米勒宣称"文学终结论"20余年后的今天，文学在中国不但没有被终结，反而以网络文学的形式绝地逢生并成长为中国甚至世界的文学奇观，与美国好莱坞电影、日本动漫、韩国电视剧构成"四大文化现象"。[1] 根据2022年中国社会科学院发布的《2021中国网络文学发展研究报告》，截至2021年12月，中国网民规模达到10.32亿人，网络文学的用户达到5.02亿人。[2] 正如古典绘画艺术遭遇摄影技术之后，却意外地发展出现代主义和后现代主义一样，文学在传统媒介中式微，却在数字媒体之中以一种意想不到的形式保持着文学的狂欢。2015年10月，《中共中央关于繁荣发展社会主义文艺的意见》明确指出"大力发展网络文艺"。[3] 这为新媒体文学的发展提供了一种发展方向、思想指引和话语支持。在这样的文化和时代大背景之下，新媒体文学的创作和批评是当下和未来中国文学实践的重要方向。

---

① 欧阳友权：《改革开放视野中的网络文学20年》，《中州学刊》2018年第7期。

② 《2021中国网络文学发展研究报告》，http://lit.cssn.cn/wx/wx_yczs/202204/t20220407_5402451.shtml。

③ 《中共中央关于繁荣发展社会主义文艺的意见》，《人民日报》2015年10月20日，第2版。

　　不过，新媒体文学批评并非铁板一块，在文类风格、审美范畴和价值取向等方面存在明显的话语分裂趋势。我们以新媒体文学的重心"网络文学"为例。当谈及"网络文学批评"时，大家熟知的理论家是欧阳友权、陈定家、单小曦、黄鸣奋、邵燕君、马季、黎杨全、周志雄等。说起"网络诗歌批评"（或者说"新媒体诗歌批评"），我们谈及的又是另一批理论家，如陈仲义、张德明、张立群、李少君、罗振亚、吴思敬、霍俊明、罗小凤、蒋登科等。两批学者之间对网络文学研究的核心议题少有交集：前者关注网络文学商业性（马季），网络文学评价体系建构（欧阳友权），网络文学对传统文学资源的吸收和海外传播（陈定家），新媒介文艺的价值观、价值标准和价值系统（单小曦），网络文学的经典化（邵燕君）等；后者更多关注"网络诗歌十年"现象研究（陈仲义），新媒体诗歌与公众世界的新关系（罗小凤），网络诗歌的审美日常化和消费性（张德明）、网络诗歌的大众文化特征（张立群）、网络诗歌作为新世纪诗歌的新质（李少君）等。从文学话语角度来说，"网络文学批评"与"网络诗歌批评"应该是包含与被包含的关系，而在文学批评实践中却呈现暂时的平行状态。

　　究其原因，一方面，从当下默认的概念指称来说，"网络文学批评"等于"网络小说批评"。诗歌和小说作为不同的文学门类，在中国文学史中往往意味着"雅"与"俗"，"庄重"与"渺小"，性情、胸襟的抒发与物质、生活世界的还原。① 随着梁启超的《论小说与群治之关系》的发表和鲁迅的小说写作实践，小说在中国的地位日渐提升，力量日渐壮大。中国文学文体的历史版图逐渐改变。进入 21 世纪之后，网络小说的锋芒绝对地掩盖了网络诗歌，以至于当我们谈及网络文学时被默认为在谈论网络小说。

　　另一方面，"网络小说"与纸媒小说之间是一种对抗、冲击和颠覆的"革命"关系，而"网络诗歌"与纸媒诗歌之间是一种继承与

---

① 谢有顺：《成为小说家》，北岳文艺出版社，2018，第 8~9 页。

延伸的关系。网络小说写作中的"算法逻辑""素材数据库""叙事模板",阅读中的"爽点逻辑",题材中的"玄幻""穿越""仙侠""悬疑",传播中的付费制度、IP 全媒体改编等,无不体现网络小说与"前网络小说"之间本质的差异。网络诗歌则大不相同,网络诗歌本身就是 21 世纪诗歌最重要的组成部分,与纸媒诗歌形成一种互生的媒介生态关系;引领"网络诗歌十年"的诗人绝大部分是在 20 世纪 90 年代已经小有名气的诗人,比如"下半身写作"的沈浩波、创办"界限诗歌网"的李元胜、创办"诗生活论坛"的桑克等;从整体上看,网络诗歌的题材选择、写作形态和审美精神与纸媒新诗并无本质的差异。

相较于网络小说的商业性、媚俗性和媒介性倾向,网络诗歌的反叛性、高雅性和语言诗性让其更具有文化现代性特征。网络小说不能完全代表网络文学,更不能等同于网络文学。诗歌语言的凝练、短小与网络媒介的碎片化、即时性等形成"媒介 + 艺术"的绝配。网络诗歌不应也不能被网络批评话语边缘化。因此,新媒体诗歌批评的一个目的便是将边缘化的网络诗歌拉回与网络小说的平等话语关系中。

值得重点指出的是,我们选择"新媒体诗歌"而非"网络诗歌"作为研究对象,并非简单地生造一个陌生的新概念替代熟悉的旧概念。原因有三。(1)"新媒体"是"网络"的"上位概念"。在依寓的媒介上,"网络"只是新媒体的一种;新媒体除了网络媒体还包括各种终端技术,如手机、数字杂志、数字报纸、数字广播、触摸媒体、互动式数字电视等。(2)"新媒体诗歌"与"网络诗歌"所指范围存在大小之别。"新媒体诗歌"不仅包括"网络诗歌"(网站诗歌、博客诗歌、微博诗歌、微信诗歌),还包括音频类诗歌(如"为你读诗"、"读首诗再睡觉"和"第一朗读者"等)、公共空间诗歌(地铁诗歌、公园诗歌、街头诗歌吟诵)、视频类诗歌(诗歌朗诵短视频,如《诗刊》与快手合作的"快来读诗"、抖音的"陪你读诗"等)。"新媒体诗歌"本身意味着强大的"跨媒介性",① 比如"超文本诗歌""音画诗",而"跨媒介性"并不简单地意味着"网络性"。(3)"新媒体诗歌"概念可以规避"网络诗歌"的"字义前见"和定义纷争。"网络诗歌"这个"新称谓"总是被置于"经典诗歌"的对立面,从而背负上"浅薄""粗鄙""戏耍""草根"等"前见"。"新媒体诗歌"这个概念更中性化,并没有太强的负面符号性。同时,不少学者认为"网络诗歌"只能是网络原生诗歌,即创作、发布和传播于网络的诗歌,这大大局限了"网络诗歌"的范围。在互联网新媒体时代,纸媒诗歌在很大程度上被"新媒体化"了。这些层出不穷的新媒体时代的诗歌现象不能被排除在"新媒体诗歌"研究之外。当然,"网络诗歌"依然是"新媒体诗歌"研究的重点,因此,本书在行文过程中时常会以网络诗歌来表征新媒体诗歌。

新媒体诗歌批评历史地形成了诗学话语杂语共生的状态。通过对新媒体诗歌的研究的梳理,我们发现文献主要集中在"网络诗歌"中。1999~2008 年被学者们称为"网络诗歌十年",其艺术追求和审美精神迥异于 2008 年之后的网络诗歌。其原因与其说是网络诗歌的媒介形态从网站论坛走向博客、微博和微信,还不如说是网络诗歌对"诗性"本质的回归。网络诗歌首先是"诗歌",然后才是"网络"。网络诗歌的出现和存在改变的是诗歌写作、阅读和传播中的文学生态,而非诗歌的内在本质和评价标准。好的诗歌或者优秀的诗歌永远保持着与现代社会的距离。诗人们永远不愿被均质化和单面化,他们通过诗歌保持与消费文化、工业社会若即若离的张力:既不臣服于时代,也不脱离时代。

较之于网络小说的研究,网络诗歌的研究显得冷清许多,不过也

---

① 比如 2021 年成都美术学院主办了一场名为"'诗融体'Amalgamata——跨媒介的诗歌艺术"的艺术展览。这场展览设置了"诗影像""诗绘画""诗摄影""诗手稿""诗装置""诗翻译"6 个模块,让我们看到了诗歌在新媒体时代跨媒介的无数种艺术可能性。

不乏充满深刻洞见的学术著作。这些学术著作以不同的方式来言说网络诗歌。第一种是将"网络诗歌"独立于其他文学样态，比如张德明的《网络诗歌研究》①、杨雨的《网络诗歌论》②、孙旭光的《与面具共舞——中国网络诗歌现状研究》③ 和吕周聚等的《网络诗歌散点透视》④。这些成果主要从诗歌活动的主体、观念变革、存在形态、文学活动、主题模式、语言文本形式和审美形态等维度思考网络诗歌。第二种是将"网络诗歌"置于多元化的"新世纪诗歌"范畴中进行思考，比如陈仲义的《中国前沿诗歌聚焦》⑤ 集中探讨网络诗歌前十年（学界称为"网络诗歌十年"）的流派论争与审美新质（如"游戏性""泛诗化""无厘头"等），也前瞻性地研究了网诗新文类（如"数位诗歌""新具体诗""多向诗""多媒体诗歌""互动诗"等）。宋宝伟的《新世纪诗歌研究》⑥ 着重探究网络诗歌三大平台（诗歌网站、诗人博客、网络论坛）中网络媒介与诗歌形态的关系。殷海洁（Heather Inwood）的《爆红的诗歌：中国新媒体场景》（*Verse Going Viral*：*China's New Media Scences*）重点分析了诗歌论坛中成长起来的诗歌流派，特别是"垃圾诗派"的身份认同问题。⑦ 第三种是将"网络诗歌"视为"网络文学"的异质性组成部分，并研究其文本及物性和社会介入性。美国学者贺麦晓（Michel Hockx）的《网络文学在中国》（*Internet Literature in China*)⑧ 主要思考的是诗歌与社会之间的互构关系，比如"诗歌论坛"、"诗生活网"、"中国诗人网"和"今天诗歌

---

① 张德明：《网络诗歌研究》，中国文史出版社，2005。

② 杨雨：《网络诗歌论》，中国文史出版社，2008。

③ 薛梅：《与面具共舞——中国网络诗歌现状研究》，中国戏剧出版社，2013。

④ 吕周聚等：《网络诗歌散点透视》，中国社会科学出版社，2015。

⑤ 陈仲义：《中国前沿诗歌聚焦》，中国社会科学出版社，2009。

⑥ 宋宝伟：《新世纪诗歌研究》，中国社会科学出版社，2015。

⑦ Heather Inwood, *Verse Going Viral*：*China's New Media Scences*, Seattle and London：University of Washington Press, 2014.

⑧ Michel Hockx, *Internet Literature in China*. New York：Columbia University Press, 2015.

论坛"中的网络诗歌与公共空间的互动。网络诗歌批评是一个随诗歌现实而持续性自我完善的过程。

网络诗歌的研究让我们看到新媒体时代诗歌批评的媒介逻辑、理论价值和文化属性，不过既有理论构建还存在一些欠缺。

第一，学者对网络诗歌的思考更多地偏向于诗歌存在的形态和诗歌内部语言形式的分析。换句话说，现有研究着重于艾布拉姆斯文学四要素中的三要素：作品、作家、读者，而忽略了"世界"维度。新的诗歌现象和文本形态让学者和诗歌评论家聚焦于网络诗歌以下现象之中，比如"无门槛"的自由狂欢、先锋的诗歌精神和诗歌的流派之争。于是，网络诗歌批评与当下时代的精神状况、社会现实和伦理诉求等被忽略性地隔离开来。

第二，网络诗歌的文本批评和理论阐释为了强调对象存在的合法性，往往过于强调超文本、互动性、商业性和狂欢性等文类审美新质。然而，具备这些特征的网络诗歌要么是占比较小的先锋性或实验性作品，要么是即兴之作、平庸之作或游戏之作。

第三，既有研究进行理论阐释所借助的诗歌材料往往直接来自网站、论坛或博客。网络诗歌质量的参差不齐对于研究者的审美判断力是一种考验。当下人们对网络诗歌的不满，与其说是失望于作品的良莠不齐，不如说是悲观于诗歌评价标准的混乱。诗歌批评不就是沙滩捡贝壳，甚至挑珍珠的过程吗？诗歌批评不也是对网络时代诗歌标准建立的一种尝试吗？网络诗歌的研究对象不是海沙而是珍珠，是兼具审美性、思想性和结构性的艺术作品。只有这样的作品才能充分体现网络诗歌的现代性经验，在时代精神和语言追求、及物写作和个人化写作、公共精神和个体体验之间找到独特的现代性张力。网络诗歌研究不可能也没必要将所有网络诗歌作为对象，其中一定渗透着审美性和价值性的文化选择。

从"网络诗歌"研究的综述中，我们明白了一个事实：新媒体诗歌并不是一个既成的、固定的物质对象，而是一个精神性的、动态性的美学文本。我们不能用物理主义的"是什么"来规约新媒体诗歌，而应该以人文主义的"应怎样"来期待新媒体诗歌。这决定着新媒体诗歌批评以何种姿态选择和批评数字新媒体中的诗歌作品、诗歌现象和诗歌潮流。

本书的理论探讨所涉及的诗歌作品主要是《中国诗歌》杂志的"网络诗选"系列，微信诗歌"年鉴"与"诗选"，诗人小鱼儿等主编的《中国网络诗歌年鉴》①，"诗生活网"的"诗生活月刊"、"中诗网"的"中诗简牍"和"中国诗歌网"的"诗歌周刊"等"网刊"，以及2001～2021年"藏人文化网"和"彝族人网"②中的所有网络诗歌作品。"诗选"、"年鉴"、"网刊"和民族诗歌网站里的作品在质量上得到了编辑和出版社前期工作的保障③，并且其遴选的作品范围几乎涉及所有的诗歌网站或新媒体平台。以网络诗歌的"诗选"和"网刊"等为对象，可以最大限度地排除网络诗歌无难度写作和商业性等方面的负面倾向。比如阎志等主编的"网络诗选"

① 小鱼儿等主编《中国网络诗歌年鉴（2006）》，环球文化出版社，2006；《中国网络诗歌年鉴（2007～2009）》，一行出版社，2009；《中国网络诗歌年鉴（2012）》，一行出版社，2013；《中国网络诗歌年鉴（2015）》，一行出版社，2016；《中国网络诗歌年鉴（2016）》，一行出版社，2017；《中国网络诗歌年鉴（2018～2019）》，一行出版社，2019。

② 网络诗歌的研究不能等同于汉族网络诗歌研究，应该是包括所有少数民族在内的"多民族网络诗歌"研究。从根源上说，中华民族本身就是多元文化共生的。21世纪初，文学理论界出现了从少数民族文学到"多民族文学"范式的转移。学者们逐渐意识到无论是在中国古代文学史还是在现当代文学史之中，少数民族文学都是一种缺席和不在场的状态。大量的少数民族文学作品被忽视和遮蔽。但是，中国文学史的书写并不等于"汉族文学＋少数民族文学"，而是要从多民族文化和文学之间互动性生成的视角来进行书写。在这个意义上，网络诗歌概念之中包含多民族网络诗歌的存在与互动，换句话说，网络诗歌也可以称为多民族网络诗歌。同时，像藏人文化网的"文学频道"的主编刚杰·索木东本身也是著名诗人，这对于网络诗歌的选择来说意味着有更为专业的保证。

③ 比如"诗生活网"的网刊"诗生活月刊"（2000～2010）完全是按纸质的普通期刊标准来编辑的，有责任编辑、出版日期和版权声明，有封面，内容之中有插图。

系列扉页上写道："拒绝广告，谢绝赞助，设立诗界年度最高奖，倡导诗意健康的人生，为诗的纯粹而努力。"可以说，"诗选"、"年鉴"和"网刊"代表着纸质刊物和出版社对网络诗歌的"规训"，这涤除了网络诗歌当下所存在的"非诗意化"、"低俗化"、"商业化"和"功利化"倾向。

与此同时，新媒体诗歌批评并不局限于作品的分析，还对各种诗歌事件、诗歌现象和诗歌思潮进行反思。比如"为你读诗""读首诗再睡觉""第一朗读者"等音频类诗歌现象和"快来读诗"等视频类诗歌样态都会成为本书关注的重点。新媒体诗歌以"音频"、"视频"和"图画"等方式进行"跨媒介"呈现，我们偏重于诗歌"跨媒介"现象的学术思考，而非对其传播的诗歌进行文化批评，毕竟大量跨媒介的诗歌作品最初依寓的是纸质媒介。从"梨花体"到"羊羔体"、从"余秀华现象"到"贾浅浅事件"等，读者关注的与其说是诗歌作品本身，不如说是"诗歌事件"。"诗歌事件"是新媒体诗歌批评迥异于传统诗歌批评的重要维度。

面对新媒体诗歌在当下的种种问题，学者写了大量的文章来批判新媒体诗歌的商业化倾向、游戏性消费、口水化写作、快餐式阅读等。不过谈及新媒体诗歌应该怎样，学者又偏向于口号式政策呼吁，比如说网络诗歌要发展就必须去除技术性和商业性对诗歌创作的影响，让诗歌人文精神恢复起来等。这些不过是中国现当代文学困境皆可适用的、老生常谈的学术套语。本书尝试探究新媒体诗歌的种种新文学现象与当下媒介话语、商业逻辑和文化精神的关联，思考新媒体诗歌本身所具有的及物性写作、先锋实验和跨媒介写作与当下中国话语、中国精神、共同体构建等的互动，从而建构新媒体诗歌现代性经验的话语方式，在新媒体诗歌的启蒙现代性建设和审美现代性反叛中找到张力的平衡点。这样的理论探索对于新媒体诗歌理论话语建设是有学术性和现实性价值的。

第一章

新媒体诗歌及其现代性话语的学理逻辑

> 如果把握住"断裂"这一关键性的问题，就可以理解文学的现代性的真实含义。一方面，文学艺术作为一种激进的思想形式，直接表达现代性的意义，它表达现代性急迫的历史愿望，它为那些历史变革开道呐喊，当然也强化了历史断裂的鸿沟。另一方面，文学艺术又是一种保守性的情感力量，它不断地对现代性的历史变革进行质疑和反思，它始终眷恋历史的连续性，在反抗历史断裂的同时，也遮蔽和抚平历史断裂的鸿沟。①
>
> ——陈晓明

20 世纪末到 21 世纪初，中国文艺理论界热衷于对"文化现代性"（或"审美现代性"）的探讨，而后其理论热度逐渐被其他时髦学术话题代替。但是，正如哈贝马斯所说的"'现代性'——一项未竟的设计"，② 今天我们依然处于科学、理性和进步等意识形态的现代性进程之中，这也是新媒体文学之于文化现代性的社会语境，更是对其进行现代性思考的价值所在。我们在此着重探讨以网络诗歌为标志的新媒体诗歌如何介入并建构中国的文化现代性。

---

① 陈晓明：《现代性与文学研究的新视野》，载陈定家选编《审美现代性》，中国社会科学出版社，2011，第 77 页。

② 于尔根·哈贝马斯：《现代性的哲学话语》，曹卫东译，译林出版社，2011，作者前言第 1 页。

第一节　西方现代性话语与中国文学现代性实践

"现代性"的内涵是一种语义"星丛"（"家族相似"）式的存在，这带来其概念界定的多重性和多维度性。"现代""现代性""现代化""现代主义"等概念在理论话语和日常生活中的混用，让我们更无法认清其错综复杂的面貌。"现代"主要是指文艺复兴以后的社会历史，特别是指 17 世纪启蒙运动后的社会结构和思想的转变①；"现代主义"是 19 世纪中叶到 20 世纪中叶的文艺思潮；"现代化"更多出现在政治经济和社会发展的话语之中。

什么是现代性？无论是波德莱尔还是卢梭都将"现代性"视为与传统性或古典性存在差异的概念。同时，"现代性"容纳着各种富有弹性的异质言说，或者说具有自反性倾向的理论内义。以科学理性对世界的祛魅为前提，"现代性"往往意味着进步观念、科学精神、技术理性、可测量的时间、理性崇拜、世俗观念、事实判断与价值判断的分离等。比如弗洛伊德认为哥白尼的"日心说"、达尔文的"进化论"和自己的"精神分析"以不同的方式从科学角度颠覆了基督教的学说。"当知识的发展不再求助于宗教教义来证明其合法时，也就意味着科学知识脱离了宗教，转向世俗解释。"② 祛魅后，个体从内嵌于世界的原初状态中割离出来。人们无所依靠，只能通过理性和知识获得自信。然而科学带来的过度自信导致人以"上帝"自居，人纯粹从自身的需求和欲望角度对自然颐指气使、索取无度。通过艺术的独立性和反叛性，波德莱尔的"审美现代性"（卡林内斯库称为"文化现代性"，维尔默称为"浪漫现代性"）批判了此种

① Zygmunt Bauman, *Modernity and Ambivalence*, Cambridge: Polity, 1991, p. 10.
② 周宪：《审美现代性批判》，商务印书馆，2005，第 116 页。

启蒙现代性。

简单地说，"现代性"涉及两个层面："一个层面是社会的现代化，它体现出启蒙现代性的理性主义对社会生活的广泛渗透和制约；另一层面则是以艺术等文化运动为代表的审美现代性，它常常呈现为对前一种现代性的反思、质疑和否定。"① 前者以韦伯、阿多诺和哈贝马斯为代表，后者以波德莱尔、齐美尔和福柯为代表。②

启蒙现代性和文化现代性是相反的话语存在。在鲍曼那里，启蒙现代性意味着"统一、一致、绝对和确定"的"秩序性"，文化现代性意味着"秩序的他者"，即非逻辑性、非理性、混乱、差异和矛盾。③ 在泰勒看来，启蒙现代性意味着"科学意识、世俗观念、工具理性、城市化、工业化等"，文化现代性则意味着与之相反的反思性的内容。④ 可以说，启蒙现代性追求平均一律的秩序性、普遍性、确定性、统一性和永恒性，强调理性主义和科层化等工具理性；文化现代性却追求无序的混乱性、差异和个性的地方性、意义的含混性和不确定性、自然感性的零散化以及相对性和短暂性，强调感性、欲望和审美－表现性。⑤

在这之中有两个概念需要澄清："文化现代性"和"审美现代性"。卡林内斯库将文化现代性等同于审美现代性，哈贝马斯将审美现代性视为文化现代性的一部分。文化现代性与审美现代性之间是一种模糊的等同或者包含关系，而这种状况也是博弈后的平衡。

前者是对生活世界宏大、完整规划，后者曾是现代性的急

---

① 周宪：《审美现代性批判》，商务印书馆，2005，第57页。
② 刘悦笛：《建构"全面的现代性"——在"批判启蒙"与"审美批判"之间》，载陈定家选编《审美现代性》，中国社会科学出版社，2011，第246~255页。
③ 周宪主编《文化现代性读本》，南京大学出版社，2012，第128页。
④ 周宪主编《文化现代性读本》，南京大学出版社，2012，第17页。
⑤ 周宪：《审美现代性批判》，商务印书馆，2005，第152页。

先锋，后来是交往中介……前者包含了知识、公正性或道德和趣味等内容，后者涉及的仅是趣味的问题。进一步讲，审美现代性以前被委以重任，现在让位于文化现代性……文化现代性与审美现代性天然地具有一种包容关系……前者全面规划着科学、道德和艺术的发展，后者则更多地专注自身。①

因此，"文化现代性"在哈贝马斯这里更受器重。衣俊卿扩展性地使用了"文化现代性"，他认为，"并不像有的研究者所说的，有文化的现代性、政治的现代性、经济的现代性，等等，而是说，现代性本身就是文化的，它并不是独立于政治、经济等其他活动领域之外的对立的东西，而是政治、经济等社会活动和人的生存活动所有层面所内在包含的机理性的存在"。② 对新媒体诗歌现代性经验的思考并不限于从纯粹语言和审美角度探讨作品中所包含的现代性经验，故我们选择的是"文化现代性"，让研究变得更有理论弹性。波德莱尔将诗定位为"美"而非"真"和"善"，这奠定了"审美现代性"的理论地位，即审美现代性是对启蒙现代性的反叛、分裂和攻击，以试图纠正现代性进程之中存在的种种问题。我们的分析定位在新媒体诗歌自身以及它所书写的媒介、性属、空间和生态等方面，以"批判"或"折射"的方式重构中国文化现代性的"本土化"内涵。"'文化现代性'比通常的审美现代性、社会现代性、哲学现代性更世俗，眼光也就更微观，内涵也就更贴身，视角也就更加下沉，不再给人'高大上'乃至居高临下、不食人间烟火的所谓'精英'之感。"③ 因此，对于"文化现代性"和"审美现代性"，

① 李进书：《审美现代性与文化现代性：法兰克福学派思想的二重奏》，人民出版社，2014，第129页。
② 衣俊卿：《现代性的维度》，黑龙江大学出版社、中央编译出版社，2011，第19页。
③ 牛学智：《文化现代性与现实主义文学理论的深入——从毕飞宇〈小说课〉说开去》，《小说评论》2019年第4期。

我们采取最宽泛的态度对其进行使用。

"现代性"是西方社会和历史语境下形成的意识形态话语，中国对"现代性"的探讨是一种西化的时髦还是切身的问题呢？文化现代性对中国来说是一个"问题"还是"论题"？中国的现代化进程晚于西方，在鸦片战争之后，中国被迫卷入了"现代化"的进程之中，即从传统社会向现代社会的变迁。那么中国现代性是用西方现代性理论来阐释，还是以自身本土化现代性为中心？周宪认为对中国现代性的思考一方面要有本土的现实问题意识，另一方面要关注中国现代性被置于全球现代化进程之中的互动性。"中国现代性问题是一个复杂的'场'，而西方现代性理论本身也是一个复杂的'场'。两者的互动为新理论的形成和建构提供了多种生长点。"① 在西方话语与中国实践的交织场域之中，中国文化与现代性进程形成共生和互动的关系。

中国文学的现代性从五四新文化运动便开始了。新文学承担了现代民族国家的叙事任务，就像傅斯年所说，民族国家的建设根源在新文学的新思想之中。梁启超发起的"小说界革命"使文学摆脱低下的品格，承担起"启蒙"的大任。胡适的"白话文学"、陈独秀的"国民文学"、周作人的"人的文学"，它们在"贵族/平民、非人/人、古典/现代、中国/西方、文言/白话、艰涩/通俗"的对立关系中建构了"新文学"的品质，② 更为准确地说，建构了现代性语境中的新文学精神。新文学承担了新文化运动中的"启蒙"任务，不管是知识分子的自我启蒙还是对国民性的改造。"革命文学"时期，文学开启了另一场"启蒙"，即"马克思主义无产阶级启蒙"。成仿吾的《从文学革命到革命文学》将文学从个人主义、人性、个人意识调整到集体主义、政治性和阶级意识上来。1942 年毛泽东的

---

① 周宪：《审美现代性批判》，商务印书馆，2005，序言第 49~51 页。

② 林秀琴：《当代文学与现代性经验》，海峡文艺出版社，2016，第 8~9 页。

《在延安文艺座谈会上的讲话》将"工农兵文学"确立为革命文学的总纲领，文艺服务的对象是千千万万的劳动人民。"人的文学"变为"人民的文学"；"文艺从属于政治"、"文艺为政治服务"。"赵树理方向"（政治性强和语言大众化）更是成为"工农兵文学"的典型代表。"革命文学"时期，知识分子的启蒙角色让位于以工农兵为主体的劳苦大众。①"十七年"文学阶段，诗歌对国家民族独立的赞美、对革命伦理的主张以及对个体生命情感的探索，都与国家现代化建设同步，与西方现代性的理论指向一致。

　　一方面，"十七年"诗歌对国家独立与完整的礼赞，对公平的革命伦理的倡导，对民族国家美好前程的憧憬，与西方启蒙现代性的理论指向基本一致。而它在内涵与形式上的独特性，又无疑极大地丰富和发展了西方的启蒙现代性。另一方面，"十七年"诗歌对封建伦理的颠覆，对诗人、普通民众情感的顺应，对一代新人的塑造，又与西方审美现代性的理论指向基本趋同。②

20世纪80年代先锋文学（朦胧诗、先锋小说）从语言革命和形式实验角度试图将文学带向美学的自觉。以北岛、芒克、食指等为代表的朦胧诗派代表着一种现代中国进程中的"启蒙情怀"、家国意识和批判精神。正如谢冕所说，朦胧诗一开始就追求着文学的现代性。以马原、苏童、余华等为代表的先锋派小说家也试图找到新的语言方式和叙事结构，以重建心灵的真实世界和生活的深层本质。③90年代先锋文学被大众文化和世俗文化淹没，以韩东和于坚为代表的"他们"诗派一改知识分子写作的高姿态，提倡平民化、

①　林秀琴：《当代文学与现代性经验》，海峡文艺出版社，2016，第16~21页。
②　赵小琪：《"十七年"诗歌的现代性价值》，《社会科学战线》2015年第4期。
③　林秀琴：《当代文学与现代性经验》，海峡文艺出版社，2016，第33~34页。

日常化和口语化的写作。同样地，刘震云、王朔、池莉等小说家将笔触转向世俗生活中的平民意识，这为作家的"触电"提供了受众的前提。文学的电影改编和90年代的消费文化一拍即合，又带来一系列人文精神的"危机"。

总的来说，"从'文学革命'到'革命文学'，从五六十年代的社会主义现实主义……到新时期"，中国现代化进程的每一步都与文学有着互相生成的关系，这种同步性"共生"背后也暗含着一种同步性"断裂"，文学为断裂的社会架起了意义的连接线，"它使断裂显得合情合理，它使那些断裂彼此之间息息相关，环环相扣，反倒使那些断裂更紧密地铰合在一起，这就是中国现代性文学的内在性，在一个强大的历史化的运动中，它们又构成一个整体"。① 在20世纪百年中国现代化进程之中，中国文学有时参与并主导着文化现代性，影响着社会现代化；有时则试图通过语言本体论将自己与现实隔离，封闭起来沉浸于审美之中。在这个意义上，中国文学的现代性同西方一样充满着复杂性、矛盾性和对立面。难怪陈定家先生发出这样的感慨："我们无不惊异地看到，审美现代性在中国当代社会的生存与发展状况，与西方历史上的机遇竟然如出一辙。"② 如果将新媒体文学置于中国文化现代性进程中，我们又能审视何种风景的现代性经验呢？

第二节　本土现代性经验：新媒体文学的异质性

20世纪末中国新媒体文学伴随着网络媒介的发展迅速地繁荣起来。1991年，第一份中文网络杂志《华夏文摘》拉开了中国新媒体文学的大幕，紧随其后的是"新语丝""橄榄树""花招""清韵书

---

① 陈晓明主编《现代性与中国当代文学转型》，云南人民出版社，2003，第12页。

② 陈定家选编《审美现代性》，中国社会科学出版社，2011，第27页。

院""诗星座""中网"等文学网站的涌现。1997 年，以"榕树下"网站的创办为标志，新媒体文学达到初创期的高峰。2003 年"起点中文网" VIP 制度的兴起，2008 年"盛大文学"对六大文学网站的整合，标志着网络文学的"帝国"逐渐呈现，2015 年盛大文学与刚成立两年的腾讯文学组建"阅文集团"。① 与此同时，21 世纪初手机尚未进入移动互联网时代之前，以"第五媒体"的身份传播着短信文学。从 2004 年的"中国首届'全球通'短信文学大赛"到 2006 年盛大文学举办的"3G 手机原创小说大展"，手机文学成为 21 世纪初独特的新媒体文学风景线。这一系列文学事实让我们亲眼见证了中国新媒体文学发展的"奇观"。不过，新媒体文学内部存在大量的异质性，我们就以"网络文学"为例进行探讨。

在 20 多年文学实践和批评之下，"网络文学"作为"技术 + 艺术"所构成的新名词，逐渐成为大家熟知和接受的概念。"网络文学"按字面意思来说是通过网络媒介进行创作、传播和阅读的小说、诗歌、散文、剧本等文学作品。但是，随着概念的模糊使用和文学现实的变化，"网络文学"成为暧昧不明的"能指"。学术界常常提及的网络文学，更多地被默认为网络小说。这便带来网络文学研究的文类置换问题，即"网络文学 = 网络小说"。网络诗歌的声音湮灭在网络小说批评的话语霸权之中。关于网络文学作家，我们谈及的往往是所谓"大神"级网络作家：从《第一次亲密接触》的蔡智恒、《告别薇安》的安妮宝贝，到唐家三少、天蚕土豆、猫腻和血红等；而在网络文学现象的话题上，网络文学的类型化、网络文学的改编、版权、网络文学与资本市场、网络文学的海外传播、网络文学的现实转向、网络文学评奖机制等成为文学话语界的热点。这些网络文学的创作者、商业化生产（如 VIP 付费机制和 IP 开发等）、存在形态和传播形式等话题，其所指都是"网络小说"——被窄化的

---

① 欧阳友权：《中国网络文学二十年》，《文艺论坛》2018 年第 1 期。

"网络文学"。

目前，未特意标明"网络诗歌""网络散文"等具体含义的网络文学概念，大都在体裁上默认地指向网络小说，尤其是在商业文学网站连载的玄幻、武侠、仙侠、都市、军事、历史、游戏、科幻、悬疑、体育等长篇类型小说。……在近年来相当一部分的学术研究中，其所谈论的网络文学主要"指首发于网络、在线连载的超长篇通俗小说"，或"主要是指随着付费阅读商业模式的建立，在网站发表的类型小说"。[①]

不可否认，网络小说创作和批评为中国新世纪的文学实践和理论构建了前所未有的文学格局和全新的话语体系。网络小说追求"爽感"的生产机制、资本注入带来的商业性以及写作的"程式化"等都成为 21 世纪中国网络文学独有的文学现象。这些文学现象是以往纸媒文学批评从未面对和探讨过的。网络文学创作的"中国现象"以及网络文学批评范式的本土性、原生性，强势地为 21 世纪文学批评注入了"中国话语"：写作的"日更"性和程式化，作品的"爽点化"和"图像化"，受众的"粉丝化"、"速食性"与"消费主义"，批评的个人化、碎片性、感性化、民间性与口语化。然而，类型化写作、快感机制、资本积累和技术化写作等让网络文学作品呈现浅白化特点，作品接受维度往往是"一次性阅读"。当我们将研究从一般意义上的"网络文学"，聚焦到"网络诗歌"时，文学的状况则截然不同的。

面对纸媒文学话语的解构与冲击，"网络文学"看上去铁板一块。不过从共时性的文体和历时性的风格角度来看，网络文学内部是多元的、异质的。异质性并非网络文学故意为之的写作姿态，而是网络文学作品之中既有的语言事实、叙事风格和审美品格，以及

---

① 王江红：《网络文学概念内涵演变》，《安庆师范大学学报》（社会科学版）2019 年第 6 期。

它们在读者的阅读判断之中所建立的特异性感受。"网络诗歌"以其独有的文学气质、精神追求和审美缺位在"网络文学"的多元性中独树一帜。网络诗歌也并非学院派自娱自乐的小圈子，比如 2015 年上线的中国诗歌网，到 2020 年注册用户数已经达到 30 万，"日均访问人数 80 万，日均投稿 3000 件，官方微信公众号粉丝数近 40 万"。① 总的来说，"网络文学"不仅仅指"网络小说"，"网络诗歌"在网络文学的版图中同样占据着重要地位，甚至网络文学初始阶段是以网络诗歌为主的。

从 1993 年开始，被称为"中国第一位网络诗人"的诗阳便以每天一首诗的速度在各大诗歌网站发表作品，并在 1995 年创办了世界上第一份中文网络诗刊《橄榄树》。然而真正意义上的中国网络诗歌元年应该是 1999 年，以李元胜创办"界限诗歌网"为标志，此后南人创办的"诗江湖论坛"，莱耳、桑克等创办的"诗生活论坛"等纷纷出现。到目前为止已有如中国诗歌网、第三条道路、北京评论、不解诗歌论坛、丑石诗歌网、若缺诗歌论坛等上千家诗歌网站，还有无数博客、微信和微博平台的诗歌。② 1999～2008 年被称为"网络诗歌十年"，代表着网络诗歌的初始的、最有特色的阶段。这个阶段网络诗歌本质其实是"先锋诗歌"，网络诗歌表面是以一种对传统诗歌的反叛姿态诞生的。③ 从沈浩波、朵渔的"下半身写作"到皮旦（老头子）以《北京评论》为大本营的"垃圾诗写作"，再到 2004 年低诗潮、低诗歌对"下半身"和"垃圾派"的收编。在这看似短暂的十年，网络诗歌比中国诗歌的任何阶段都要热闹，其中充斥着圈子和论争。陈仲义先生对"网络诗歌十年"做了较为宏观并公正的描述：

---

① 《中国诗歌网上线五周年》，《人民网》2020 年 6 月 24 日。
② 吕周聚等：《网络诗歌散点透视》，中国社会科学出版社，2015，第 1～2 页。
③ 尹小松：《"网络"诗歌的前世今生》，《文艺理论与批评》2003 年第 3 期。

近十年来，网络诗歌风起云涌，网络论争也如影随形。凡有诗歌锅灶的地方，必有狼烟烽起……大到潮流风气、未来走向，中到社团运动、流派圈子，小到诗人臧否、作品的棒喝或封堵，及至单个语词删除更改，应有尽有，不一而足……短兵相接，咄咄逼人。痛快淋漓，狠命阴损。纷纷攘攘的炒作，匿名化名的叫阵。少不了粗鲁、暴烈，夹杂自由而真诚意见的表达，也不乏机灵、简捷的一针见血，充满自以为是的胜利。说不清多少是立场之争、观念之争、话语之争、诗学之争，又有多少是姿态之争、意气之争和眼球之争。准确与不那么准确，极端与近乎偏执，严肃与起哄，随机应变与漫不经心，坚守与佯疯……上演了一出出网络论争的正剧、喜剧和肥皂剧。最早是众所周知的"沈韩之争"，"传染"到后来有性质相似的"徐、韩、萧、阳"和"韩于"之争；有老非非与新非非的"真假非非"之争；朱子庆的"炮轰庸俗诗歌"之争；有"中间代"出笼、集结，进入历史的"命名"之争；举国轰动全民狂欢的"梨花体"之争；有猎户座开发写诗软件，引发技术进驻诗歌、诗歌智能化的"辨识"之争；有伊沙与韩寒关于现代诗的"存亡"之争；有叶匡政抛出十四种例证，大发死亡论的"中国文艺复兴"之争；有"第三条道路"（简称三道）走向分化的"谯林"之争；有丁成关于"70后"与"80后"诗歌谁捆绑谁的"代际"之争；还有李磊长期与伊沙、徐江谁毙掉谁的混骂；林贤治《空寂而喧嚣的九十年代》引发臧棣与之对先锋诗歌评价的对峙；有李少君、周伦佑关于莽汉主义在当代诗歌史的真相与定位的诘驳；有枪挑阿毛《当哥哥有了外遇》而激发的口语诗争议；有雷平阳的《澜沧江》是生命之作还是类型化写作的讨论；有龙俊与老象关于低诗歌缘起的冠名"争夺"；有《新诗年鉴》原编委伊沙，徐江因入选不满对"杨氏年鉴"（杨克2006年主编）的发难；有《中国南京·现代汉诗研究计划》

两次发布庸诗榜所搅起的轩然大波……举凡诗网上每发生一起事件、一条新闻，每出现一次骚动、一个宣言，都牵连着诗歌极为敏感的神经，放射性的夸大和连锁反应，充分体现网络自由、民主的特性，也充分敞开性情中人所有的优点和弱项。①

网络诗歌话语内部分歧不小。不论其内部的论争多么激烈，在面对传统诗歌的精英立场时，网络诗人不约而同地保持反抗和革命的姿态。诗歌总是处于"阳性"和"阴性"的摇摆之中，"阳性诗"趋向纵欲、浪漫、明朗和非理性，而"阴性诗"则趋向禁欲、古典、晦涩和理性。低诗歌写作属于狂放和非理性的"阳性诗"。

站在世界诗潮史的高岸俯瞰，不难发现以下半身、垃圾诗派、反饰写作、争取话语权力、俗世此在主义、民间说唱、放肆派、草根派与打工族等展开的阳性诗写作，正携带一股强霸之气冲击流衍百年的世界阴性诗潮。由于世界范围内的阳性诗潮尚未到来，对率先在中国网络上冒头的低诗歌涌浪，我们暂且称之为"中国低诗潮"。②

中国低诗潮带来的是网络时代诗歌的中国话语时代。低诗歌认为自己的写作是一种"真"诗，反抗的是"假大空"的诗歌写作，针对的是"那种不痛不痒的空洞形式写作、无病呻吟的风花雪月写作、无视残酷现实真相的逃避写作、蔑视人间苦难的张扬自我写作和日常无聊的个人化写作"。③ 以低诗歌对"高"进行解构其实也是网络诗歌对消费文化的某种迎合。不过将诗歌时间线拉长之后，我们发现媒介逻辑和消费逻辑都不是网络诗歌的真实面貌。我们并不否认网络诗歌前十年的热闹场景，也不否认"下半身""垃圾诗"

---

① 陈仲义：《中国前沿诗歌聚焦》，中国社会科学出版社，2009，第107页。

② 张嘉谚：《中国低诗歌》，人民日报出版社，2008，第10页。

③ 张嘉谚：《中国低诗歌》，人民日报出版社，2008，第16页。

等"阳性诗"在"阴性诗"的铜墙铁壁中的反抗。到底这种诗歌观念是一种技术逻辑在文艺之中的机械呈现呢？还是媒介、思想和诗歌在联姻后的新文艺形式？抑或是对后现代精神的一种美学迎合？曾经我们以为网络诗歌会成为一种区别于传统诗歌的新文类，然而二十多年的发展过程却见证了网络诗歌逐渐向纸媒现代诗的回归。

　　网络小说追求阅读的"快感"，而网络诗歌则将"意味"作为自己的艺术追求。网络文学的特质被归纳为"爽"，比如网络作家猫腻认为，"在商业小说创作中，'爽文'还是基础，因为商业小说归根到底是要给读者提供基本的阅读快感，这是前提"。① 网络小说的阅读者或粉丝，其阅读的出发点并非为接受知识教育、追求精神洗礼或提升思想境界，而是在快节奏的现代社会获得一种暂时逃离现实和释放压力的想象空间。"'爽'成为当下网络小说最核心的要求，利用先抑后扬、金手指、升级与扮猪吃虎等手法，网络小说不断地营造着占有感、畅快感、优越感、成就感等'爽点'。"② 网络小说在创作或者生产过程之中以欲望刺激机制为写作目标。为了最优化地制造"快感"，网络小说写作走上程式化道路。③ 相反，网络诗歌创作对语言精细度和文学技术的要求较高，对阅读者的文学素养要求也较高。网络诗歌主要采用现代诗体，诗人们喜欢对语言进行把玩从而形成诗歌的晦涩性，他们"在语言中加入了必要的难度和弹性，使语言摆脱了日常工具性的强大规约，焕发出自身的活力和光芒"。④ 在创作的商业化、语言的浅薄化、阅读的碎片化等方

① 猫腻、邵燕君：《以"爽文"写"情怀"——专访著名网络文学作家猫腻》，《南方文坛》2015 年第 5 期。

② 黎杨全、李璐：《网络小说的快感生产："爽点""代入感"与文学的新变》，《海南大学学报》（人文社会科学版）2016 年第 3 期。

③ 邵燕君：《网络文学的"网络性"与"经典性"》，《北京大学学报》（哲学社会科学版）2015 年第 1 期。

④ 伍明春：《现代汉诗沉思录》，海峡文艺出版社，2016，第 264 页。

面，网络诗歌与网络小说有着较大的审美距离。正如杨克所说：

> 作为最基本的文学形态，诗歌的纯粹性和恒定性在网络时代尤为凸显。当纸面小说被网络类型小说撕扯得体无完肤，当散文被博客改写，唯有诗歌如此从容淡定，视网络如无物：无非由我所用的载体罢了。哪怕在微博上写一首短诗，诗本体依旧是"以不变应万变"，当最初漂过的喧嚣的泡沫消失，真正的诗沉甸甸地留在语言的河床上，万古常新。[①]

如果网络小说写作代表着社会现代化的"工业化"和"商品化"，那么网络诗歌则渗透着审美现代性的批判性和反思性。因此，已有的网络文学批评理论是不足以对网络诗歌进行"降维阐释"的。网络诗歌并非技术话语下的超文本，也非商业逻辑中的文学商品。网络诗歌为中国网络文学带来非功利性、非商业化的纯文学性创作样态和实践维度，也为世界文学批评贡献了中国文学经验和中国文学话语。

第三节 现代性批评的基点：对新媒体诗歌本质的追问

网络小说的"快感"追求与网络诗歌的"意味"属性，让我们意识到新媒体诗歌对社会现代性的反叛。与此同时，网络诗歌天生携带着"诗歌"文体的批判性和自反性，这意味着新媒体诗歌在总体话语上具有审美现代性倾向。不过，新媒体诗歌的本质到底是在"媒介性"还是在"审美性"上？从概念上厘定这个问题，可以为新媒体诗歌的文化现代性批评提供一个理论建构的基点。我们同样以"网络诗歌"为代表来分析此问题。

"网络诗歌"概念的产生一直伴随着诗歌界和学术界的质疑与争辩。20世纪末，网络逐渐普及，通过网络创作、发表和阅读文学作

---

① 阎志主编《中国诗歌：2011年网络诗选》，人民文学出版社，2011，封底。

品特别是诗歌作品逐渐成为一种稀松平常的事情。这种新媒体诗歌现实带来了新世纪诗学的一系列追问：是否存在网络诗歌，什么是网络诗歌，什么样的网络诗歌是好诗歌。第一个问题涉及网络诗歌的"合法性"问题；第二个问题探讨网络诗歌的"身份"问题：诗与非诗的划界；第三个问题关注网络诗歌的审美"标准"：好诗与劣诗的区分。关于"网络诗歌"的三个问题相互交织出现在 21 世纪初诗人和学者的面前。

作为独立概念的"网络诗歌"最初是不被人所承认和接受的。比如李子荣认为网络诗歌指的仅仅是在网络媒介上创作和发表的诗歌，而这种"所指"是没有任何独特性甚至没有意义的。从媒介性质来说，网络与造纸术、印刷术并无二异，并不会改变诗歌的本质。"从文明史的角度看，文化载体或工具的变革并不能改变文化的性质，网络亦然。"① 李洁非否认"网络文学"的称号，认为应叫"网络写作"。② 桑克认为网络赋予了诗歌什么新特征的话，只能称其为"网络体诗歌"③。魏天无直接否认"网络诗歌"与"非网络诗歌"的差异，认为只有诗与非诗、好诗和坏诗的不同。④ 很多诗人也不承认"网络诗歌"的存在，他们认为"没有'网络诗歌'，有的只是诗与非诗。网络是个平台、媒体，就像报纸杂志一样。你能问一个人你怎样看'葵诗歌'、'诗刊诗歌'或'芙蓉诗歌'吗？那都不是艺术品种，而是某种用稿标准"。⑤ 早期对网络文学的质疑遵循"媒介工具论"，即将网络媒介视为一种工具或载体，诗歌只是从纸质媒介转移到网络媒介而已。

---

① 李子荣：《"网络诗歌"辨析》，《文艺争鸣》2006 年第 4 期。
② 李洁非：《Free 与网络写作》，《文学报》2000 年 4 月 20 日。
③ 桑克：《互联网时代的中文诗歌》，《诗探索》2001 年第 1～2 辑。
④ 魏天无：《以诗为诗：网络诗歌的"反网络"倾向及其特征——从小引〈芝麻，开门吧〉谈起》，《江汉论坛》2004 年第 9 期。
⑤ 《当前诗歌现状的七个问题》，《诗刊》2002 年第 2 期。

　　然而，另外一些学者认为"网络诗歌"不仅存在于网络，而且根植于网络。离开网络，它便不复存在。吴思敬认为狭义的网络诗歌指"超文本诗歌"，它是遵循网络媒介的技术逻辑（如自由性、匿名性、互动性等）而生成的新媒体诗歌文本。"这种文本使用了网络语言，可以整合文字、图像、声音，兼具声、光、色之美，也被称为超文本诗歌。"① 超文本诗歌在诗人毛翰的"多媒体诗歌实验"（或称为"PPS格式音画诗歌"）中体现得淋漓尽致，比如《天籁如斯》《大雁》等。受到西方媒介诗学的影响，学者们认为台湾的"超文本诗歌"（"数位诗"）是网络诗歌的主要面目，因为诗歌的"视觉性"、"多向链接性"、"多媒体性"和"互动性"迥异于传统纸媒诗歌的存在形式。当我们从网络诗歌的历史整体面貌来看，这种实验性极强的、标杆式的"网络诗歌"却并非网络诗歌的主流。② 从"诗歌论坛时代"的"诗生活网""中诗网""诗江湖论坛""界限诗歌网""扬子鳄诗歌论坛""中国诗歌网"等诗歌网站和论坛，到"后诗歌论坛时代"的各种诗歌博客、微博和诗歌微信群，绝大部分诗歌作品都不属于超文本"网络诗歌"。就像胡慧翼所说：

　　　　以多媒体技术和超级链接方式制作诗歌作品的并不多见，在人们理想中的"情瞳胧而弥鲜，物昭晰而互进"，充满声光变幻，融音乐性、绘画性和高度艺术性为一体的"网络诗歌"并没有出现……"具有互文性质的、典型的后现代主义文本——超诗歌文本"更鲜有面世，现在人们看到最多的还只是一个纸媒诗歌的网络化形态。"网络诗歌"和其他的文学"兄弟"在

---

① 吴思敬：《新媒体与当代诗歌创作》，《河南社会科学》2004年第1期。
② 陈仲义：《"声、像、动"全方位组合：台湾新兴的超文本网络诗歌》，《江汉大学学报》（人文社科版）2008年第4期。

一起相比，还多少有点身份不明。①

网络诗歌在文学形态上与传统印刷媒介下的诗歌并无二致，而网络诗人也倾向于将自己的作品通过期刊发表或结集出版。可以说，实验性的、前卫性的超文本或多媒体诗歌从来就没有被大众化过。"网络诗歌写作者们的创作思维仍然是传统的纸面式思维，这就使得网络诗歌与传统意义上的'纸面诗歌'并未在美学形态上构成实质上的独立与差异，它只是在诗歌写作方式和发表载体上进行了一次技术意义的转换。"② 所以说，将"网络诗歌"定格为"超文本、多媒体作品"不完全符合事实。不同于网络小说对纸媒小说的"弑父"，网络诗歌与纸媒诗歌之间是一种顺承或者包容关系。

首先，混融的媒介话语、仪式性的历史临界点和诗坛精英—民间的分裂共同孕育了"新世纪诗歌"，它在概念上与"网络诗歌"形成重叠和交融关系。在谈及新世纪诗歌时，"网络诗歌"往往被作为它最重要的组成部分或者说最有特质的部分。2005 年，在中国第一届诗歌节上，"网络诗歌"成为热门话题，《诗刊》主编叶延滨指出"网络诗歌""民间刊物""传统文学刊物"构成了中国诗歌三大版图。③ 武翩翩也指出"主流文学期刊、民间社团自主经营的刊物，再加上网络"共同构成当下（21 世纪）诗歌创作的现场。④ 荣光启同样提到相较于 20 世纪的诗歌，新世纪诗歌呈现出新的气象，比如民刊的繁荣和网络媒介的技术支撑。⑤ 李少君将"网络诗歌""地方

---

① 胡慧翼：《向虚拟空间绽放的"诗之花"——"网络诗歌"理论研究现状的考察和刍议》，《诗探索》2002 年第 1 辑。

② 张立群：《网络诗歌的大众文化特征分析》，《河南社会科学》2004 年第 1 期。

③ 周剑虹等：《网络诗歌勃兴　中国诗歌传播深刻变革》，http：//news3.xinhuanet.com，2005－11－04。

④ 武翩翩：《传统文学期刊如何应对网络的挑战》，《文艺报》2007 年 3 月 1 日。

⑤ 转自杨四平等《新世纪新诗的"新"》，《诗歌月刊》2009 年第 1 期。

性诗歌""新红颜写作"视为新世纪诗歌的三支建设性力量。① 子川直接将"新世纪诗歌"精准定义为"网络时代的诗歌",他认为网络时代的诗歌并不完全等于"网络诗歌"。"网络时代的诗歌"呈现的是新世纪诗歌与网络生态之间的互融生态关系,而"网络诗歌"是最能体现网络媒介原生和内生的诗歌。②

在分析新世纪诗歌最内在、最本质的向度时,罗振亚认为网络媒介带来新世纪诗歌书写方式和传播方式的革命,"民刊的畅通、网络媒体的狂欢,无疑拓展了诗歌的基本生存空间,甚至可以说它们已支撑起当下诗歌写作和传播的半壁江山"。③ 姚洪伟更为清晰地将网络诗歌作为新世纪诗歌三足鼎立的一足。"新世纪诗歌版图呈现出了官方诗刊、民间诗刊和网络诗歌三分天下的多元并立格局,为新世纪诗歌的繁荣和突破带来了新的可能性。"④ 从论坛诗歌到博客诗歌,再到微博诗歌和微信诗歌,网络诗歌的媒介形态在不断更新和迭代。"作为'现代科技'与'民间力量'相结合的新生事物,网络诗歌迅速'崛起',它有着更高的自由度,体现着强劲的创造性,经过短短几年的发展,网络已成为新世纪诗歌的'主战场'。"⑤ 罗麒认为 21 世纪诗歌的二十年与网络文学相伴相生。新世纪诗歌区别于之前诗歌的本质特征就是诗歌从纸媒转向网络。⑥ "新世纪诗歌"不完全是因时间的临界跨越而形成的艺术概念,还包孕着由网络媒介生成的狂欢化的、审美分化的和反叛性的文学内义。

"网络诗歌"话语在传统刊物那里也经历了从被排斥到被接纳的

---

① 李少君:《新世纪诗歌的三支建设性力量——对当前诗歌的一种观察》,《文艺报》2011 年 7 月 18 日。

② 子川:《新世纪诗歌的遮蔽与去蔽》,《文艺报》2011 年 8 月 10 日。

③ 罗振亚:《新世纪诗歌形象的重构及其障碍》,《扬子江评论》2013 年第 3 期。

④ 姚洪伟:《新世纪诗歌写作的多元格局及其反思》,《创作与评论》2014 年第 24 期。

⑤ 王士强:《新世纪诗歌的活力与危机》,《文艺报》2017 年 9 月 13 日。

⑥ 罗麒:《不止于生存的策略——网络诗歌二十年论》,《扬子江诗刊》2020 年第 4 期。

过程。《诗刊》主编叶延滨谈及"网络诗歌"与传统诗刊碰撞、冲突和交融的过程。他说 20 世纪末《诗刊》收到一篇谈论网络诗歌自由性的文章，这篇文章当时被退稿了，然而一年多之后，这篇文章在其他刊物发表并且影响较大，《诗刊》于是又转载了这篇文章的部分章节。① 这个小小的事件只是诗歌媒介转换中观念冲突、融合的缩影。21 世纪初，我们更多地看到网络诗歌写作、批评的蓬勃发展以及传统刊物对新兴诗歌形态的接纳。如《诗选刊》《绿风诗刊》《诗潮》《诗歌月刊》《星星诗刊》《中国诗人》等传统刊物都开辟了"网络诗歌"专栏、专刊。② 传统诗歌刊物也陆续开始建立自己的网站，比如中国作家出版集团主管的、《诗刊》主办的"中国诗歌网"在自我介绍中写道：在 2015 年 6 月 18 日上线，到目前为止累计注册用户 32 万多人，日均访问人数 80 万人，日均收到诗歌作品近 3000 首；中国诗歌网官方微信号粉丝 43 万余人。如果以这种传播和阅读量来要求纸质的《诗刊》，那简直是不可思议的事情。媒介融合过程也包括网络诗歌与民刊之间的共在和互依。所谓民刊就是没有取得刊号的诗歌刊物。网络传播的无限性以及发表的零成本化，民刊逐渐从纸媒走向网媒并最终被网络同化为"网刊"。比如"诗生活网"在 2000～2010 年分别办了"诗生活月刊""诗人论坛""诗生活五周年回顾专刊""儿童诗刊""翻译诗刊""广东诗人俱乐部网刊"等 6 种网络民刊。

　　在没有网络出现的年代，民刊是先锋诗歌的基本现场，当网络出现以后，民刊与网络相互合谋，一般情况下，网络成为诗歌的实验场和培训基地，便于互动和交流，带有现场感，民刊则带有正式产品的性质，便于保存和讨论，成了网络诗歌的

---

① 转自武翩翩《传统文学期刊如何应对网络的挑战》，《文艺报》2007 年 3 月 1 日。
② 张立群：《中国当代诗歌 70 年发展论说》，《山东社会科学》2019 年第 10 期。

博物馆。①

　　然而，由于对"诗性"话语的追求和对"诗歌"本质的坚守，网络诗歌对媒介技术始终保持着一定的距离。正如诗人于坚所说："网络只是一个文本传播方式的革命，它并不意味着诗歌的基本性质发生了变化，发表的方式变了，但诗歌创造依然是诗经时代的那些招数。"② 因此，网络诗歌虽然头顶"新媒介"的光环却依然保持着对纸质文学刊物的尊敬，并坚守着传统诗歌刊物的艺术品格和诗歌标准。③ 网络诗歌的重心在"诗歌"而非"网络"。"所有'网络诗'都有一个共同点，就是随时不拒绝传统纸媒（包括出版物和杂志）的关照和眷顾，'受招安'——找到纸上归宿，还是它们最大最终的心愿和目标。"④

　　从现有的研究材料，我们发现很多诗人处于纸媒和网媒的"跨媒介写作"状态。比如阎志主编的"网络诗选"系列，入选的许多网络诗人之前同样活跃于纸媒诗歌圈，像罗铖、代雨映、鹰之、傻正、李见心、孙思等。他们在报纸、期刊上发表诗歌作品，在出版社出版诗集，也尝试在网站、论坛、博客、微博和微信公众号发表作品。"官方诗歌刊物对网络诗歌的指导性参与及肯定性认同，推动了网络诗歌的发展，网络诗歌已成为纸刊的选稿基地。"⑤ 因此，要在"纸媒诗人"和"网络诗人"之间进行"非A即B"的选择是不合理的，也是不合适的。在"全媒体"时代，生硬地区分网络诗歌与纸媒诗歌亦非明智之举：纸媒文学逐渐向新媒介迁移，网络文学

① 王本朝：《网络诗歌的文学史意义》，《江汉论坛》2004 年第 5 期。

② 于坚：《还乡的可能性》，商务印书馆，2013，第 242 页。

③ 武翩翩：《传统文学期刊如何应对网络的挑战》，《文艺报》2007 年 3 月 1 日。

④ 尹小松："网络"诗歌的前世今生》，《文艺理论与批评》2003 年第 3 期。

⑤ 龚奎林：《媒介生态视野下的新世纪诗歌论——基于网络博客和报刊杂志的视角》，《长沙理工大学学报》（社会科学版）2012 年第 3 期。

也在实现"网络原生",同时网络作品还存在回归印刷媒介的动向,如 2010 年"流放地诗歌网"即称:

> 在平面化、商业化、浮浅化泡沫写作泛滥的时代环境中,首倡并积极践行以精神高度、经验宽度、思想深度为追求目标的"难度写作"。出版纸质刊物五期,在传统媒体《中国铁路文学》、《红豆》、《星星》、《诗歌月刊》、《诗选刊》、《诗林》、《九龙诗刊》、《蓝鲨》等推出专辑十余次。①

网络诗歌对纸媒刊物的仰视依然可见一斑。印刷媒介树立了一种封闭性、固定化和永恒化的诗歌文本观念,人们面对如此不变的文学对象时,滋生的是一种膜拜的姿态和细读的倾向。网媒继承了报纸的"反永恒"倾向,即一种匆匆一瞥即可扔掉的冲动。然而,诗歌文体内置了试图让语言永生的倾向。当网媒与艺术发生分裂时,网络诗歌追求的是不同于"报纸"的"图书"式存在方式,即追求思想的永恒。

传统诗歌刊物同网络诗歌、民间诗刊形成"体制"与"亚体制"的关系。从字面上看,"文学亚体制"与"文学体制"构成对抗和紧张关系,然而事实上亚体制和体制之间是一种合作和借重关系。体制性诗歌刊物以专栏、专题或专刊的方式发表民间诗刊和网络诗歌作品,而亚体制的诗歌奖也会整合文联、作协或文化部门的资源,形成新世纪诗歌独有的"混合体制"。②

在诗歌创作上,"网络诗歌"与"打工诗歌"、"新红颜写作"从并列关系逐渐走向兼容。在"网络"成为元媒介的 21 世纪,网络诗歌与其余二者相比可谓网络媒介的"嫡长子"。"网络诗歌"一出

---

① 阎志主编《中国诗歌:2010 年网络诗选》,人民文学出版社,2010,第 56 页。

② 何言宏:《转型时代的诗歌体制与诗歌文化——关于 21 世纪中国诗歌的一种观察》,《诗林》2020 年第 5 期。

生便携带互动性、跨媒介性、自由性等新媒体属性，而这些属性本身也作为底层代码构成了新世纪诗歌的媒介生态和媒介动力。"网络就是新世纪诗歌的一个催生婆，它将无数诗歌爱好者、创作者的创造激情与发表欲望煽动起来，让那些诗歌的'婴儿'纷纷降临到互联网的界面之中，降生到无限敞开的赛伯空间里。互联网正在创造着中国新诗的当代神话。"① 试想一下，没有网络媒介，余秀华的诗歌能一下子火遍大江南北吗？"打工诗歌"和"底层写作"能够被主流诗歌话语关注和承认吗？"如果没有网络，打工诗歌的原始传播媒介就很难成立，可以说是新的媒体传播格局让打工者有了身兼诗人职责的可能，那种指望刊物主动去寻找打工诗歌的想法是不切实际的，打工诗歌在网络上迅速传播，形成规模效应，从而引起了公众关注，成为一股不可忽视的诗歌力量。"② 网络让沉默的大多数可以发出自己的声音。因此，网络诗歌与纸媒诗歌之间形成共生的融洽关系，并随着媒介技术的强大，大有网络诗歌替代纸媒诗歌的趋势。如果纸媒诗歌期刊都是以网络电子版传播，谁是网络诗歌还能区分得那么清楚吗？

有反对者可能会说，"网络诗歌十年"所呈现的诗歌精神与20世纪90年代新诗之间形成一种断裂和对抗关系，这难道不能在内质上说明"网络诗歌"是对传统诗歌的"弑父"吗？从1999年界限诗歌网的成立到垃圾诗歌、下半身写作和新红颜写作等，网络诗歌处于诗歌论坛的"火热争辩"阶段。"网络诗歌十年"在精神上继承了先锋诗歌的风格，对传统纸媒诗歌构成冲击的态势。陈超将前十年的网络诗歌命名为"先锋流行诗"，将其视为20世纪80年代兴起的"先锋诗歌"的21世纪版。网络诗歌充满着对道德和文化的反

---

① 张德明：《互联网语境中的新世纪诗歌》，《中南大学学报》（社会科学版）2008年第1期。

② 罗麒：《不止于生存的策略——网络诗歌二十年论》，《扬子江诗刊》2020年第4期。

叛、本能的宣泄、碎片化的语言和自恋自虐的混合，它凸显的是当下的身体体验和"反××"的主题。①

从这个意义上说，网络诗歌与纸媒新诗的特征相同，它们之间并无割裂和反叛。而网络诗歌精神上的反叛是先锋诗歌自身的精神追求所决定的，与其寓居的媒介并无关系。"'网'诗不是什么新鲜产品，不是新文体，更不是什么新体裁，而是诗歌本身。它是诗歌名称下的时段性称呼，如唐诗、宋诗、现代诗、朦胧诗等一样且与它们有一种时间历史上的承续关系。"② 网络诗歌的先锋性或者说极端性不仅不是对纸媒诗歌精神的反叛，反而是先锋诗歌的新媒介呈现。符马活主编的《诗江湖：2001 网络诗歌年选》也被称为"先锋诗歌档案"。换句话说，先锋性、反叛性并非网络诗歌的特性，而是所有现代诗都具有的一种艺术可能性。正如蔡爱国所说，如果将《诗江湖：2001 网络诗歌年选》和《中国网络诗典》等选集封面的"网络"二字去除，从纯粹诗歌中我们读不出"网络"的气息。唯一能区分的还是诗的功夫的深浅。③ 网络媒介与语言文字相比，后者才是网络诗歌真正的归属。诗是语言的艺术，语言是诗的本体。竹简、锦帛、纸张或手机屏幕都是语言"元媒介"之外的"第二媒介"，不管呈现在哪种第二媒介之上，诗还是需要保持诗的样子。

不过，"网络诗歌十年"的"先锋性"逐渐从诗歌精神走向外在形式，从感性表达走向观念陈述，从严肃诗学追求走向快餐娱乐。诗人于坚说，网络诗歌被媒介逻辑逐渐带偏，丧失了原有的特质。

> 语言更直接、更浅白，口水化、段子化、广告化，新闻化、杂文化，匕首式，短、平、快。奥林匹克风格。形式千篇一律、诗成了快餐型的、观念、意义、结论片段，耸人听闻，哗众取

---

① 陈超：《"反道德""反文化"：先锋"流行诗"的写作误区》，《诗刊》2004 年第 11 期。
② 尹小松：《"网络"诗歌的前世今生》，《文艺理论与批评》2003 年第 3 期。
③ 蔡爱国：《"网络诗歌"的价值重估》，《前沿》2009 年第 4 期。

宠。总想在什么地方戳上一刀，渴望虚拟的象征性的血腥味。最严重的是观念化，诗歌成为观念、意义、结论、是非的载体，语言退隐，意义喧嚣，而这些意义、结论、短小精悍、分行排列的形象思维的关于现实的小论文往往缺乏说服力，令人难以苟同。好诗的标准已经降低到分行论文中的结论苟同者多，那就是好诗。将语言作为工具，指向意义，观念、自我小真理的诗泛滥。指向存在的诗很少。①

从于坚对网络诗歌的批评中，我们可以看到诗人对诗歌语言、结构、情感和思想的高标准，还洞悉到其深层动态性的和建构性的诗歌批评观。因此，即使网络诗歌在诗歌精神上保有对纸媒诗歌的颠覆性，也只能说是网络诗歌的一个阶段——"网络诗歌十年"而已。

在 21 世纪初网络诗歌刚刚兴起时，情感和欲望的宣泄超过人文精神的诉求。网络诗歌常常被视为与传统"精英审美"相区别的"后审美"，被视为趣味世俗化与身体化写作的"泛审美"，和以审丑和恶搞为特征的"反审美"。② 不过，我们不能以静态的思维来面对一个变化着的对象，要在变化之中看到不变。反抗、破坏、崇低的网络写作及其为了解构而解构的诗学观念，只能算作网络诗歌的"青涩"阶段。作为高贵文体的诗歌要求诗歌写作遵循"自性"的、内在的艺术逻辑。于是，"网络诗歌十年"中的下半身、口水诗、垃圾派、梨花体、羊羔体、乌青体等以速生速死的节奏成为"镜中花、水中月"。所谓诗歌风潮成为诗人饭后的谈资和整个诗坛的片段。③

最终我们必须面对一个本体性的问题：网络诗歌是不是诗歌？

---

① 于坚：《"后现代"可以休矣——谈最近十年网络对汉语诗歌的影响》，《诗探索》2011 年第 1 期。

② 张翠：《后审美·泛审美·反审美：网络诗歌的三个审美维度》，《南京晓庄学院学报》2017 年第 3 期。

③ 陈朴：《新世纪以来网络诗歌写作的现实意义》，《网络文学评论》2019 年第 3 期。

如果不是诗歌，那是什么？如果是诗歌，低诗歌的写作姿态除了一时的狂欢，最后能给我们留下什么？更何况，作品中存在不少"屎、尿、屁"和"性"等所谓的生理主义书写。从欲望、本能和生命激情维度上说，网络诗歌的生理主义写作确实突破了理性对于生命的束缚，进而拓宽了生命表现的可能性。但是对感性极端化的追求实际上肢解了作为整体的生命状态。单面化的诗歌写作并不能丰富生命的意义，反而让诗人在世俗欲望的冲动宣泄中逐渐淡薄和沦丧。①"真正的诗人，他的主要生命的倾向应更多地面对美与善，以及面对建立在美善基础上的真，对丑、扭曲、虚假等肯定不会倾注很多的精力。"② 所以，网络诗歌初期的阶段性特征并不能被视为网络诗歌的本质。正如近十年以来，网络诗歌与纸媒诗歌的同步性和对话性甚至混融性，使得诗歌之谓诗歌的本质逐渐呈现出来。

从某种角度来说，网络诗歌是继承了中国诗歌争论绝对化的倾向——不是认为网络诗歌代表着未来，可以一揽子解决当代诗歌发展中的困境，就是根据网络诗歌发展中暴露出的问题，一竿子打翻，认为网络诗歌就是当代诗歌庸俗粗鄙化的罪魁，却很少把网络诗歌问题理性化。没有考虑到在汉语诗歌整体历史演进的框架下，诗歌从来就呈现出包容多元的样态，从来在吸收与融合中前进，不会在封闭于山头中发展。③

从中国网络诗歌 20 年发展来看，网络诗歌的内在精神处于一个不断发展变化的状态中。正如夏烈所说，对网络文学的定性研究其实犯了"当下中心论"，只将网络文学的过去和现在作为考量对象，而没有将其纳入将来尺度之中。毕竟网络文学发展时间不长，呈现

① 赵小琪：《新诗的意义危机与意义重构》，《江汉论坛》2004 年第 8 期。
② 丁来先：《诗人的价值之根》，中国社会科学出版社，2011，第 65 页。
③ 郭军：《网络诗歌三问：困顿与迷茫中探寻未来》，《北京文学》2013 年第 5 期。

出巨大的"位移和差异"，第一代网络作家慕容雪村也不可能写出《斗破苍穹》这样的作品。"网络文学是发展中的文学，是蕴藏各种可能性的文学，自它诞生之初就不是单调的'铁板一块'。"① 同样，如果我们一谈到网络诗歌就自动将焦点锁定"网络诗歌十年"骂战式的繁荣，那么也陷入了静止的思维之中。

> 网络中的诗歌会出现一些分歧，也会带有流派的特征，但网络诗歌本身不会成为一种流派写作。网络空间是一个亚社会，网络与现实同构，网络中的诗歌与非网络世界的诗歌同构。如果我们不能把现实中的所有诗歌混为一谈，就无法具有足够的理由将网络中的诗歌混为一谈。因此，网络诗歌所涉及的所有诗学问题，事实上也是我们所关注的诗学问题的组成部分，或者有益的补充，有时甚至就是本身。②

网络诗歌的创作还在不断发生，作者、作品和网站在数量上都在持续增长，文学类型和风格也随时代变化着。"网络诗歌"概念的所指随着诗歌实践发生位移，对应的诗歌批评也在发生着变化。2008 年之后，网络诗歌的论争逐渐走向冷静期。2010 年，在"第一届中国诗歌微博论坛在线诗歌研讨会"上，与会学者宣布中国网络诗歌进入"后诗歌论坛时代"。"网络诗歌那种对抗中的张力正在，或者说，已经被瓦解。'江湖'和'庙堂'的对抗性书写正在被离散性书写所替代。……个人博客（blog）使网络诗歌进而陷入匮乏、衰退之后的以'个'为单位的离散状态。"③ 可以说，网络诗歌的离散性背后关联着网络媒介自身内部的变化。"'网络诗歌'是一个动

---

① 夏烈：《观念的再造与想象力重建》，北京大学出版社，2017，第 19 页。
② 蔡爱国：《"网络诗歌"的价值重估》，《前沿》2009 年第 4 期。
③ 何平：《衰退期的网络诗歌——网络诗歌》，《当代作家评论》2009 年第 2 期。

态的生成过程，它的本质是一个历史化的本质。"①故而，对其综括式的结论不具有普遍性和永恒性。我们需要反对"曾经笼罩在网络诗歌头顶上的种种'革命'、'异质'、'超越'之类的'总体性'神话"，②回到诗歌的原点。

由于"网络诗歌"与新世纪诗歌的内包共融关系以及与纸媒诗歌的顺承关系，网络诗歌不再以自由化、狂欢化为面具消解自身，而是以纸媒诗歌的难度写作为目标。有学者认为诗歌源于劳动号子和民歌，本身是通俗而非高贵的；诗人可以通过写作享受随心所欲的快感。③不能因为诗歌的起源是大众的，我们就否认诗歌现在对精神维度的追求，就像人不能因为自己起源于动物就满足于自己的动物性。

让诗回到它本来的位置上来，让诗首先是诗，是情感的，是思想的，是高贵而永恒的，是作用于人的心灵的，是能够疗救人的精神而始终引导人向着前方行进的！让我们再一次郑重强调，诗就是诗。诗不是游戏，不是"手艺"，不是快餐和软饮料，也不是时装表演！诗只能是人类永远的精神家园，让灵魂在这里栖息，让现实生活中的匮乏在这里得到补偿，让可能是贫乏的变得富有起来。④

让"网络诗歌"回到诗歌"本来的位置"上去，更有助于增强新媒体诗歌在新世纪诗歌之中的重要性。总体上看，新媒体诗歌依然采用的是现代诗的创作形式，而"新诗"或者说"现代诗"本身就是与中国现代性相伴而生的。对新媒体诗歌的现代性研究来说，

① 张大为：《当下诗歌：文化机制与文化场域》，《理论与创作》2007年第4期。
② 魏天无：《以诗为诗：网络诗歌的"反网络"倾向及其特征——从小引〈芝麻，开门吧〉谈起》，《江汉论坛》2004年第9期。
③ 张洪军：《浅谈网络诗歌的喜与忧》，《诗刊》2009年第8期。
④ 谢冕：《世纪反思——新世纪诗歌随想》，《河南社会科学》2004年第3期。

这无疑是一种文学史意义上的学术支撑。

第四节　现代性构建：新媒体诗歌批评的理论目标

墨西哥诗人、思想家奥克塔维奥·帕斯说："现代性，以批判为基础，自然分泌出对自身的批判。诗歌是这种批判最有力、最生动的表现之一。"[①] 帕斯之所以这样说，是因为诗歌面对社会和时代往往采用的是抵抗和批判的话语姿态。"相对于正常社会而言，诗甚至是一种'疾病'，一种可增加免疫力的'疾病'——免于使人成为人类的平均数，免于使人成为世界的平均数，免于使人成为公共话语的平均数，免于使人成为正常人的平均数——如此而已。"[②] 这种非平均数写作不等于将诗歌局限于个体的私密体验。就像陈超所说，诗歌的个体经验不能是封闭的、现成的和自明的，许多诗人努力在诗歌中标榜的"自我"，依然是类型化的平均数或者"集体欲望的陈词滥调"。

"现实"不可以在诗歌中还原，然而诗歌的"现实感"却尤为重要。"有效的诗歌应在对个体经验纹理的剖露中，表现出一种在偶然的、细节的、叙述性段落和某种整体的、有机的、历史性引申之间构成的双重视野。"[③] 同样地，新媒体诗歌不仅是诗人个体的生命体验与私人感觉，更属于一个时代的公共经验与文化记忆。文艺批评家南帆以更为清晰的理论话语言说了文学与现代性的关系：

> 文学的首要特征是注视千姿百态的个人命运，近距离地再现他们日常生活之中的言行举止，这无形地显示出异于社会科

---

① 转引自唐晓渡《从内部生成视角看诗的"现代性"》，《扬子江诗刊》2021 年第 1 期。

② 沈奇：《诗歌：从"80 年代"到"新世纪"——答诗友十八问》，《当代文坛》2007 年第 6 期。

③ 陈超：《"泛诗歌"时代：写作的困境和可能性》，《文艺报》2011 年 7 月 13 日。

学的视野——后者时常将某种社会共同体成员设定为雷同的平均数。文学展示的人物个性无法悉数还原为某种社会科学预订的"共性",这恰恰证明了"现代性"普遍主义的限度。作为"现代性"的理论后援,经济学、社会学、法学等社会科学共同形成了一个庞大的观念体系,造就井然有序的科层制。这时,文学更多地显示出挣脱种种约束的企图,甚至与"现代性"格格不入。事实上,这种与众不同的姿态恰恰显示了文学理论与"现代性"复杂的互动方式。①

从现代性角度审视新媒体诗歌的文本和现象,我以为个人经验与公共经验的张力协调是现代性经验审视的前提。新媒体诗歌的现代性经验主要探讨新媒体诗歌语言形式的媒介化、诗歌把握世界的特殊方式、诗歌在新媒介中的存在和传播方式以及诗歌在当下所形成的多元和杂语的审美价值观等。在思考这些问题之前,我们需要从学理上追问三个逻辑递进的问题:新媒体诗歌何以与现代性发生关联?如此的探讨又具有怎样的学术价值?新媒体诗歌的现代性经验表征于哪些方面?

其一,新媒体诗歌本身就属于新世纪新诗。从现代诗歌的源头到现在,新诗百年一直保持着现代性的追求。现代性既是我们当代的一种"生存状态"或"生活方式",也是对生存状态的话语叙述和表达。中国新诗正好是二者的交织点。② 可以说,现代性是新诗的合法性依据,也是新诗的问题情境。③ 这为新媒体诗歌的现代性研究提供了学术史的支撑。鸦片战争之后,中国在内忧外患的境况中被迫卷入了现代性。有识之士如严复、梁启超、王国维等

---

① 南帆:《文学理论体系:文化结构、现代性、审美与文学传统》,《文学评论》2020年第6期。

② 霍俊明:《新诗百年谈:传统、现代性及公共性》,《文艺报》2016年10月21日。

③ 唐晓渡:《作为"问题情境"的新诗现代性》,《文艺争鸣》2019年第8期。

开始引介西方科学、社会、政治和文化思想。在这样的历史语境中，中国文学（包括中国诗歌）面对传统与现代的冲突和革新的困境。1899 年，梁启超在《夏威夷游记》中提出诗歌须有新境界的"诗界革命"口号，后来作为"诗界革命"旗帜的黄遵宪在《日本杂事诗》中介绍了西方新事物，带给诗歌创作以新风格。可以说晚清诗界的现代性高潮是在"诗界革命"中完成的。1917 年 1 月，胡适在《新青年》上发表《文学改良刍议》，同年 2 月，又发表《白话诗八首》，1920 年，《尝试集》作为第一部白话诗集出版。这些新诗事件标志着白话新诗在反对古典诗歌的基础上，确立了自己的"合法性"。在这之后新诗现代性探索一直未停止其步伐：从 20 世纪 30 年代《现代》诗刊的创立与现代诗派的成立，到 40 年代"九叶诗派"的"新诗现代化"诉求；从 20 世纪 80 年代的"朦胧诗"到 90 年代的"个人化写作"。① 新诗流派发展和诗学观念是与现代性历时地、差异地纠缠在一起的。新诗与中国现代性具有内在关联性，它既受到西方现代性话语的影响，又携带着中国现代化进程独有的文化精神。新媒体诗歌作为新世纪诗歌的一部分，也同样处于中国百年新诗发展的历史河流之中，共同推动着中国现代化进程。

其二，新媒体诗歌的"及物"写作是文化现代性批判和建构的前提。20 世纪 80 年代，先锋诗歌出于对意识形态写作和宏大叙事的反叛，追求"不及物写作"；90 年代的"个人化写作"又以个体处境和经验替代了对社会良心的反思。诗歌的现代性不能与"纯诗"等同，不能以"陌生化"语言割裂诗歌与现实经验的关系。"诗歌的现代性，是重新恢复诗歌回应时代、回应现实生活的能力，而不仅仅是反映的能力。穆旦当年所提出的'现实的荒野'，还在召唤我

---

① 张立群：《论中国新诗的"现代性"问题》，《文艺评论》2012 年第 3 期。

们，期待我们的进入，指向当下、指向未来。"① 新世纪诗歌特别是新媒体诗歌调整了诗歌和现实的关系，② 比如地震诗歌、奥运诗歌、抗洪诗歌和疫情诗歌等。从 21 世纪初各种诗歌网站以及网络诗歌流派，到当下的微博诗歌和微信诗歌，新媒体诗歌具有深刻的现实关怀，表达了社会诉求。它以瞬时的速度到达诗歌现场，以鲜活复杂的生命体验来书写时代精神。与此同时，新媒介的权力扩散与新媒体诗歌的底层写作姿态、及物性写作观念形成"协作"，这是一种媒介与艺术"联姻"的具体表征。网络新媒介内生的"去中心化"或"泛中心化"消解了传统刊物的话语霸权，并带来了诗歌的网络民主化。以余秀华、许立志等为代表的"网络草根诗人"逐渐崛起，随之而来的是底层写作、打工诗歌等。"藏身于网民中间的网民诗人，他们的诗歌写作实际上是平民写作、民间写作的新形式。这个新形式在网络的时代，继续后朦胧诗以来的平民意识、民间立场，继续为'底层'、'为打铁匠和大脚农民写诗'。"③ 不同于知识分子式的"专业写作"，新媒体诗歌是一种自发的、原生的与鲜活的生命体验相关的"人民抒写"。

> 以"草根诗人"现象为代表的诗人与现实之间的紧密关系使得诗歌的现实感、人文关怀、及物性都得到了很大程度上的提升。……这一自发的写作状态和现象一定程度上体现了当下人民大众抒发时代精神和现实观照的潮流，不仅是"为人民抒写""为人民抒情""为人民抒怀"，而且更重要的是真正做到了"人民抒写""人民抒情""人民抒怀"。对于身处底层的工人诗人来说，他们不像其他诗人那样奔赴现实，而是直接身处

① 《诗歌的现代性究竟在哪里？——全国诗歌座谈会部分发言》，搜狐网，https：//www.sohu.com/a/359542195_700745。

② 罗振亚：《"及物"与当下诗歌的境遇》，《光明日报》2015 年 4 月 13 日。

③ 覃才、赵卫峰：《网民写作现象及其他中国诗歌》，《中国诗歌》2015 年第 6 期。

现实之中。他们的写作是直接来自于自身的生命体验，直接以诗歌和生命体验进行对话。[①]

"及物性"是新媒体诗歌的明智选择，它能最大限度地恢复诗歌与现实的联系，并借鉴叙事手段弥补诗歌文类在话语方式的此在性和经验占有的本真性方面的不足。[②] 不过，我们必须意识到新媒体诗歌并没有真正介入现实，被新媒体诗歌书写的现实不过是"现实"的镜像，媒介本身就构成了现实。"'现实'是无法重返、无法介入的，只是现实本体的镜像，诗人所能做的只能根据自己所看到的部分现实镜像去'发明'现实、'再塑'现实。"[③] 新媒体诗歌并不像新媒体小说那样以商业性的"媚俗"方式迎合大众的流俗化需求。新媒体诗歌通过新媒介的现代技术方式，以非功利的方式抵抗因工具理性异化的世界，以多元的、多义的诗性抵抗单面化的倾向，以诗歌独有的语言创造性抵抗庸常的审美世界。21世纪，新媒体诗歌以自身的不确定性和多样性在"及物性"上添加了"诗性"张力。就像朵渔所说，"一个诗人与他的时代不能过分契合，又不能过分脱节，而是要保持一种'凝视'关系"。[④]

其三，对新媒体诗歌的现代性思考并非完全基于西方现代性话语，而要在中国诗歌当下的问题和情境中来探寻。现代性不完全是一个时间概念，它意味着无限开放性。齐美尔认为现代性现象的本质就在于它根本没有本质，也是哈桑所说的"不确定性"。舍勒认为现代性不仅是社会文化的转变还是人本身的转变，"不仅是人的实际

---

① 霍俊明：《"在谈论诗歌的时候我们在谈论什么"——2015年诗歌的新现象与老问题》，《创作与评论》2016年第2期。

② 罗振亚：《21世纪诗歌："及物"路上的行进与摇摆》，《天津师范大学学报》（社会科学版）2015年第2期。

③ 罗小凤：《新世纪诗歌对现实的"发明"与"重塑"》，《中国现代文学研究丛刊》2018年第9期。

④ 朵渔：《球形话题的两个面》，《名作欣赏（上旬刊）》2011年第7期。

生存的转变，更是人的生存标尺的转变"。① 齐美尔也看到"现代性不是生命的新形式反抗生命的旧形式，而是生命反抗形式原则本身"。② 福柯甚至认为现代性是一种态度、感知和行为方式。③ 与此同时，很多理论家也看到"现代性"话语本身携带着西方中心主义的唯一性，现代性应该是多元的。所谓"多元性"就是在西方现代性话语之外的更多的可能性。正如陈晓明所说：

> 现代性既是一个可能一以贯之的视角，又是一种质疑和反思。当然，最根本的出发点在于，回到历史变动的实际过程；回到文学发生、变异和变革的具体环节；回到文学文本的内在结构中去。不应该把现代性看成一个篮子，把现代以来的文学都扔进这个篮子就完事，而是把它看作一个地形图，看出文学在复杂的历史情势中所表现出的可能性，以及反抗历史异化的力量。④

现代性并不具有"坚硬的总体性""历史的一致性"，并非"永久的和不可超越的"，相反，"我们所理解的现代性是在不断分离和断裂的历史片断中重新组装的一种状态（精神、气质、态度、风格等等），它是我们思考的一个参照系，而不是我们要论证的一种历史实在"。⑤ 因此，在中国文化现代性语境中考察和反思新媒体诗歌，意味着两种不同学术姿态的共存和互生：在批判着社会现代性话语的同时又建构着多元的现代性内义。就像霍俊明所说："就100年来的新诗与现代性的关系而言，我们看到的是一个不断流动、变化、

---

① 刘小枫：《现代性社会理论绪论——现代性与现代中国》，上海三联书店，1998，第19页。
② 刘小枫：《现代性社会理论绪论——现代性与现代中国》，上海三联书店，1998，第24页。
③ 福柯：《何为启蒙?》，载杜小真编选《福柯集》，上海远东出版社，1998，第534页。
④ 陈晓明：《现代性与文学研究的新视野》，载陈定家选编《审美现代性》，中国社会科学出版社，2011，第69页。
⑤ 陈晓明主编《现代性与中国现代文学转型》，云南人民出版社，2003，第22页。

前后有冲突的过程。甚至在新诗的不同发展阶段中，现代性的、反现代的现代性以及非现代性都同时存在，彼此之间纠结、缠绕。"① 我们既不能将现代性视为时代性的思想潮流而发出过时的感慨，也不能以西方现代性话语来强制阐释中国新媒体诗歌现实。奥克塔维奥·帕斯就说："'现代性是一个寻找自己的字眼'，'现代性跟社会一样多'，'每个社会都有自己的现代性'。"② 21 世纪中国的现代化进程不仅未完结还在一路前行。我们摆脱西方的"单向度现代化"建设"中国式现代化"，从国家意识形态到社会生活现实都能看到中国特色的现代化选择，比如中国速度、中国建设、航天探月、人工智能和互联网文明等。新世纪文学同样面对中国特色的现代性语境。

> 文学作为观察时代意志碾压下人的处境的一种文体，自然会关心所谓的"现代性"，事实上，在不经意之间，现代性已渗透到作家对这个世界的思考及观察的方式之中，成为一种"无意识"的存在，影响着中国人对未来的想象，也影响着中国人的审美和创造。③

在这之中，新媒体文学是中国现代性话语中的独特交汇点，既摆脱了启蒙革命，又被媒介技术裹挟。新媒体小说的消费性、媚俗性注定了它的初期阶段是被审美现代性批判的对象，而新媒体诗歌则走在反传统的"文化现代性"正途上，即便存在争议的垃圾写作、下半身写作，其背后的诗学精神依然是存在的。就像斯温伍德所说，以现代诗歌为代表的审美现代性是一种建立在"分化和自主性"原则上的审美运动。因为它以"碎片"和"片刻"的微观逻辑来反对整体性，以创新和变化来反对传统的陈旧。现代诗人的作品便是捕

---

① 霍俊明：《新诗百年谈：传统、现代性及公共性》，《文艺报》2016 年 10 月 21 日。
② 转引自唐晓渡《作为问题情境的新诗现代性》，《文艺争鸣》2019 年第 8 期。
③ 艾伟：《文学与现代性》，《扬子江文学评论》2021 年第 5 期。

捉到了"当下之新"和"飞逝的瞬间"背后的永恒，背后充满对工业化、都市生活以及艺术商业化的评论。"现代性是与过去的断裂，而不是过去的延续；所有时期都具有自己的现代性，因为所有的时代都试图代表新生力量。"① 在现代科学、哲学构建的现代社会意识形态之中，新媒体诗歌以全新的语言搭配和隐喻改变人的感官与世界之间陈腐的印象，形成一种对现代性质疑、挑战和反思的姿态。以"新感性"的方式重塑固化的社会常识、生命意识和宇宙知识。

如前所述，自 2008 年以来，新媒体诗歌在"微时代"的媒介技术和时代精神中变得不再极端和先锋，并形成与纸媒诗歌的合流。新媒体诗歌具有不被社会面具符号化抽象的个体性，不被各种文学制度、出版机制和审美意识形态等所修改的原生性，不以追求崇高为目标的日常生活性。故而，对新媒体诗歌的文化现代性探究携带着中国当下的、独有的话语语境。如果说中国新诗的现代化是被西方现代化激活的，那么以新媒体诗歌为代表的新世纪诗歌现代化还是需要回到中国文学话语和文学实践中来。

对新媒体诗歌的现代性经验的研究既包含着新媒体诗歌作为审美现代性对社会现代性的批评，又呈现了对文化现代性重构的期待。借用王珂的说法，新媒体诗歌既需要启蒙现代性的维度也需要审美现代性的维度。作为新诗的新媒体诗歌本身就是一种"现代性"文体，新诗的启蒙现代性决定了新媒体诗歌"要抒写中国人的现代生活和现代社会，表达中国人的现代情感和现代情绪，培养中国人的现代意识和现代精神"，新媒体诗歌的现代性建设"除了以重视诗的体裁及诗体形式建设为主要内容的审美现代性建设外，还要重视以诗的题材及诗体风格为重要内容的启蒙现代性建设"。② 新媒体诗歌

---

① 〔英〕艾伦·斯温伍德：《现代性与文化》，吴志杰译，载周宪主编《文化现代性读本》，南京大学出版社，2012，第 75 页。
② 王珂：《新诗现代性建设研究》，东南大学出版社，2015，第 362 页。

文化现代性中存在的异质性恰好是中国现代性进程的独特性。就像彭文祥所说，西方对现代化进程中的弊端批判是从非理性或反理性出发，从而形成一种悲观主义和虚无主义，而中国文学的现代话语则将科学理性和人文精神统一起来；西方文学艺术片面强调审美自律，反叛、否定文化规范和价值，而中国则坚持自律性和他律性的辩证统一。① 新媒体诗歌对传统诗学的扬弃，对 21 世纪时代精神的感知书写，对诗歌媒介的自我思考，与性别文化、城市文化、乡土文化、生态文化和民族文化的关联，以及新媒体诗歌在艺术性和娱乐性、精英性和民间性、不及物性和及物性、个人性与公共性、技术性与人文性、审美性与消费性、泛伦理性和去伦理性、无难度写作与难度意识等之间寻找诗学话语的平衡，这些都可以在"文化现代性"的总体语境之中得到充分的思考。②

在霍尔看来，现代社会有以下规定性：商品的大规模工业化生产、性别分工形成的"独特的夫权制关系"、工具理性的崛起、文化与社会认同的建构等。③ 陈定家更是一语中的，解释现代社会问题的三大根源："主体性的张扬""理性化的加速""资本的扩张"。主体意识的膨胀导致人与自然的和谐关系变为支配、掠夺关系，从而导致种种生态环境问题，并将这种异化关系延伸到人际关系和人与自身的关系之中，扩展到社会生活的各个领域。理性话语遵循的"标准化"、"均质化"和"规范化"的尺度被扩展为衡量一切事物的尺度，人被自己编织的理性铁笼囚禁。④ 资本的扩张让劳动从人的本质异化为一种手段，继而导致人的本质、人与人以及人与自然的关系

① 彭文祥：《理论与阐释：审美现代性研究三题》，载陈定家选编《审美现代性》，中国社会科学出版社，2011，第 155 页。
② 卢桢：《新诗现代性透视》，百花文艺出版社，2016，第 255 页。
③ 〔英〕斯图亚特·霍尔：《现代性的多重建构》，吴志杰译，载周宪主编《文化现代性读本》，南京大学出版社，2012，第 55 页。
④ 陈定家选编《审美现代性》，中国社会科学出版社，2011，第 15～16 页。

走向异化。文学的现代性主要就是针对以上种种问题进行的反思。党圣元认为把握与现代性问题相关的文论有几种范式：媒介本体论范式、消费主义范式、生态主义范式等。① 因此，对新媒体诗歌的文化现代性批判，本书主要从"媒介技术""空间书写""生态伦理""女性书写""共同体书写"五个方面展开。我们从不同的侧面去接近文化现代性与新媒体诗歌之间的断裂、冲突和互动。

---

① 党圣元：《新世纪文论转型及其问题域》，《北方论丛》2009 年第 3 期。

第二章

诗学精神与技术逻辑：
诗歌媒介的现代性悖论

技术框架了人们的日常生活，但是技术不能触及灵魂，人们会因为技术改变自己的物质生活形态，但是人的内心是很难被技术塑型的。人们向着未来越走越远的时候，反而会想到为什么出发和在哪里出发，当人们在一瞬间有这样的想法的时候，仿佛有一股适宜的风吹来，会穿越障壁叫醒沉睡已久的心。①

——王鑫

新媒体文学从网络之中生长起来，必然与网络媒介有着深层和内在的关联。从媒介建构的角度看，媒介与信息的关系不是简单的载体与信息的关系，媒介还"参与信息传播过程的所有要素在一定结构或系统中进行的意义动态建构"。② 王一川考察了 20 世纪中国现代性进程中，报刊、书籍等印刷媒介和广播、电影等电子媒介与中国审美现代性的内在关联。他认为大众媒介不只是其审美现代性得以展开的场域，"这种公共领域可以突破官方的话语霸权垄断而实现自由信息的传输与制造"。同时它自身还构成审美现代性的基本维度，"没有大众媒介便没有审美现代性以及现代艺术样式"。③ 21 世

---

① 王鑫：《诗歌：新媒体时代重放的艺术花朵》，《艺术广角》2015 年第 3 期。
② 单小曦：《新媒介文艺批评及"媒介说"文艺观的出场》，《中国人民大学学报》2017 年第 6 期。
③ 王一川：《大众媒介与审美现代性的生成》，《学术论坛》2004 年第 2 期。

纪初网络新媒介、AR、VR、人工智能、后人类和元宇宙等技术话语闯入文学批评领域。新的媒介环境给予审美现代性以新的场域，同时构建着不同于以往的审美现代性特征。

第一节 媒介话语与文学事实的表层错位和深层对位

在全媒体时代，媒介本体论置换着人文学科特别是文学理论所遵循的语言本体论。新媒体文学的写作题材、文字表达和叙事风格迥异于传统文学，这些特质迫使我们将媒介逻辑纳入文学批评的考量之中。《剑桥中国文学史》认为新媒体文学或者说网络文学作为中国的独有现象，其概念"网络文学"字面上具有"在线文学"和"数码文学"的含义，但是"大部分中国网络文学是传统的线性写作，而不是超文本或多媒体写作，因此在形式上与印刷文学没有区别"。① 这种论断看似挑战了当今新媒体文论的主流和基础，不过也反映出新媒体文学的媒介效果的错位现象。

第一，网络媒介确实从形式和内容上改变着我们对文学的基本认知。媒介先验地具备超文本性、互动性、数字性、遍历性和视觉化倾向，这种媒介预置性和偏向性必然将其性质深深地烙在文学之上。因此，新媒体文学研究始于网络技术话语向文学话语的延伸。比如莱恩·考斯基马便列举了迈克尔·乔伊斯的《下午，一个故事》的"零度视觉"、史都尔·摩斯洛坡的《胜利花园》之中的"隐喻地图"结构、谢莉·杰克逊的《拼缀女郎》之中的"嵌入式"多层叙事。② 新媒体文学试图以媒介为基础实现叙事的视觉化，这对于文学的实践和理论来说都是有价值的探索。西方媒介和文化话语理论

---

① Kang-I Sun Chang and Stephen Owen. *The Cambridge History Of Chinese Literature Vol II*, Cambridge University Press, 2011. p. 701.

② 〔芬兰〕莱恩·考斯基马：《数字文学：从文本到超文本及其超越》，单小曦等译，广西师范大学出版社，2011，第 109 ~ 120 页。

影响了中国新媒体文学研究的理论方法，以黄鸣奋和欧阳友权为代表。

黄鸣奋将从西方新媒体技术层面发展出来的超文本理论作为理论生发点，对新媒体文学和艺术进行学理探讨。[1] 他认为新媒体文学的基本特征有二。首先，新媒体文学有超文本性（hypertext）。超文本性主要指非线性或者多线性与能动选择性，传统文学秉承着印刷媒体的"线性"特征，遵循文本结构与读者阅读的顺序性轨迹。这种轨迹是印刷文本的页码无间断、无重复所累积带来的。此种创作和阅读顺序主要是直线型的，更是独一性的、单线型的。当我们将视线转向新媒体文学时，我们会发现非线性叙事占据主导地位。从作家角度来看，他可以在完整的叙事链条上任意切断或者岔开，也可以在并不连续的文本之间进行增添和续补；从读者角度来看，读者可以在叙事多种可能性上进行选择。同时，超文本性还意味着文本可以在不同媒体之间穿梭，并且具有强烈的主体间互动性。由于网络页面的全媒体技术，超文本叙事中的能指与所指之间的形象间接性，被图像与语言之间的直接印证性所取代，从而成为共时的关系。

其次，新媒体文学呼应着后现代性。新媒体文学具有浅度性、去历史化、去主体性等倾向，同时它反对同一性和普遍性、反本质主义和基础主义。这与强调不确定性、小型叙事、混沌性、非中心化、差异性和动态生成性的后现代主义几乎完全吻合。当然我们不是因为二者特征近似而生硬地将二者结合起来，而是因为作为理论的后现代主义本身源自西方社会文化思潮。文化中当然包括作为语言艺术的文学，特别是当时的先锋派文学、实验性文学，它们在新媒体中更加如鱼得水，蓬勃发展。新媒体文学的超文本性真正实践着后现代理论；同时网络媒介的身份匿名性、民间大众性、时空自由性等也允诺着后现代精神的诉求。

---

[1]　黄鸣奋：《超文本探秘》，《文艺理论研究》2000 年第 6 期。

　　欧阳友权早期以西方媒介文化理论对中国的新媒体文学和文化现象进行批评研究。他认为网络技术出现之后，媒介对文学的赋型改变了文学的形态，比如文学的技术化造成超文本、超媒体的叙事能指漂浮和审美崇高性的消解，新媒体文学的"欲望修辞"替代"诗性深度"，图像化叙事抽空文字的韵味，读屏消解着文学的诗性体验，媒介技术消弭文学性，匿名性弱化作家主体责任，技术复制消退文学经典信仰。① 新媒体文学与后现代生存状况同步：新媒体文学对传统文艺观念的"祛魅"浸润着"后现代主义的知识态度"，新媒体文学对中心的消解保持了"后现代主义的边缘姿态"，网络写作的无深度化同构于"后现代平面化理念"。② 其背后的理论支撑是法兰克福学派的文化批评理论和后现代文化理论，比如本雅明的"灵韵"说、阿多诺的文化批判理论、鲍德里亚的媒介"拟像"与"超真实"理论等。总的来说，媒介诗学认为媒介是文学本质性的语境存在和展开。

　　第二，早期的新媒体诗学理论与网络文学事实形成理论和对象的非适恰性。纸质文学的"媒介迁徙"与网络文学的"网络原生"，构成新媒体文学的复杂性。不过，我们发现新媒体诗学倡导的"网络性"与中国网络文学事实形成表层形态的错位。

　　其一，新媒体诗学主要是以网络文学中的实验性"新文类"为基础，比如与纸质文本线性展开相区别的层阶并置文本与网络并置文本。③ 以动态性、交互性、多媒体性、超文本性和超链接性等为特质的新媒体诗歌，只是极少数"先锋"创作者的文学实验和理论创

---

① 欧阳友权：《论网络文学的精神取向》，《文艺研究》2002 年第 5 期；《网络文学对传统诗性的消解》，《中国文学研究》2003 年第 3 期；《数字媒介与中国文学的转型》，《中国社会科学》2007 年第 1 期。

② 欧阳友权：《网络文学的后现代文化情结》，《文艺理论与批评》2003 年第 2 期。

③ 韩模永：《网络文学"新文类"的链接形态及其美学变革》，《社会科学战线》2017 年第 8 期。

新者的设想而已。新媒体诗歌大多不具有类似乔伊斯的《下午，一个故事》式的超文本性，也没有中国台湾诗人的"多向诗""具体诗""互动诗""多媒体诗"等①的先锋性。其实"非线性"和"多线性"的网络实验性写作，即使在整个中国新媒体文学之中也是少见的。绝大部分新媒体诗歌作品主要还是采用线性叙事。故而，新媒体文学作品依然遵循文本中心本位。所谓拼贴美学和随机性美学对于网络文本的整体性研究来说是不成立的。如果说网络媒介形成了文学意义的漂浮、流变、解构与重组等，那么这种特质也只能是从传统阐释学层面上来理解的。新媒体文学读者依然是传统的线性文学追随者。

　　其二，新媒体诗歌绝大多数并没有文本结构上的视觉化尝试，如苏绍连《时代》式的语—图互文式创作和《草场》这样的"新文类"诗歌，它们整合绘画、图片和视频等多媒体，并形成文本的多链接性和互动性。② 但是，这样的文学实验只有对文学语言视觉化和直觉性的形式因素的追求。中国主流的新媒体诗歌仍然是以网络媒介为平台发表的、与纸媒差异性不大的诗歌（至少形式上与中国现代诗无异）。与其说新媒体诗歌追求纯粹的"奇观美学"，不如说它追求可视性、新奇性、愉悦性和表演性。

　　其三，新媒体诗歌主要以"成品"呈现在平台上，在写作过程中少有读者可以对作品进行直接修改。虽然在 BBS 论坛早期，新媒体诗歌常常可以形成真正意义上的"作者—读者"互动。"BBS 上的诗歌写作呈现出一种未终结性，作者可以随时随地根据需要来进行修改，不同的读者可以在不同角度、不同的空间、不同的时间来进行阅读理解，不断地提出各种问题，并进行批评、修正，作者与读

① 　张春：《超文本文学创作的形式实验及其美学价值》，《江苏社会科学》2012 年第 1 期。

② 　孙基林：《台湾中生代网络诗歌及诗学初识》，《扬子江评论》2008 年第 3 期。

者处于一种互动状态，读者成为作者的一部分，或在一定程度上影响着作者的创作，或在一定程度上参与写作，诗歌文本不再是封闭、同质、统一的，而是开放、异质、多元的，充满了众声喧哗。"① 当新媒体诗歌进入"私媒体"创作阶段，比如博客、微博和朋友圈时，诗人的创作与读者的阅读之间依然有着明确的界限。

第三，基于新媒体诗歌现实状态的审视，我们认为网络媒介或数字媒介并不是直接改变诗歌文本本身，而是改变诗歌的创作、阅读、传播和批评等生态系统，再反过来间接地影响诗歌文本形态和精神境界。通过口头传播的诗歌（口头诗歌）与通过印刷传播的诗歌（书面诗歌）就存在诸多不同，比如创作者的隐匿或凸显、文本"此时此地"的语境的依赖性差异、创作者与接受者的混融或截然分开。当我们将目光转移到网络媒介时，大家发现在新媒体文学中，作者的身份与现实差异带来一种"换装癖"；网络作家与读者的互动性带来创作的"精神性混融"；新媒体文学作品与图片、声音动画等形成"跨媒介"共文性。网络新媒介再造了诗歌的写作、发表、传播和评价等整体生态链条，② 改变了文学场域中各个要素以及它们之间的生态关系，进而改变了诗歌的审美特质。

其一，新媒体诗歌的作者与读者之间的关系从传统的"作家—编辑—文人批评"模式走向"作者—民间批评"模式，从"内循环"走向"外循环"。传统文学"作家写给编辑看，编辑办给批评家看，批评家说给研讨会听，背后支撑的是作协期刊体制和学院体制。这就不可避免地走向圈子化——这里的圈子，不是志趣相投者的同仁团体，而是权利分享者的利益共同体"。③ 传统编辑对于作品的决定力量比想象大得多，作品的审美趣味很大部分是由编辑筛选

---

① 吕周聚：《论网络诗歌的观念变革》，《山东社会科学》2016 年第 3 期。

② 王士强：《消费时代的诗意与自由》，广西师范大学出版社，2017，第 129 页。

③ 邵燕君：《传统文学生产机制的危机和新型机制的生成》，《文艺争鸣》2009 年第 12 期。

和决定的。可以说纸媒的话语权力被知识精英、文化精英和社会精英掌控，发表的作品往往符合、迎合着精英的审美趣味，从而与大众审美趣味背离。① 网络平台没有编辑的严格审查，也没有纸刊版面和发表周期的限制。创作者的文字表达欲望在网络之中可以尽情释放。在这里，诗歌的审美标准不再被传统期刊决定，网络让诗歌走向大众和精英的调和，让诗歌及其评判标准真正从民间生长起来。网络媒介让诗人的写作不再受限于商业利益和政治诉求，诗性得到极大彰显，从而实现创作自由。匿名所带来的虚拟身份使诗人可以展示最为真实的自我，从而抛弃身份约束和审美崇高的焦虑。② 作家特别是诗人最喜用笔名创作，在纸媒语境之中，笔名替代真实名字成为常态。在网络语境之中，"网名"成为诗人的第三层面具。在这层面具之下，主体的社会身份被遮蔽。这也意味着身体对应的诗学道德观念在网络的狂欢之初被消解。借由网络的匿名，诗人实现以真实内心面对诗歌和读者。网络媒介让诗人以戴上面具的方式卸下面具。网络诗人以无身份、无性别、无年龄的虚拟身份进行创作，实践着"我虚拟我体验""我在线我存在""我交流我在场"的网络精神。

> 在网络诗歌创作中，以"网名"出场的诗人可以抛弃"社会面具"和"审美承担"的焦虑，以抒情写意或游戏娱乐为目的，在虚拟的网络世界里尽情抒写自我，真正实现"我手写我口"的诗歌自由之梦。这样，可以把诗歌创作的功利性降到最小程度，使诗歌的载道和代言功能趋向淡化，自我宣泄功能、自我表现功能和游戏娱乐功能得到空前强化，从而彻底打破传统诗歌创作的职业化和功利化倾向。③

---

① 曾宏伟：《脱去光环——当下新诗走向探析》，《艺术广角》2006 年第 4 期。
② 孙晓娅：《新媒介与中国新诗的发展空间》，《文艺研究》2016 年第 11 期。
③ 谢向红：《网络诗歌的优势与面临的挑战》，《河南社会科学》2004 年第 1 期。

　　身份的匿名带来诗人主体性和主体精神的自由。这种诗歌存在方式解构了传统诗歌刊物的话语权，让诗歌真正走向大众和民间，实现了诗歌的网络民主。

　　然而，在论坛诗歌和网站诗歌阶段，诗歌的审稿、编辑和发表流程其实与传统诗歌期刊并没有根本性的区别，各网站和论坛的诗歌栏目本质上是穿着新媒体外衣的纸媒诗刊而已。在这个阶段，论坛"版主"和网站主编还起着"传统编辑"的部分功能，新媒体诗歌的自由写作和发表很难真正实现。① 不过论坛和网站还是比纸媒宽松些。由于不受版面的限制，网络编辑可以将尽量多的作品呈现出来，由评论家和阅读者自己去鉴赏判断。这种宽容的文学筛选机制激励着那些无法从传统文学期刊之中脱颖而出的作者。当新媒体诗歌从网络平台走向博客、微博和微信的自媒体之后，编辑彻底从诗歌写作、发表、传播中退出。只要有手机和网络，诗人随时可以将新鲜的灵感物化为诗句，并通过自媒体发表出来。就像《芳草》负责人钱鹏喜所说，新媒体诗歌改变了传统期刊的"组稿方式、选稿标准、发表程序乃至写作方式"，以及诗歌审美观念。这使得年轻的诗歌爱好者因为网络而远离传统文学期刊。②

　　其二，网络媒介的"去门槛化"改变了新媒体诗歌创作的精神状态。许多网络诗人都谈到过一个现象：由于传统期刊的种种问题，曾对诗歌失去信心，但是遭遇网络之后，写诗的冲动又"满血复活"。比如口水诗人蓝蝴蝶紫丁香就谈及自己的写作经验，网络带给诗人浓厚的兴趣使她在诗歌论坛肆无忌惮地"灌水"。倒不是发口水帖，而是由于回帖而不断地发帖。"以文字为水，以话语为水，以情感为水，以诗为水，不断地灌水。思维会越来越活跃，灵感会不断地喷发出来。

---

① 何平：《"私媒体"时代的网络"诗生活"——网络诗歌》，《当代作家评论》2009 年第 2 期。

② 武翩翩：《传统文学期刊如何应对网络的挑战》，《文艺报》2007 年 3 月 1 日。

奇思妙想，在灌水的时候层出不穷。不断地灌水，不断地给诗歌注入新的东西，不断地实验，不断地创造，也不断地分享灌水的快乐。"①不可否认网络带给诗人创作的激情和灵感，但并没有带来诗歌创作时的必要性潜沉，没有"收视反听，耽思旁讯"的心灵内省，反而是一种急于展示的冲动。诗歌写作从"拈断数茎须"沦为了文字的"灌水"。手写的屏气凝神与临屏写作的复制型思维，让诗歌失去传统文学的"光晕"，沦为狂欢喧闹和价值平面化的文字堆砌。

　　网络媒介的诗歌写作是从传统书面的"书写"到屏幕的字符"输入"，虽然其输出内容相同，但二者差别也是显而易见的。纸笔书写往往具有先行的酝酿与后行的书写的过程，临屏书写则更多是边思边写的"共时"，其原因在于数字写作时修改的便捷性让输出更为随意和随性。同时新媒体诗歌发表的瞬时性避开传统诗歌发表时所受到的投稿、审核限制，这种时间效应让诗歌写作变得极为自由，却也让作品被精雕细琢的机会减少。这让诗歌逐渐放纵、堕落，并陷入"泛诗歌"的自我消解的危险之中。新媒体诗歌发表的"去审核化"使得诗人降低写作标准，写作变得随意甚至口水化和碎片化。网络带来的人人写诗趋势与诗歌文体的高贵性之间有着根本性矛盾。诗歌对写作者的语言、精神和审美素养要求极高，因而不可能也不需要全民写诗。网络平台的刺激营造了人人写诗的假象，其结果是写诗的人比读诗的人还多。②

　　"点赞数"比以往任何时候都要更多地占据着诗人的目光。技术媒介先天携带偏向性，网络点评的即时和便利让诗人贪恋于他者的赞美。传统诗人"孤芳自赏"的孤傲在网络时代消隐。诗人的文化品格和思维习惯受"及时反馈"的媒介逻辑影响。作为语言艺术的

---

① 蓝蝴蝶紫丁香：《为网络诗歌鼓与呼——在首届"福建青年诗人交流会"上的发言》，转引自张德明《审美日常化：新世纪网络诗歌侧论》，《东岳论丛》2011 年第 12 期。

② 黄尚恩：《"心仪于充满锐气的批评"——对话诗评家谢冕》，《文艺报》2011 年 12 月 26 日。

诗歌呼唤着深层审美阅读，这不同于"信息"的瞬时获得所带来的"反阅读性"。诗歌作为"慢"的艺术形式与媒介的"快"本身存在冲突。① "贯穿临屏写作一系列环节：码字、编辑、发表、反馈，闪电般空前便捷，但诗歌本质上是'慢'。网络上的'超特快'，对诗歌是一种瓦解。"②

　　2005 年，以 Web2.0 为标志，互联网进入"自媒体时代"。诗歌新媒介从"诗歌论坛"到"诗歌博客"，再到后来的"微博诗歌""微信诗歌（诗歌公众号）"。有学者将纸媒孕育的诗歌博客博主称为"网络移民诗人"，比如翟永明、王家新等；将"个人原创"诗歌博客博主称为"网络土著诗人"，比如"新红颜写作"代表诗人施施然、金铃子、郑小琼等。前者将博客视为其诗歌的"二次发表"，后者的作品就是博客的产物。从诗歌博客到微博诗歌又是一次网络诗歌的"微质变"，标志是网络依赖的硬载体的质变：从电脑向智能手机的转移。③ 论坛、网站、博客是在电脑上实现的，而微博和微信是在智能手机上运行的。如果说前者以新媒介对空间的压缩换来对时间的超越，那么微博和微信便是以突破硬载体方式彻底解除了空间的限制。电脑将人限制于相对固定和静止空间，手机则是每个人随时随处携带的终端。我们可以在公园长椅上、拥挤的地铁上或山顶的晨曦中，将当时的感受或灵感编辑成 140 字的微博诗歌。网络的瞬时性用时间逐渐消灭空间，而手机则加速了这一过程。如果说诗歌的临屏（电脑屏）写作消解着诗歌的"慢"，那么手机屏的写作更是在此基础上狠狠地提了一次速。媒介对自由和速度的追求导致诗歌写作陷入文字泡沫化的危险中。

---

① 马春光：《"纸"与"网"的博弈——网络诗歌新论》，《中国石油大学学报》（社会科学版）2014 年第 4 期。

② 陈仲义：《新世纪五年来网络诗歌述评》，《文艺争鸣》2008 年第 6 期。

③ 马春光：《"自媒体"时代的诗歌形态》，《海南师范大学学报》（社会科学版）2016 年第 5 期。

　　其三，媒介改变阅读者的精神结构和文本属性。从甲骨文写作对应的贵族文化垄断，到竹简的士大夫百家争鸣，再到蔡伦造纸术带来的"寒士文学"，以及活字印刷术推动长篇小说的高潮，① 这背后都能看到技术革新带来的文学媒介的改革及其生成的全新的文学生态。网络将不同的作品以"超链接"方式聚拢在平台之上，听凭读者的指挥调遣和阅读阐释。以《纽约时报》为例，本尼迪克特·安德森认为各种重大事件被并置在报纸上，它们毫无关联，仅仅是时间一致而已。这种"任意挑选"的关联带来一个后果："异质"的信息因为媒介形成了"同质"的关联。② 新媒体文学构建着众生喧哗的数字"文学场"，随着媒介效应走向审美话语的"单声道"。近代精英文学和新媒体文学并置于流动空间之中，时间消失在媒介之中，它们融合为一种"均质"的审美文化。

　　网络平台和微信公众号以及微博等新媒体，与传统媒体形成"共生"的关系。作为传统纸媒杂志，《十月》拥有自己的"十月杂志"微信公众号，并定期将经典作品通过公众号发布。这种媒介之间的互融状态为新媒体文学创生了融媒体的生态环境。在"网络＋"的语境之下，诗歌的自律性逐渐丧失，"诗歌"与其他文化形式并列地存在于网络平台。"诗歌降身为诗歌活动的一个元素参与到诗歌活动之中，诗歌和其他艺术元素结合到一起，这不但是简单地恢复诗歌文化、诗歌活动的传统，而且更重要的是带来了整个诗歌它内在的结构变化，诗歌的内容、题材、声音、意象等选择，在网络的规约下都发生了一些内在改变。"③ 所以说，媒介生态批评与新媒体诗歌具有适恰性。需要强调的是，作为一种"环境"的"媒介批评"是一种"隐在"的话语，对文学文本批评来说是间接的。

---

① 李少君：《草根性与新世纪诗歌》，《南方文坛》2009 年第 4 期。
② 〔美〕本尼迪克特·安德森：《想象的共同体：民族主义的起源与散布》，吴叡人译，上海人民出版社，2017，第 30 页。
③ 张厚刚：《"作为元素的诗歌"与新世纪诗歌的"世俗化"》，《星星》2016 年第 1 期。

第二节　塞壬的歌声：商业逻辑与自由狂欢

当媒介逻辑与资本逻辑达成联盟之后，新媒体文学特别是网络小说关联的"故事消费"、粉丝经济、类型化写作、IP 全链路衍生、VIP 订阅制度等背后都遵循着商业逻辑。有学者认为新媒体诗歌同样受制于资本规律，因为它是大众文化和大众传媒的产物，是文化工业批量生产的文化产品。"在网络上，诗歌遵循的是消费时代的快乐法则、消费意识和过度的物欲快感，从而使诗歌写作更多地呈现为消遣性、自恋性和变态性。"① 类似的观点在另外一些学者那里也能看到，比如宋蓓蓓认为网络媒介赋予网络诗歌大众文化特征和民间立场，这针对的是传统诗歌精英文化的特质；同时网络培养着大众的消费文化习惯，这使得新媒体诗歌携带强烈的消费精神。② 反对的学者则认为，将"网络小说"的商业逻辑话语移植到"网络诗歌"之中失之偏颇。王磊认为，"相比商业包装的'网络写手'、'小说大神'，几乎赚不到钱、纯属个性娱乐的网络诗歌，更接近文学的本质"。③ 同样地，学者蒋登科认为："从商业操作、盈利模式上考察，在市场经济的语境之下，诗的经济效益肯定无法与小说、奇幻文学、影视文学等样式相比。因此，如果笼统地将诗放在网络文学这个大的语境中考察，尤其是和经济效益结合起来考察，对网络诗歌是有失公允的。"④ 笔者认为新媒体诗歌离资本场域最远却并

---

① 霍俊明：《塑料骑士·网络图腾·狂欢年代——论新媒质时代的网络诗歌写作》，《河南社会科学》2004 年第 2 期。

② 宋蓓蓓：《回归与超越——网络诗歌的文化特征》，《中北大学学报》（社会科学版）2013 年第 4 期。

③ 王磊：《"羊羔体"取代"梨花体"走红网络——迎着网络朝阳　诗歌背后有长长身影》，《文汇报》2010 年 11 月 15 日。

④ 蒋登科：《网络时代：诗的机遇与挑战》，《文艺研究》2011 年第 12 期。

非完全独立于商业文化之外。

第一，网络小说以"文本"为基础，并形成叙事情节、"爽文逻辑"和"网文算法"共谋的商业逻辑，而网络诗歌则以"事件"为单位，遵循编辑、出版商和诗人"共谋"的商业运作模式。

首先，网络媒介的即时性滋生出网络小说的"爽文逻辑"，并与消费文化形成同构。曾经需要费九牛二虎之力才能在图书馆找到的知识，现在鼠标一点或手指一戳便可以在各种搜索引擎、咨询平台找到。从以时间为成本的"知识""智慧"到唾手可得的"数据""信息"，媒介瞬时达致的技术现实改变了我们看待信息的方式以及知识构建的话语模式。纸媒文学，特别是传统经典文学意味着读者需要花费大量时间去"琢磨"。这种心态、心境已经不可能在网络环境之中常态性地存在了。文学阅读必然随着媒介逻辑转变为追求娱乐性或者说"爽点性"。"金手指""逆袭""升级"等都是网络文学常用的手法。"爽点"写作就是迎合读者的审美需求、价值取向和情感偏爱而采用"媚俗"式的文学手法。

网络小说的"爽文化"背后的生产动力就是"商业性"，强大的资本动力刺激着网络文学的生态链。据《中国网络文学版权保护白皮书2021》，2020年中国网络文学市场规模已经达到288亿元。[①]网络文学资本积累速度远远超过之前的预期。根据第48次《中国互联网络发展状况统计报告》，截至2021年6月，中国网络文学的用户超过4.67亿，网络文学作品累计2500万部。数量巨大的网文IP成为影视改编资源库，这必然吸引资本的强势注入。这里所说的"网络文学"主要是"网络小说"，它天生的资本性将文学创作变为文学生产。正如乔焕江所说：

　　网络文学不能等同于我们谈论"文学一般"时所说的那种

---

① 参见 http://ex.cssn.cn/wx/wx_yczs/202204/t20220407_5402451.shtml。

属于文学的"创造性",它当然也需要文学创造的能力,但此时,它首先已经不再是一种个性的创造性,而直接是一种社会的创造性,一种被资本改组和收编的创造性。①

强大的商业需求倒逼作家创作的"媚俗化",而情节的精密化、文字的精巧化和人物的精雕化等传统文学的追求则被网络文学抛弃。沉静、优雅和诗意被放弃,留给读者的是小品化的幽默、奇观式的震撼和过目即忘的文字快感;网络小说写作逐渐程式化,形成情节、套路和结构基本固定的生产机制;创作者可以通过购买写作软件和采用"原子模板""自动生成""语境库"等技术手段辅助写作;商业利润下的"日更"机制使得文学的写作变成文学的奥运会,追求更高更快更强。出于资本的追求,网络文学平台要求创作者必须在"文学车间"(储卉娟)日更式写作,"网文写作的某些种群体特征仿佛机器的'嵌入式编程',作者们经历着资本力量的异化与固化,就像'码字民工'一样每天开足马力,拼命赶稿"。② 一系列程式化写作难免让网络创作者陷入"文字搬运工"的角色,最后的结果是网络创作主体抛弃"艺术无效率定律",以低廉模仿和批量生产的作品来满足读者"被规定好"的需求。

其次,新媒体文学的商业逻辑形成现代性"媚俗面孔"。网络小说的商业性与网络诗歌的"文学性"形成一种"后卫"与"先锋"(格林伯格)的关系。审美现代性与媚俗文学似乎并不融洽甚至互相排斥,前者意味着创新和反传统,后者意味着套路和重复;前者意味着反叛和反思,后者意味着顺从甚至谄媚。但是,"无论是在技术上还是在美学上,媚俗艺术都是现代性的典型产品之一。媚俗艺术(它对时尚的依赖和迅速过时使得它成为可消费'艺术'的主要形

---

① 乔焕江:《资本如何影响网络文学的发展》,《人民论坛》2017 年第 8 期。

② 《"流水线"上的网文世界:文学的繁荣与尴尬,是该反思批量生产了》,https://www.sohu.com/a/341629357_475768。

式）和经济发展之间的联系实际上是如此紧密"。① 媚俗艺术的出现是技术现代性侵入文学和艺术的结果，媒介技术、文化工业和消费文化的共谋将网络小说从边缘地位推向中心。网络小说爽点的即时性就是媚俗的表现之一。

> 媚俗艺术代表即时性原则的胜利……即时获得，即时见效，瞬时美。在我看来，媚俗艺术的极大悖论在于，它由一种极富时间意识的文明——它所给予时间的价值显然不能再多了——所产生，但它似乎既是用来"节约"也是用来"扼杀"时间的。说节约时间，是指对它的享受是无须努力的、即时的；说扼杀时间，是指它像毒品一样使人暂时摆脱恼人的时间意识，从"美学上"为一种否则就是空虚和无意义的现时提供理由，使之变得可以忍受。②

这以节约的方式消磨时间也是网络小说滋生的文化生活状态。从卡林内斯库的角度来看，媚俗意义上的新媒体文学必然是现代性最典型的产品之一。网文算法则是新媒体时代文学实现审美媚俗的有效技术手段。

最后，在数字人文的大背景之中，网络小说创作逐渐走向以数据主义为中心的算法逻辑。有研究者将其称为"网文算法"。"网文算法"将现实世界进行结构化和数值化的"规则设计"，并以超文本的方式形成网络小说不同类型之间的拆解、分割和重组，最后形成以"数据库"为基础的写作、传播和阅读方式。③ 网络文学的故事类型选择、人物角色设定、叙事模式偏向、情节节奏的计算和读

---

① 〔美〕马泰·卡林内斯库：《现代性的五副面孔：现代主义、先锋派、颓废、媚俗艺术、后现代主义》，顾爱彬、李瑞华译，商务印书馆，2002，第 242 页。

② 〔美〕马泰·卡林内斯库：《现代性的五副面孔：现代主义、先锋派、颓废、媚俗艺术、后现代主义》，顾爱彬、李瑞华译，商务印书馆，2002，第 15 页。

③ 李强：《作为数字人文思维的"网文算法"——以"明穿"小说为例》，《中国现代文学研究丛刊》2020 年第 8 期。

者情绪的把握，都可以通过"计算批评"①来完成。正是技术逻辑的介入，使得网络小说以技术话语的高姿态和欲望生产的低姿态双重地迎合读者。小说创作者以及背后的算法，以看似海量实际固定的套路将读者或消费者设定、规定并规训为资本逻辑想要的样子。在此意义上，网络小说确实是典型的媚俗艺术。在大众媒介时代，读者有不同的兴趣、爱好、欲望和价值观，媚俗艺术自觉或不自觉地以"平庸"的艺术来面对千差万别的公众，折中主义的风格是最为安全和保险的方式。② 不过，"网文算法"下的读者不会是大众媒介时代同质化的"均等消费者"（average consumers），网络文学平台可以根据读者的阅读反馈数据为他们提供多样性和差异性的作品。算法可以将海量的作品以个性化方式为每一个读者量身定做。然而，我们必须看到"网文算法"背后依然是被技术主义者高明地预先设定的趣味和情感需求。我们只看到我们愿意看的。"异质"的作品被数据屏蔽和排除，读者的审美趣味在技术的操纵下形成内卷的漩涡。

第二，如果将文学批评视角从网络小说转移到网络诗歌，我们就会看到完全不同的新媒体文学现象和审美精神。"网络诗歌十年"时期，网络的新奇性和自由性刺激了一大批传统诗人投身于网络诗歌创作之中。这个阶段的写作动力主要来自纯粹的情感宣泄和自娱自乐。网络的自由挑战了伦理观念，释放出人的本能欲望。下半身写作让初期的网络诗歌充满着骚动的气息，比如沈浩波的《一个女人的两次日记》对不伦性事的赤裸描写；朵渔的《镇上》有着青春期孩子的萌动与欲望；巫女琴丝的《一个少女对刑场的感性认识》中女性对展示自己美好身体的冲动；木桦的《干枯的天堂》对男欢女爱的描写；巫昂的《艳阳天》对女性自我欲望的直接书写；轩辕

① 吉云飞：《作为"计算批评"的"远读"——以网络小说"升级文"中的节奏与情绪为例》，《中国现代文学研究丛刊》2020年第8期。

② 〔美〕马泰·卡林内斯库：《现代性的五副面孔：现代主义、先锋派、颓废、媚俗艺术、后现代主义》，顾爱彬、李瑞华译，商务印书馆，2002，第268~269页。

轼轲的《断交》以露骨的语言表达非传统伦理的关系；尹丽川的《为什么不再舒服一点》和凡思的《花儿》中女性对欲望渴求的大胆表达；等等。无论对性和身体的书写是正面还是侧面，其背后遵循的都是"快乐原则"。

"网络诗歌十年"以"返回到本质的、原初的、动物性的肉体体验"的方式，来反抗身体"被传统、文化、知识等外在之物"异化和污染。理想主义的诗歌精神，让他们以"在场的肉体"对抗"文化躯体"。网络诗歌之中的"性欲"写作在鲍德里亚看来似乎是与消费文化相关联，"性欲是消费社会的'头等大事'，它从多个方面不可思议地决定着大众传播的整个意义领域。一切给人看和给人听的东西，都公然地被谱上了性的颤音。一切给人消费的东西都染上了性暴露癖。当然同时，性本身也是给人消费的"。① 然而，我们必须看到鲍德里亚还说过一句话："消费的真相在于它并非一种享受功能，而是一种生产功能。"② 换句话说，反叛期或先锋时期的网络诗歌因媒介自由而生成的"本能书写"，并没有将"性"作为一种消费生成力兑换为资本，而是以"下半身"书写的方式对抗、反叛和解构理性话语。网络诗歌身体书写并没有在适当的时机发挥其应有的价值作用，它也不是对消费社会的迎合，只能算作诗歌精神在方向感上的缺失。就像丁来先所说，诗歌写作的身体性问题只有在"身体"受到冷落并被歧视的语境中，或者现实感性不被重视的情况下才具有艺术价值；而今社会已然欲望泛滥，再来谈身体的问题便是没有真正的方向感的行为。③ 在"物欲"与"情欲"的较量之中，网络小说选择对前者的追求，网络诗歌则将后者作为宣泄和自娱的

---

① 〔法〕让·鲍德里亚：《消费社会》，刘成富、全志钢译，南京大学出版社，2014，第137～138页。

② 〔法〕让·鲍德里亚：《消费社会》，刘成富、全志钢译，南京大学出版社，2014，第60页。

③ 丁来先：《诗人的价值之根》，中国社会科学出版社，2011，第10页。

方式。

> 物欲的刺激和需求在网络的虚拟语境中都失去了用武之地，想通过网络诗歌的写作换取物质生活的改善的想法有点类似于天方夜谭。只有情欲冲破道德禁忌的魔咒，成为消费主义大行其道的文化语境下诸神退位、大众狂欢的欲望符码。[1]

换句话说，存在于消费文化的"网络诗歌十年"其创作理念并未受到商业资本的裹挟，而是以"先锋"的姿态保持诗歌精神的纯粹性，保持着非功利非商业的纯艺术追求，即便它采用的方式较为极端或不被认可。

网络诗歌真正与商业逻辑发生关联表征为诗歌事件化与消费文化的共谋。新媒介时代，诗人和诗歌已经进入与点击率、关注度、资本、利益等高度相关的商业规则之中，其表征就是网络诗歌逐渐走向"事件化"。2015 年，余秀华大火，其背后与媒介的运营不无关系。与余秀华相关的关键词如"农妇""脑瘫诗人""家暴""去睡你"等无不吸引着网民的关注。《诗刊》编辑刘年、彭敏等的精心策划，"读首诗再睡觉"的推送，出版社的出版、评论家的评论等，最后共同"运营"出轰动效应。2015 年，余秀华的两本诗集《月光落在左手上》和《摇摇晃晃的人间》销量突破 20 万册，创下 20 年来诗集的销量纪录。在整场诗歌事件之中有多少人是认真阅读了她的诗的，更多人只是以猎奇的心态在消费诗歌事件。"更多的时候，我们已经不再关注文本自身，而恰恰是文本之外的身份、阶层、现实经验和大众的阅读驱动机制以及消费驱动、眼球经济、粉丝崇拜、搜奇猎怪、新闻效应、舆论法则等在时时发挥效力。"[2] 诗歌逐渐事件化，它被人关注的并非语言修辞、意象和思想情感等美学内

---

① 吕周聚等：《网络诗歌散点透视》，中国社会科学出版社，2014，第 333 页。
② 霍俊明：《当下诗歌的"热病"》，《文艺报》2016 年 7 月 18 日。

质，而是诗人的八卦花边。

"诗歌事件化"是诗歌在网络新媒体时代出场、出位和存在的常态。之所以常态化，其根源在于诗歌"事件"成为一种消费活动，"诗"以及围绕诗的事件成为吸引眼球和流量的"卖点"。"在诗歌事件中，媒体都以消费逻辑策划、构造诗人形象或作品，而诗人或文本的内在价值与意义均被悬置，关注度与点击率成为其主要追求……对于诗人自身而言，诗歌事件并不仅仅是以消费为目的，诗人们'自我消费'并乐于制造诗歌事件，乐于成为诗歌事件的主角，其实不可否认的还有文学史情结作祟。"① 无论生长于纸媒还是活跃于网媒，诗歌的艺术生命都不可能靠媒体炒作所制造的轰动效应来支撑。

> 一些善于投机的诗人根据媒体趣味、"看点"和趋时的审美时尚而择取话语方式和写作风格，使"媒体趣味"淹没诗歌曾经的精英品质和诗歌气象，以"媒体趣味"为主导的诗歌失去了为作品、文本本体的艺术执着和沉潜之力，造成其美学旨趣和高贵精神的严重消解，使诗歌成为一种"漂浮"的符号消费品。诗歌事件的组织者或为出版商，或为媒体，或为诗人自己，他们都将诗人或作品作为一种"商品"，为获取"利润"而费尽心思"构造"诗歌事件，掘地三尺、挖空心思地寻找"热卖点"，从而为诗人打造标签积累知名度。人人都在"表演"，都希望看客捧场、点赞、打赏。而"诗"本身是无法吸引眼球的，吸引人们的是标签后能满足大家好奇心、窥探欲的信息和故事，而不是文本，所以诗人们在"非诗"的地方下功夫，诗歌事件

---

① 罗小凤：《"诗歌事件化"作为传播策略——论新媒体时代的"诗歌事件化"现象及其反思》，《福建论坛》2019 年第 6 期。

的主体被组织者精心策划、操纵，由此纳入商品消费的游戏规则。①

诗歌事件是文学场域中的各要素对诗歌和诗人进行包装，我们可以看到媒介、刊物、编辑、诗人、评论界、出版社等对商业的投诚。可以说，"商业性"联合"媒介性"遮蔽了"诗性"。媒体天生所携带的、对"轰动效应"的追求的本能，降低了诗歌的品位，使得其滋生迎合的姿态。

总之，我们将网络小说和网络诗歌进行参照式思考，可以发现它们与商业逻辑之间存在迥异的关系。（1）网络小说以刺激感官、数据算法和媚俗手法来完成网络文化消费，网络诗歌则是以更为纯粹的身体书写和"事件化消费"来间接地迎合消费文化的兴起。（2）网络小说与"商业化"之间是一种内生关系，网络诗歌与消费文化之间则是一种外生关系。（3）网络小说对商业逻辑的投诚根源是小说"文本"内在包含的叙事性，并在此基础上衍生出的爽文模式和算法模式，以及它们对阅读者感官的迎合；网络诗歌的消费模式往往与诗歌之外的种种媒介性"事件"相关。

第三节　技术理性及商业逻辑的人文批判

传统文论认为文学"媒介"仅仅是承载文学诗性的、类容器式的物质性存在，而理论家早期的新媒体文学批评遵循的是技术逻各斯，即媒介形式决定媒介内容的媒介本体论话语。将媒介视为一种更为本源的力量，这在以伊尼斯、麦克卢汉、尼尔·波兹曼等为代表的第一代媒介环境学者那里体现得最为突出。不过，"媒介决定论"对于新媒体文学批评来说是完全适恰的吗？莱文森的"人性化

---

① 罗小凤：《"诗歌事件化"作为传播策略——论新媒体时代的"诗歌事件化"现象及其反思》，《福建论坛》2019 年第 6 期。

趋势"媒介进化论所呈现的人文主义精神对于新媒体文学批评又有着怎样的启示？

第一，"媒介决定论"与新媒体诗歌的"媒介性"。文学媒介本体论认为媒介内在于文学，媒介技术以一种感性的甚至无意识的方式参与文学作品的创作和传播，改变文学主体的审美感知比率，从根本上改变文学的审美观念。文艺创作并不存在脱离媒介的观念和精神。文学的"媒介本体论"直接受益于以麦克卢汉为代表的"媒介决定论"。按照波兹曼的说法，"媒介决定论"表现在三个维度：其一，媒介作为一种环境影响或者决定着媒介使用者的感知偏向、价值偏向和意识形态偏向；其二，媒介作为一种环境，弥散在媒介使用者周围，无处不在；其三，媒介作用于媒介使用者的无意识层面而非意识层面，作用于媒介形式而非媒介内容。波兹曼总结的"媒介决定论"受惠于其老师麦克卢汉。麦克卢汉直接点明，媒介本质上是以康德的"先验形式"的样态内在于我们，人类的命运只能以媒介的方式展开。媒介是"我们先天的认识机能（faculties）或主体性。媒介是我们'内在的尺度'"。[①]

对媒介决定论，艺术理论家卡西尔也有着类似的表述，他在对克罗齐的批判中说道：

> 一个伟大的艺术家在选用其媒介的时候，并不把它看成外在的、无足轻重的质料。文字、色彩、线条，空间形式和图案、音响等等对他来说都不仅是再造的技术手段，而是必要条件，是进行创造艺术过程本身的本质要素。[②]

---

① 李西建、金惠敏主编《美学麦克卢汉：媒介研究新维度论集》，商务印书馆，2017，第2~3页。

② 〔德〕卡西尔：《语言与神话》，于晓等译，生活·读书·新知三联书店，1988，第141页。

　　卡西尔关于艺术媒介的论述改变了艺术与材料之间的传统观念，即先有审美意识再选择媒介表达；他反过来将艺术的媒介视为"丈量"审美想象的出发点和基本尺度。媒介是塑造和构建艺术所思、所感和所说的本质性力量。离开此种力量，文艺主体不可能感受到和创作出任何艺术作品。正如几何学之中的"辅助线"，辅助线表面上不属于几何图形，然而离开辅助线便无法得到答案。"辅助线"是来自主体内在精神的客观化赋予，它既非主体也非客体，我们称之为"类客体"。媒介虽有"物性"的维度，但更多地以"类客体"的本质而存在。

　　希利斯·米勒在 21 世纪初曾说，新的媒介"不只是原封不动地传播那内容的被动母体，它们都会以自己的方式打造被'发送'的对象，把其内容改变成该媒体特有的表达"。[1] 文学媒介的变化，对于主体审美感知比率的分割是显而易见的。麦克卢汉认为当文学从语音时代的诗歌走向以"古登堡技术"为代表的印刷文学时，它已经从热烈的、超级感性的、耳朵的世界，走向冷漠和中立的、眼睛的世界。当文学不是来自声音的诗"歌"，而是来自"文字"时，"创造一种'文学'也就是将感性从其原始状态中强行抽取出来，置之于冰冷的'文字'铁范"。[2] 文学媒介的变化彻底改变了审美感知比率，从而改变了整个文学创作。语音时代的文学，其媒介基础就是声音，声音的高低、长短，节奏的快慢，韵律的和谐等都成为文学最为根本的属性。这个时代的文学受媒介影响是整一的、现场的和听觉的。到纸质印刷媒介时代，文学的媒介基础就是文字。文字本身的视觉的、切割的、理性的和线性的性质，让文学倾向于将理性逻辑置于感性审美的底层。比如诗歌之中的词和乐的分离，小

―――――――――

① J. 希利斯·米勒：《全球化时代文学研究还会继续存在吗?》，《文学评论》2001 年第 1 期。

② 李西建、金惠敏主编《美学麦克卢汉：媒介研究新维度论集》，商务印书馆，2017，第 101 页。

说中的叙事视角和绘画中的透视法的关联，戏剧中的"主角唯一性"与视觉的聚焦性的关系。电子媒介时代，文艺从视觉的再现走向强调整体通感的"图像艺术"，比如塞尚的立体派绘画，其审美感知方式正是由电子媒介本身属性导致的。[①]

可以说，如果传统文学理论将媒介和文学视为衣服和身体的关系，那么媒介决定论带来的观念就是将衣服视为身体的一部分；不是身体条件决定了衣服的穿着，而是衣服决定了身体的价值。与其说数字网络是新媒体文学的"语境"，不如说网络媒介是这个时代万物的"语境"。媒介经验在无意识底层与心灵经验形成共谋。媒介决定着人的数字化生存状态，在网络文学中表征为角色的设置及角色之间的关系。网络文学中为何会存在一位随时提供建议和回答的"随身老爷爷"？这种叙事角色设置源自网络事实：活跃在网络中的"数字土著民"天生与网络搜索、问答共在。同时，穿越的剧情则是互联网提供给人们的另一扇视窗，让网络主体寄放"孤独"的"异空间"。另外故事的重生情节让我们具有"重置"的体验，其根源在互联网的交互性：每一次的搜索不仅是在获取信息，更是在创造新的信息，从而改变整个网络。[②] 从"互联网+"到"万物+"，正是互联网成熟和演变为本体的标志。媒介决定论的观念在麦克卢汉的时代可谓曲高和寡，而在中国新媒体文学异军突起的今天却得到很好的验证。不过媒介决定论在"中国特色"的新媒介诗学话语中存在着"媒介性"与"人文性"的冲突。

媒介决定论表征为文学的"网络性"，这种文学话语与网络文学"人文性"的追求产生裂隙。邵燕君认为，"'网络文学'概念的中心不在'文学'而在'网络'，不是'文学'不重要，而是网络时

---

① 李西建、金惠敏主编《美学麦克卢汉：媒介研究新维度论集》，商务印书馆，2017，第133页。

② 黎杨全：《虚拟体验与文学想象——中国网络文学新论》，《中国社会科学》2018年第1期。

代的'文学性'需要从'网络性'中重新生长出来"。① "网络性"
与"人文性"之争的本质其实是工具理性与价值理性、技术逻辑与
人文精神之争。媒介决定论中的"网络性"本身就是审美现代性所
批判的工具理性。在中国网络文学研究领域具有奠基地位的理论家
欧阳友权对工具理性从一开始便持批判态度。在对媒介技术带来的
美学状况进行批评时,他极力倡导新媒体文学的人文价值诉求。数
字技术的标准化、平面化和知识化对个体体认、深度认知和自由意
志的限制,我们需要以人文精神面对技术逻辑,同时保持对新媒体
技术的批判态度,"避免网络写作中以游戏冲动替代审美动机,以技
术智慧替代艺术规律,以工具理性替代价值理性"。网络文学的逻辑
原点不是"技术崇拜和工具理性",而是"人文本位、价值立场和
审美维度"。所以,网络写作不是技术的嬉戏,而是精神、意义和审
美的"价值书写"。② 正如夏烈所追问的,当资本逻辑造就的"多巴
胺"配比式写作极大地满足人们的"七宗罪"原欲时,作为大众文
化和通俗文学的网络小说写作的伦理底线与社会责任何在?③

　　第二,媒介进化论与新媒体诗歌的"人文性"。以技术决定论作
为新媒体诗歌研究的基础,必然导致文学创作中审美自由缺失的问
题。网络媒介是新媒体诗歌的底层基石,我们的所有写作都必然遵
循网络媒介所具有的"浅薄化""碎片化""互动性""视觉化"等
倾向吗?以"网络诗歌十年"为代表的新媒体诗歌的阶段性现实确

① 邵燕君:《网络文学的"网络性"与"经典性"》,《北京大学学报》(哲学社会科学
版) 2015 年第 1 期。

② 欧阳友权:《数字化的哲学局限与美学悖论》,《北京大学学报》(哲学社会科学版)
2005 年第 3 期;《数字媒介的人文性思考》,《社会科学战线》2008 年第 3 期;《网络
文学的审美设定与技术批判》,《中南大学学报》(社会科学版) 2003 年第 5 期;《网
络审美资源的技术美学批判》,《文学评论》2008 年第 2 期;《让网络创作成为一种价
值书写》,《武陵学刊》2014 年第 3 期。

③ 夏烈:《观念再造与想象力重建》,北京大学出版社,2017,第 21 页。

乎如此。我们能否在这样的"枷锁"之中跳出自由的文学之舞？这首先要界定什么是"枷锁"。"枷锁"一定是超越束缚的人才能意识到的，"枷锁"之中的人是看不到束缚的。正如卢梭所说："人生而自由，却无往不在枷锁之中。"拿破仑被困在厄尔巴岛（Elba），但对于一辈子都在岛上生活的人来说却不存在"被困"，因为厄尔巴岛就是他们的全部世界。柏拉图的洞穴之喻让我们意识到身体是灵魂的束缚。然而，离开身体，我们什么都不是，何来摆脱束缚之说。故而，我们认可"新媒体"是"新媒体诗歌"的"基石"，但不一定是其"本体"。"新媒体"奠定新媒体诗歌的底色，但是不能左右其全部。

西比勒·克雷默认为媒介不是一种工具，而是一种"装置"。工具使用完后会被放回原位，它处于要加工东西的外部。相反，"当我们接收一个消息，这个消息则始终处在媒介之'中'。处于媒介之中的事物完全被媒介浸泡与渗透，以至于它在媒介之外根本无法生存。举例来说，若脱离了说话、文字或其他媒介形式，语言就不可能存在"。[1] 离开新媒体这个"先验"的"装置"，新媒体诗歌无法生成。媒介就像"玻璃窗户"，既是无形的，又是有形的。按照克雷默的说法，媒介是"在场的不在场"，是"中立性"的"自由隐匿"，具有一种"中间性"。[2] 但是，我们不可能指望"玻璃"为人生赋予终极价值和意义追求。因此，从媒介决定论的"媒介性"维度来对新媒体诗歌进行批评不适合。真正的研究方法应该由研究对象自身的秉性生发出来，而非从外部硬性植入。

新媒体诗歌的自我审美和文化特质决定了"媒介性"技术话语在新媒体文学批评中的边缘化。媒介理论家莱文森不赞同"媒介决定论"，他认为"人是媒介的尺度"。"每一种媒介都像一个生物有

---

[1]　刘晓：《媒介的文学化与文学的媒介性》，北京外国语大学博士学位论文，2013，第10页。

[2]　刘晓：《媒介的文学化与文学的媒介性》，北京外国语大学博士学位论文，2013，第12页。

机体，其运动功能和生存都由我们进行选择，而不是由自然来选择。我们选择媒介的依据是：它们在多大程度上延伸我们生物有机体传播的能力，在多大程度上维持我们面对面交流的能力或前技术传播的能力。"① 媒介是"人的尺度"的表征。在莱文森看来，媒介技术是人的身体感知和心理认知的延伸。媒介技术发展符合人的生物本能，具有"人性化趋势"。② 虽说媒介可以改变人的感觉比例和感知模式，但我们也必须看到人对媒介和技术拥有理性的选择权，"媒介的进化不是自然选择，而是我们人的选择——也可以说是人类的自然选择"。③ 对媒介工具理性的批判让我们意识到，新媒体诗歌批评的起点应该是人文主导的审美价值取向，而非技术理性。正如弗洛姆所说："是人，而非技术，必须成为价值的最终来源，从而实现最佳的人类发展而非最大的生产计划。"④ 换句话说，新媒体文学理论的基石不应该是"媒介性"，而应该是"人文性"，关注人性真善美、人类终极关怀、人生意义等人学意义上的价值。

正如欧阳友权所说，新媒体文学对于传统文学来说，并非通过自己的"异托邦"式写作建立一套区别于传统文学批评的话语，而是"既传承经典又回应现实"。换句话说，新媒体文学并非将媒介"技术"作为特质，将自己与"文学"的审美对立起来。

　　未来中国文学的主流可能就是传统文学与网络文学走向合流后所共同打造的。到那时，技术服务于人文，媒介服膺于审

---

① 保罗·莱文森：《软利器——信息革命的自然历史与未来》，何道宽译，复旦大学出版社，2011，中文版序第 1 页。
② 保罗·莱文森：《人类历程回放：媒介进化论》，邹建中译，西南师范大学出版社，2017，第 23 页。
③ 保罗·莱文森：《手机：挡不住的呼唤》，何道宽译，中国人民大学出版社，2004，第 12 页。
④ Erich Fromm, The Revolution of Hope: Toward a Humanized Technology, New York, Evanston, and London: Harper & Row Publishers, 1968, p. 96.

美，只有"文学"而不见"网络"，网络文学及其批评均回归文学本体，人们孜孜探索而书写的"网络文学批评史"岂不就是我们所熟知的"文学批评史"？①

书面文字和印刷技术构成了传统纸媒文学的基本"媒介场域"，文学是从文字之中"生长"出来的。但是，从无数的文学经典之中，我们也看到了文学本身试图摆脱语言文字束缚的冲动，比如中国古代诗歌、绘画和音乐等追求的"言外之意""余味无穷"的审美效果。如果新媒体文学的最终的、成熟的艺术状态一定是束缚于"媒介性"，那么网络新媒体的娱乐性、互动性、视觉化等属性就成为新媒体文学永远抹不去的底色和基调。然而人性向上的力量会滋生和塑造以"崇高"和"优美"为审美理想的文学作品。在媒介决定论之外，林文刚提出了"技术和文化共生论"："这个视角认为，人类文化是人与技术或媒介不间断的、互相依存的因而互相影响的互动关系。"② 何道宽在翻译伊尼斯的《传播的偏向》一书时，重新思考了媒介决定论，"媒介的偏向和强大影响，不等于媒介具有决定性；媒介的作用仅限于'加速'、'促进'或'推动'复杂的社会进程。他（伊尼斯）认为影响社会进程的还有其他许多因素"。③ 新媒体诗歌的审美属性和艺术品格不完全受影响于数字网络，还受文学场中更多的其他因素影响。"诗歌的敌人不是新媒体，而是诗人自己，面对技术的白昼，是被动等待诗歌黑夜的到来，还是努力在技术化语境中建立一种人文主义的诗语氛围，完成新媒体时代诗歌精神的进阶之路，是终结还是蝶化，这是时代留给诗人的命题。"④

第三，诗性精神与新媒体诗歌的"去媒介性"。新媒体诗歌拒斥

---

① 欧阳友权：《网络文学批评的述史之辨》，《文学评论》2018 年第 3 期。

② 转引自何道宽《媒介环境学辨析》，《国际新闻界》2007 年第 1 期。

③ 何道宽：《媒介环境学辨析》，《国际新闻界》2007 年第 1 期。

④ 卢桢：《在云端与大地之间：新媒体时代的诗歌生态》，《扬子江诗刊》2021 年第 1 期。

着技术逻辑并不意味着就能获得诗性自由。媒介语言对诗性的消解是极为独特的，它并不直接解构诗性，而是以诗歌的增殖——"泛诗歌"和"类诗歌"的姿态从内部稀释、软化诗歌，让诗歌成为"可有可无的摆设或自我麻醉术"。① 泛诗歌会让诗歌走向自身的反面，当一切都渗透着诗性，都被视为诗歌时，诗歌也就不复存在了。随处可在、可见、可感的诗情画意消耗的是人们对诗歌的热情，最终导致的是对真正诗歌的冷漠。"泛诗歌化"最终变为"非诗歌化"。网络媒介时代，我们恰恰需要对诗歌审美的理性。在新媒体诗歌走向"泛诗歌化""无难度写作""浅诗歌化"的时代，我们应该坚守的是保持诗歌在"难度"与"活力"之间的张力。"平民倾向并不是简单地拒绝难度，难度是使诗歌保持内蕴的一种取向，因为浮浅从来都是诗歌最大的敌人。"②

　　新媒体诗歌与纸媒诗歌是一种内包而非弑父的关系，故它不可以独立出来与"诗歌"形成完全不同的艺术精神，也不可能滋生不同的诗学标准。"技术只是手段，是外在的东西，诗歌史面对的永远是诗歌本身。我们究竟写出了什么样的作品，才是最重要的事情。作一个比喻，诗歌本体永远是沉在河底的石头，泡沫和运动过后，我们应该留下一些大石头，而不应是一片沙滩。"③ 当新媒体诗歌不是将"特立独行"作为自我与传统决裂的动力，而是以宏阔的、回归式的沉默出现时，它才在"正反合"的诗性辩证中找到了自己真正的方向。

　　不同于新媒体小说，新媒体诗歌具有"反网络"的倾向。所谓"反网络"就是对新媒体诗歌的评判和区别是以诗歌的精神和审美特质为标准的，而非以"超文本"和"多媒体"的技术形式为标准。"网络诗人意识到，区别诗歌的标准只有诗/非诗、好诗/不好的诗，

---

① 陈超：《"泛诗"时代的诗歌写作问题》，《深圳特区报》2013 年 12 月 12 日。
② 龙扬志：《"新世纪诗歌"写作的新平民倾向》，《文艺争鸣》2006 年第 1 期。
③ 大解：《网络时代的诗歌（随笔）》，《星星·诗歌理论》2020 年第 10 期。

而不是网上/网下。"① 对情怀的追求和心灵的探索依然是新媒体诗歌写作的核心。所以，即使新媒体诗歌写作受到技术逻各斯的侵蚀，诗歌的"本性"也为自身留出了一种不同于新媒体小说的可能性。

可以说，新媒体诗歌并不完全遵从技术与商业至上的后现代知识逻辑。自 2008 年到如今的新媒体诗歌，一方面在内容上不再激进和反叛，另一方面有着明显的回归纸媒现代诗的倾向。正如阎志主编的"网络诗选"系列扉页上所写的："拒绝广告，谢绝赞助，设立诗界年度最高奖，倡导诗意健康人生，为诗的纯粹而努力。"这是面对整个网络文学或者说新世纪文学时，新媒体诗歌高扬的去媒介性和去商业性旗帜。赵丽宏在新媒体诗歌兴盛之初就指出，"只要人性没有变，只要人类对美、对爱、对理想和幸福的追求没有改变，那么，文学的本质就不会改变。不管科技如何革命，不管书写的工具和传媒如何花样翻新，文学仍将沿着自身的规律走向未来"。② 我们不以诗歌精神的狂飙突进为其本质期待，也不以工具理性和技术逻辑中的超文本诗学为其文学实践批评，而是在将新媒体诗歌与时代精神进行比照和关联，体验着个体的生命情感与命运的慨叹时，新媒体诗歌才完成了自己在新媒介时代的真正亮相。

---

① 魏天无：《以诗为诗：网络诗歌的"反网络"倾向及其特征——从小引〈芝麻，开门吧〉谈起》，《江汉论坛》2004 年第 9 期。

② 赵丽宏：《网络会给文学带来什么》，榕树下图书工作室选编《2000 年中国年度最佳网络文学》，漓江出版社，2001，第 3 页。

第三章

空间书写与现代性表征

空间是存在的维度之一，是我与世界之间的共在结构。现实空间是生存的结构，是主体与世界之间的分离、对立。空间现代性突出了生存的困境，造成了人与世界的对立。而审美现代性不仅体现在对时间距离的跨越，也体现在对空间障碍的跨越。①

——杨春时

怀旧就是两种异质文化或异类文化之间的压制与反压制、弱化与反弱化的斗争，具体而言，即为传统文化对现代文明、乡村文化对城市文化、自然文化对技术文化、本土文化对异域文化、童年文化对成年文化，甚至女性文化对男性文化的斗争。在此斗争中，怀旧不仅涉及人类生活的衣食住行等细节问题，而且更主要地是关涉人的文化身份、信仰、生活空间、地位、权力、民族感等各种较为抽象的人类社会属性。②

——赵静蓉

空间并非冷冰冰的物理事实，它被文学和艺术历时性地赋予了多重和多元性的情感、审美和意义。人们将对文学空间的感受赋义

① 杨春时：《现代性空间与审美乌托邦》，《南京大学学报》（哲学·人文科学·社会科学版）2011 年第 1 期。
② 周宪主编《文化现代性与美学问题》，中国人民大学出版社，2005，第 31 页。

于现实空间，使之脱离纯粹的物理空间而成为富含多种意义的审美空间。迈克·克朗认为传统的地理学是一种"数据确定的现实"，而文学地理学则通过语言艺术赋予空间以情感意义。文学并不是简单地对物理空间进行描述，而是对空间的一种意义创造。人对意义生产的天性渴求，正好形成对文学空间"主观性"的辩护。[①] 与此同时，在现代性社会之中，欧几里得式的匀质、连续性空间被打破，取而代之的是碎片化的、异质性的、非连续性的空间。新媒体诗歌中所呈现的空间的分裂、碰撞和越界是审美现代性必然涉及的主要话题。

第一节　前现代性：乡村空间的乌托邦书写

空间书写的差异是新媒体小说与新媒体诗歌的重要差异之一。新媒体小说的着眼点在"城市空间"，而新媒体诗歌则更关注"乡村空间"。从文化地理学来看，新媒体小说是从"城市"之中生长出来的，但是它与"城市空间"并非内在的原生性关系。新媒体小说"天然地与城市联系在一起，然而这种天然性的联系不但没有凸显城市的相关问题，反而使得城市像是空气一般在时空中失去了它的主体性，成为没有文化内涵的代码。人与城市的关系也由共存互生的关系变成了生存背景的简单介绍，城市中的人不再关心与自己无关的外部问题，而更加关心自我情感及存在"。[②] 新媒体诗歌中人与城市之间的关系是短暂的、分裂的和表面的。新媒体诗歌中的自然空间被原乡情结和城市现代性塑造为两种意象：一是"心灵归属"的家园；二是"纯洁朴质"的田园。新媒体诗歌的原乡情结在文化现代性的进程之中表征为对"家"的"怀旧"。在西方现代性中，

---

① 〔英〕迈克·克朗：《文化地理学》，杨淑华、宋慧敏译，南京大学出版社，2005，第40页。

② 张丽凤、曾琪琪：《网络文学中的城市书写》，《网络文学评论》2019年第2期。

"家"指代的主要是与人为环境相对的自然环境、未被文明污染的古希腊式的本真生活、与工具理性相对的艺术感性世界、与现代文明中人的异化生存相对的身心统一的本真状态。这种二元对立本质是启蒙现代性与审美现代性的张力,一个"重计算、重理性、相信历史线性进步观",另一个"重直觉、重感性、崇尚人与世界的和谐统一、奉艺术与美为至高无上的真理"。① 二者的冲突在新媒体诗歌的乡村空间和城市空间书写之中依然清晰可见。乡村意味着儿时纯真美好的记忆,携带着诗人对亲人的思念和对逝者的追忆,并成为反叛工业文明的最后心灵归属。就像鄢冬所说:"乡村在当代文明中起着承载记忆、追溯理想主义以及现实对抗三大作用,在诗歌中形成三元稳定结构。"②

　　第一,"跨地书写"的原乡情结将自然空间书写为"心灵归属"的家园。新媒体诗歌将草原、乡村、高原等表征为身体和精神归属的"故乡",其主旨是生命的安放与灵魂的归属。这种"恋地情结"的根源是诗人由于身体的异在而采用"跨地书写"的文学姿态。什么是"跨地书写"呢?按照汪荣的说法,"跨地书写"主要指:

　　　　作家在跨地域移动状态下进行的文学活动和写作实践,涉及到多个空间和地点之间的对话互动,以及由此带来的作家创作立场和叙事姿态上的改变。……当这些作家再一次回眸乡土,并把"原乡"作为书写对象时,他们就有了"局外人"和"局内人"交错的目光,能够对故乡进行重新审视,从而产生"风景的发现"。③

① 周宪主编《文化现代性与美学问题》,中国人民大学出版社,2005,第6页。
② 鄢冬:《当代诗歌文化记忆的三种图式》,《福建师范大学学报》(哲学社会科学版)2014年第6期。
③ 汪荣:《移动与认同:少数民族文学中的跨地书写和原乡想象》,《长江文艺评论》2020年第1期。

　　这种"跨地书写"形成的是作品中"想象的乡愁"。"'乡愁'是发生在'城市'里的'乡愁',城市为'乡愁'提供了灵感,而故乡则为诗人们提供了精神避难所。"① 繁华的城市是我们的生活之所,而宁静的乡村则是我们的灵魂之所。王晓琴写了我们身居摩天大楼却看不到"树梢的远山、湖泊、村舍"和"庄前屋后坡地的麦青",从春节楼道的冷清,我们看到中国人的根依然在"老家乡间","一岁一枯荣的团聚,片片落叶/长长短短的跋涉,统统奔向了根"。② 海媚的家乡是她的"病"、她的"药","有时候我背着你,有时抱着/有时会暂时把你放下/可你还是越来越瘦"。"瘦"也许是指能记得的故乡往事越来越少,也许是指故乡的物理空间越来越小。无论如何,它都是诗人温暖的依靠,"让我停留在你不大的怀里/那只要稍一用力,稍一困顿/就会轻轻晃动的摇篮/那熟悉的草筐,可以装下我一生的夜"。③ 扎西巴丁的《风都执意让我回家》写下了城市的冷与家的"暖",城市虽然有诗人的住所,有"暖气供给的热度",然而离开故乡的人,心底是冷的。诗人将居住在"城市"的自己比作离开树的"叶片",只能"逗留在马路上"。"刚刚躲开车轮/又被人脚踩住/显得它很无辜。""车轮"和"人脚"展示出现代化城市的工具和人际关系对个体的碾压。最后在自由的"风"中,"我就盯着光秃秃的暖气片罩/联想牛粪的火量"。④ 取暖的材料"牛粪"是藏族人民生活在气候寒冷的高原所必备的。在身冷与心冷之中,城市被塑造为"冷"的意象。扎西巴丁的另外一首诗《故乡的月亮》也表达出空间远离后的思念。在城市之中,"月光"是冷的,

---

① 魏巍:《中国当代少数民族女性诗歌研究》,人民出版社,2016,第 74 页。

② 王晓琴:《风吹楼盘越来越高、越来越硬》,载阎志主编《中国诗歌:2012 年网络诗选》,人民文学出版社,2012,第 148 页。

③ 阎志主编《中国诗歌:2012 年网络诗选》,人民文学出版社,2012,第 68 页。

④ 扎西巴丁:《风都执意让我回家》,藏人文化网文学频道,https://www.tibetcul.com/wx/xrxz/sg/32984.html。

是"一束不近人情的光/像城里人的眼光"。即使在文字中,"月亮"也无法让我心仪。"我开始阅读关于月亮的所有东西/也找不到月亮的明亮"。但是,"一到草原/月亮的明度迫使我关掉灯"。"城市"的月亮和"文字"里的"月亮",一个是清冷的、无情的,一个是理性的、语言的,它们都不能与"草原"的月亮相比。草原的"月亮"不再是丢在路口的"名字",而是深情的泪水,"当年那路口丢下的是一滴泪水/一滴装满乡愁的泪水"。①"草原"与"月亮"的搭配也出现在巴登平措的《一次》中,同样呈现对故乡的深情思念。"我要把夜晚送给你/我要把安静留给你/草原的月亮/是你的/可否今晚借我一宿。"② 五句诗就将一个漂游在外的"异乡人"呈现出来。渴望"草原的月亮","草原"是故乡的所在;"月亮"是思乡情感的归属。"我"拥有"夜晚"和"安静",但我更想要故乡"草原的月亮","月亮"挂在夜空,能看到"月亮"的夜晚是不眠之夜。

对诗人来说,草原已经是乡愁最典型的空间了。单增罗布在《草原还在》中写道,即便离开故乡再也不归,"草原"也永远是藏人的心灵归属和栖息地。"只要草原还在/生命终能驰骋天涯。"也许草原人会离开故土去寻找自己的梦想,但草原永远在心灵底层为远离故乡的游子提供精神力量。正如巴柔所说:"一切形象都源于对自我与'他者',本土与'异域'关系的自觉意识之中,即使这种意识是十分微弱的。因此,形象即为对两种类型文化现实间的差异所做出的文学的或非文学的,且能说明符指关系的表述。"③ 思念和怀旧是基于空间的远离所带来的浓烈的情感。岗路巴·完代克的《故

---

① 扎西巴丁:《故乡的月亮》,藏人文化网文学频道,https://www.tibetcul.com/wx/xrxz/sg/32984.html。

② 巴登平措:《一次》,藏人文化网文学频道,https://www.tibetcul.com/wx/xrxz/sg/32482.html。

③ 〔法〕达尼埃尔-亨利·巴柔:《形象》,孟华译,载孟华主编《比较文学形象学》,北京大学出版社,2001,第155页。

乡的雪》对故乡的思念集中于一个点，"大雪纷飞/想念着——/故乡，牦牛背上的雪花/如今，是否抖落在地了"，① 颇有点王维的"来日绮窗前，寒梅著花未"的味道。"雪"和"牦牛"在藏人看来是故乡书写必不可缺的意象。"雪"是极寒的，"牦牛"却能抵御极寒的天气；一个无声，一个有声；一个素白色，一个棕黑色。这一对矛盾的意象让诗人对故乡的审美想象丰满起来。

故乡作为心灵的归属还可以与诗人的历史意识相关。陈衍强的《老家谣》写出诗人向往的乡村的宁静、沉浸的诗意生活。"公鸡啼出炊烟/黄狗守着丰年/你用砂锅煮腊肉/我用石磨推豆花//白天你把云朵/放牧半山腰/夜晚我捉萤火虫/照你入梦//房前的流水/带走屋后的桃花/我只想与你种菜/守着一片玉米养老。"② "公鸡""炊烟""黄狗""砂锅""石磨"等意象为读者营造出"故乡"的共同记忆；"云朵"、"萤火虫"、桃花、流水与菜地又为我们构造出纯粹的审美意识。城市与乡村、现代与传统的偏向性对立最后都指向"故乡"的审美性怀旧。

生命似乎都有一种回归母体的冲动，"母体"可以是儿时母亲的怀抱，可以是宗教信仰的皈依，可以是流浪异地的思乡，等等。回到故乡成为一种精神力量的来源，

> 一个民族就是在这样的生命体验和积累中形成自己的心跳节律，它有可能被外界打乱，也有可能由于自身的生长、病变而更改。它对于族裔中个体生命的意义，也许就是赋予他们一种脉搏，哪怕我们容颜已改，乡音不存，我们还是能通过相似的频率，精确地回到熟悉的呼吸吐纳中，回到我们的故乡。③

---

① 岗路巴·完代克：《故乡的雪》，藏人文化网文学频道，https：//www.tibetcul.com/wx/xrxz/sg/32482.html。

② 阎志主编《中国诗歌：2014 年网络诗选》，人民文学出版社，2014，第 66 页。

③ 冯娜：《在汉语中还乡》，娜仁其其格主编《诗歌风赏——中国当代少数民族女诗人作品选》，长江文艺出版社，2014，第 138 页。

　　诗人沙辉眼中的故乡是回不去的："有一天，我们会明白，我们的最初/也是我们的最终。而回不去的故乡/……它是我们最终的归宿。"① 对故乡的情怀已然超越地理意义上的人和景，成为精神归属的母体——一种人在出生后便不断寻找的"回归"。潘大金的"故乡"存在于同一片蓝天下的远方。"离家的日子越来越久，乡愁就有了米酒的浓度/异乡游走的云，成了揣测故乡的方向，我一直怀疑/天上的云朵，是祖母年轻时候丢失的蚕丝/要不然，我不会由此看见荒野开满的野花/每一朵都鲜活地矗立在它自己的位置。"② 潘大金将"乡愁"与"米酒的浓度"、"天上的云朵"与"祖母年轻时候丢失的蚕丝"并置，这两组意象：一个主观，一个客观；一在此刻，一在过往，它们形成一种意象叠映的张力。陈德根的"故乡"只存在于雪夜揉皱的家书之中。"走在异乡，再用力/也踩不出错落有致的脚步/不管走得多急/终究还是慢了一拍/一场雪/赶在我之前，覆盖了/那座属于我的村庄/雪是黑夜虚拟的一盏灯/我在灯下，摊开一纸揉皱的家书/在雪落之后，我想再来一阵风/伸展一样被揉皱的乡音。"③ "雪"作为冰冷的意象，使作者在异乡对故乡的感受被赋予了一种冷的体会；同时"雪"又是"黑夜虚拟的一盏灯"，可以让我阅读、想象和聆听故乡。北小荒的"炊烟"便是故乡的象征，"炊烟"代表着父亲结束一天的劳作，代表着母亲火前的缝缝补补，儿时的记忆"像铮亮的钉子，楔入炊烟"，对故乡的思念存在灵魂深处，"这么些年，你只能把我折断，打弯/却无法把这颗生锈的钉子/从炊烟里/连根拔除"。④ 总的来说，诗人将儿时对故乡的种种记忆

---

① 沙辉：《回不去的故乡却是我们最终的归宿》，中国南方艺术网，https：//www. zgn-fys. com/m/a/nfwx－55854. shtml。

② 潘大金：《把孤独变成一种活法》，贵州省苗学会，http：//www. chinamzw. com/WebArticle/ShowContent？ID＝4418。

③ 陈德根：《雪》，彝族人网，http：//m. yizuren. com/literature/sg/25056. html。

④ 阎志主编《中国诗歌：2012 年网络诗选》，人民文学出版社，2012，第 55 页。

作为怀念故乡的楔入点，对故乡美化的怀旧将乡村空间建构为心灵的归属。

第二，城市化与"现代性"的协同中，新媒体诗人笔下的乡村空间被书写为城市空间的对立面，即"纯洁朴质"的田园。当生活空间被抛入现代化和城市化的进程后，"城市"被视为扭曲、污染甚至异化的空间，而"乡村"则是给予人们精神和灵魂救赎的地方。以理性为基础的现代性社会将传统的、原生态的本真生活状态破坏了，"田园"与其说是真实乡村世界的诗意书写，不如说是对本真的、完整生活的审美性追求。

詹海林的《村女》中，村庄里的少女是纯洁美丽的，而村女们到了城市空间"沾满了铜臭"，等她们归来时内心充满迷茫，"但我依然喜欢她们/喜欢她们内心的泉声/从未远去"。① 同样地，在达娃卓玛的笔下，都市被塑造为"污染""欲望""缺乏诗意"的空间，而高原则被书写为"质朴""纯洁""诗意"的场所；前者与"现代的图像"相关，后者与"前现代的文字"相连。"初夏"是一个在衣服穿着上模棱两可的季节，从"都市"人穿的"短袖薄裙"中我们看到欲望在躁动不安，然而这种欲望到了高原却无处安放和展示，因为受众皆是"牛羊的眼球"。都市人的"双腿"与所有人的一样，都是走路的肢体，但它们在商业文化的精心打造中，极力彰显着"性感"。"双乳"本为私密的、与性关联的身体部位，在"牧羊女"这里却被冬季的装束包裹。"冬眠"一词写出牧羊女的纯洁，也暗示着"羊皮袄"的穿着时令。"短袖薄裙"与"羊皮袄"对应着两种空间中人的心性。"高原的每一抹风景都长满诗意/都市的每一处豪华都飘着失意/手机里的音画图片留存着记忆/因为独爱高原，文字

---

① 阎志主编《中国诗歌：2011 年网络诗选》，人民文学出版社，2011，第 108 页。

里生长的都是美丽。"① "豪华"适用于非诗意的、人为的和功利性
的空间语境;"风景"存在于去欲望的、无实用目的的欣赏的心境
中。风景不仅是美学意义上的审美对象,而且是与"归属感"紧密
关联的。风景是熟悉的空间,我们于熟悉的空间中分享感官体验,
并唤醒自己的归属感。② "音画图片"对于"网络原住民"来说是习
以为常的,可在前网络时代,"文字"在几千年使用中迭代为"诗
意"的符号宝藏。如果说文字赋予现实以诗意,那么"音画图片"
恰好就是对诗意"文字"的剥夺和覆盖。"诗意"与"失意"对应
着"高原"与"都市"两个空间。情感的纯粹与情感寄托的空间有
着紧密的关联。沙辉也在诗歌中写到现代文明对中国传统农业文明
的冲击,他选用"车辆的响声"与"颈项挂铃铛的马匹"作为对比
的意象,将现代化和商业化对原生态的威胁和破坏书写出来,以前
的古树可以"寿终正寝",现在只能"横尸街头"。"大山被洗劫一
空了/空山空水空天空地空空气/一片空景。""机器"对"山神"的
祛魅正如现代文明与农业文明的侵袭。"现代文明喜滋滋来了/传统
文化寒嗦嗦走了。"③ 现代商业文明破坏着自然生态,而中国传统文化
更多是以农业为代表;与此同时,它也带来了社会文化生态的破坏。
吉米伍热莫的《滚烫的记忆》④ 书写了城市现代化带来的"外出务工
潮"对传统农耕文化造成的生态性冲击。他以"耕牛"为意象,为我们
描述了乡村文化的美好。"耕牛"最后的命运是被宰杀,而诗人最后的

---

① 达娃卓玛:《高原与都市》,藏人文化网文学频道,https://www.tibetcul.com/wx/xrxz/sg/33580.html。

② John B. Jackson, *The Necessity for Ruins*, Amherst: University of Massachusetts Press, 1980, pp. 16 – 17.

③ 沙辉:《那个年头里山寨通车的情形:中国农村大写真》,彝族人网,http://m.yizuren.com/literature/sg/40767.html。

④ 吉米伍热莫:《滚烫的记忆》,彝族人网,http://m.yizuren.com/literature/sg/38732.html。

歉意不仅是自己对耕牛生命的无能为力，更是对逝去的田园牧歌的遗憾。

同时，故乡"纯洁质朴"的田园书写，还呈现在对心境浮躁的拒斥与对祥和平静的追求上。在诗歌《独饮》里，诗人修远的"乡村"空间是自由自在的。苞谷芯烤火的氛围中，"一瓶低质的烈酒，让我度过整个下午/我将忘记一生中的多少事？/多少碰杯不值一提？/即使有熟人下乡，我也只点个头/绝不起身，也不打个招呼"①。诗人零在《故乡》里用一种近乎悖论的方式来思考存在的意义和心灵的境界。故乡没有手机（现代工业产品）的信号，似乎是一种落后的象征。然而，城市之中时常听闻标榜式的修行口号："拔掉网线""关掉手机""屏蔽WIFI"，这些话语表达着城市人试图回到内心宁静的欲求，想在浮躁的城市空间制造一种农业社会的缓慢生活。可当我们到真正没有网络信号的乡村空间时却会觉得不适。反过来，作为原生态山里人的我，当费尽心力找到信号时，却"向别人说一些微不足道的事情"。②

不同空间文化滋生出的审美价值判断差异巨大甚至截然相反。扎西巴丁的《下雪天，我未必要受凉》通过"雪花"意象来传达城市与乡村带给人生命节奏的差异。虽然都来自天空，城市的雪与草原的雪却覆盖着不同的空间。"高楼大厦的间隙里/我必须要看到远处的雄鹰/因为它有岩穴/也有宽阔的草原。"③ 在扎西巴丁眼中，草原的雪是"从容"的、"自由"的，而"异乡的雪"是"仓促地飘落"的，连城市的鸟都"占不到展翅的空间"，只能被束缚于狭窄到近乎为零的空间（"电杆线上"）。才让东智的《羚城的夜》勾勒的是诗人在城市中心灵漂泊的状态。"灯光照亮暗夜里熟悉的街角/

---

① 阎志主编《中国诗歌：2018年网络诗选》，人民文学出版社，2018，第118页。

② 零：《故乡》，藏人文化网文学频道，https：//www.tibetcul.com/wx/xrxz/sg/33652.html。

③ 扎西巴丁：《下雪天，我未必要受凉》，藏人文化网文学频道，https：//www.tibetcul.com/wx/xrxz/sg/32984.html。

沥青路面不显路人的足迹/时光模糊了曾经缠绵的哀愁/流年丢失了往日纯真的欢笑//在羚城的夜里/一颗摇滚的心/哼唱着弱不禁风的民谣//淹没在恍惚的梦中。"① 只有草原才有"暗夜",有可以显出"路人的足迹"的路,有"曾经缠绵的哀愁",有"往日纯真的欢笑"。诗人空有外在的"一颗摇滚的心",内心却哼唱着"民谣"。"摇滚"和"民谣"作为两种音乐风格成为诗歌对立的意象,这恰好是城市人与草原人的精神状态的符号隐喻。

新媒体诗歌创作在空间对立的背后还表达着一种文化观念:大自然的纯洁是对城市的救赎。龙本才让在《一次逃债》中写出了诗人对城市的逃离,对工业化的生活的逃离。在深山老林中,"绿意荡漾,草尖流香/凉意扑面而来/树舞花吟中我这锈迹斑斑的螺丝蠕动了一下//身后烟囱直入天穹的工厂阴影依旧跟踪我/山沟旮旯却阻挡了信号的追讨//水声鸟鸣多少冲淡了耳畔那顽固机器的声音/渐渐的一声声林间天籁引我融化在天然油画里"。② "螺丝"本来是严丝合缝的,却在绿意盎然的自然中"蠕动"了一下;高耸入云的"烟囱"的"追讨"与"山沟旮旯"的阻挡,"水声鸟鸣"对机器声的"冲淡",都构成了对立的意象。久美多杰在诗歌《宗果的夏天》中写道,故乡"宗果"存在于童年的记忆与当时切身的感受中。故乡对于诗人来说是由"狗吠"、"溪流声"、高空的飞机、"羊羔"、"桑烟"等构成的。但是长大后诗人于飞机上俯瞰故乡,将整个故乡纳入眼中,却听不到池塘蛙鸣。飞机上的俯瞰象征一种理性的、整体的和外在的视角;儿时对故乡的记忆却是"身处其中"的、携带个人切身感受的、零碎的内在视角。"飞机"也是现代社会生活的缩影,表面上占据了整个自然世界,实际却是对自然的纯洁性的破坏,

① 才让东智:《羚城的夜》,藏人文化网文学频道,https://www.tibetcul.com/wx/xrxz/sg/33145.html。

② 龙本才让:《一次逃债》,藏人文化网文学频道,https://www.tibetcul.com/wx/xrxz/sg/26084.html。

对自然的诗意性的剥夺。

新媒体诗歌中的田园风景书写并非作家对自然空间的本初兴趣和现实描述，而是对一种文学情绪的表达：现代性的城市生活对原初生活空间的挤压而产生的文学反向性聚焦式表达。换句话说，没有对于城市空间的排挤、压抑和疏离，便不可能产生原乡情结。

> 田园生活的消亡是一个不断重复出现的话题，无论是在哪里见到的真正的田园风光，都处在消失的边缘，就如同不断下降的电梯，真正的田园风光似乎总是存在于上一代。我们必须很谨慎地假设文学可以让我们直接感受到某一地方的风土人情。这些作品没有对地区意识作直接的表述，它们借鉴其他作品，借鉴更广泛的哲学思想，以及写作的技巧。①

乡村生活往往被网络作家言说为一种区别性的"象征"，一种心灵归属、道德秩序的象征性符号。于是，我们看到乡村空间书写背后洋溢着一种现代社会的"怀旧"情绪，一种"朴素的怀旧"。就像诗人王家新所说，中国古典诗歌用自然和乡村创造诗意的居所，而在现代社会之中对山水和田园的诗性书写只是一种永远失去家园的"怀乡病"。②"它包含了未被检验过的信念，即认为过去的事情比现在更好、更美、更健康、更令人愉悦、更文明也更振奋人心。简言之，它毫不掩饰地宣称'美好的过去和毫无吸引力的现在'，尽管这类宣告也多倾向于仪式性地承认（似乎赋予他们的表达一种客观的氛围）他们那个时候也经历了很多问题和困难，但总有一种内在的情感和不言而喻的认识前提，即'不管这个……'。"③ 怀旧与

① 〔英〕迈克·克朗：《文化地理学》，杨淑华、宋慧敏译，南京大学出版社，2005，第42页。

② 王家新：《为凤凰找寻栖所——现代诗歌论集》，北京大学出版社，2008，第175页。

③ Fred Davis, *Yearning for Yesterday: A Sociology of Nostalgia*, New York: The Free Press, 1979. p. 19.

其说在怀过去之"旧",不如说在怀念自己创造的"旧"。

第二节　现代性焦虑：城市空间的生态原罪与欲望书写

同乡村空间叙事相同,诗人对城市空间的书写也并非原封不动地呈现其真实样态,而是凸显现代性空间对人类精神世界的异化。文学"不是如实描述城市或城市生活,而是描写城市和城市景观的意义"。① 现代技术破坏了生态世界,"技术化"社会成为生态书写所批判的典型空间。"世界发展至技术阶段并为理性所主导。机器处于主导地位,生活节奏决定于机器的运转速度;时间是有序的、有条理的,被均匀地分割。能源代替了人力,使生产率——以少求多的艺术——获得提高。它使以大规模商品生产为特点的工业社会成为可能。"② 城市书写之中存在一种"回归"的美学情绪,回归"原初状态"。这个"原初状态"也就是去工业化社会、去商业化关系、去技术化生活的状态。从这个意义上来说,生态书写并不意味着回到原始蒙昧状态,当然这也不现实。当代文学之中,城市被书写为现代性的"恶之花",于是文学书写具有了"反城市化"和"去城市化"的倾向。在当代文学中,"乡野不仅被赋予神性,而且常常被描绘成被城市伤害的角色,将城市加上生态'原罪',强化了对城市的'反乌托邦'批判"。③

新媒体诗歌也秉持此种现实写作立场,其生态书写其实是一种对城市化、现代化的排异性反应,也是对长久身处的自然世界的守

---

① 〔英〕迈克·克朗：《文化地理学》,杨淑华、宋慧敏译,南京大学出版社,2005,第45页。

② 〔美〕丹尼尔·贝尔：《后工业社会的来临》,高铦等译,江西人民出版社,2018,第119页。

③ 黄仲山：《生态文学与城市文学的融合困境——反思当代生态文学中的城市意象建构》,《浙江学刊》2015年第6期。

护。就像陈云虎的诗歌《印象》所描述的"地球早已被挖掘得不成样子/城市睁大着一个个窟窿"。① 城市空间集中体现了现代人生存发展的理性诉求与生命质态的感性体验之间的冲突②，这也是现代性的基本冲突。在现代社会，城市空间与乡村空间的冲突，往往被新媒体诗歌塑造为现代文明与传统文化、技术文化与自然文化、商业文化与本真文化、成年文化与童年文化等之间的矛盾。

第一，城市作为"草原"或"村落"的反面，以"破坏"原初纯粹状态为意象特征。以城市为代表的现代文明破坏和颠覆着传统的游牧文明和农耕文明。左右在《童年》中，从农家小院的桃花苞蕾想起老家的变迁："乡下千里良田没了，良田里撒肥的农民没了/农民犁地的耕牛没了，牛背上欢爬的春虫没了/天空中边捉虫边低飞的花燕子没了/燕群眼中牧羊的村童没了//很多年了，家家户户往昔的农事，早已不见踪影/它们已被发达的科技与器械代替。"③ 城市现代化进程绞杀了农村春耕秋收的生命节律和生活方式。流竹的《风进入城市》以大自然的、自由自在的"风"为意象，书写其进入城市之后受到的约束、产生的异变和滋生的痛苦。"一阵风进入城市，就再也不会轻松了/大片的旷野在这里死亡/无数巨大的四方盒子勉强让出一些/被人群和车群挤得无法呼吸的路"。④ 最为自然的和自由的"风"在城市空间都被束缚，并失去自我，"风在城市里遗失了声带"。王二冬的《春天》充满着对故乡的思念和对其改变的失望。果园、麦田、棉地变成了商业利益至上的密植林。"对于那些速生的草木，我始终认为/它们被运到城市后，长不出春天/长不

①　西叶、苏若兮编《界限：中国网络诗歌运动十年精选》，重庆大学出版社，2010，第39页。

②　周宪主编《文化现代性与美学问题》，中国人民大学出版社，2005，第7~8页。

③　阎志主编《中国诗歌：2015年网络诗选》，人民文学出版社，2015，第21页。

④　阎志主编《中国诗歌：2010年网络诗选》，人民文学出版社，2010，第11页。

出河流，也就长不出鸟语、花香/和一个孩子惊讶不已的梦。"① 沐心的诗歌《阿妈，看不见了》将儿时草原的记忆与现代文明的破坏进行对比：在同一个地方，小时候可以看到"天上的云每天给我表演魔术"、无数的羊和马、麦穗中阿妈的影子；现在在阿妈的指引下看到的是"挖掘机"、"工厂"、"一堆堆石头"和"一片片黄沙"。"孩子，那些白晃晃的是我们的羊群吗？/不，阿妈，那是一堆堆石头/'孩子，那些黄灿灿的是秋草吗?'/不，阿妈，那是一片片黄沙。"② 人通过劳作诗意地栖居的世界消失了，取而代之的是以征服和破坏为特征的城市文明。多萨·康卓吉在《总想靠近你》中同样批判着现代文明对农业文明的戕害，反思着城市文化对草原文化的解构。诗人期待的是"三石灶上的酥油茶""老阿妈讲的格萨尔""乡野间弯曲的小路""村落边零散的帐篷"。这些是草原牧民最熟悉的、最原生态的、最为诗意的生活状态。但自然状态的生活被打乱了，"化工物把我已然喂饱了/言情剧让我如醉如痴了/多轮车载我光速遥行了/楼中楼帮我遮风挡雨了"。③

　　熊森林的《海南黎族》控诉了现代文明对原生态文明的破坏，"船形屋败给砖瓦结构/一方混凝土，骄傲地展示艳俗文明/将炊烟与农具抬入博物馆，在幽暗的山腰上/它们消散，从此再与黎族的日常无关"。④ 当我们用人类学知识来研究和保护黎族生活方式之时，从某种意义上便是其僵死和灭亡之日。关于它的知识与它本身的诗意存在是截然不同的。尕玛才让的《百灵鸟消失的日子》描绘了自然生态被人为破坏之后的景象："百灵鸟"折断翅膀，"花朵"和"溪

① 阎志主编《中国诗歌：2017 年网络诗选》，人民文学出版社，2017，第 19 页。

② 沐心：《阿妈，看不见了》，藏人文化网文学频道，https://www.tibetcul.com/wx/xrxz/sg/25203.html。

③ 多萨·康卓吉：《总想靠近你》，藏人文化网文学频道，https://www.tibetcul.com/wx/xrxz/sg/25205.html。

④ 阎志主编《中国诗歌：2015 年网络诗选》，人民文学出版社，2015，第 34 页。

流"从老牧人眼中消失，沙粒漫天，草原无草，没有生机。"沙粒长出羽翼在漫天飞舞/草原衣衫褴褛，寂静无声"。捕鸟的铁丝网与沙化的草原，让鸟儿们失去家园。动物们没有食物，"一只饥渴的藏熊/大摇大摆地走进了美丽乡村"，等待它的却是人布下的陷阱，"暮色中，布满刀光剑影的阴谋"。城市里人工制作的鸟巢与大自然中百灵鸟的"巢穴"隐喻着城市与草原、工业与自然、人与动物的对立关系。工业文化的破坏不是一时一地的，即使在遥远的小镇，牧场也在走向"衰老"。① 洛桑南嘉在《草原新曲》中描写了草原文化被城市文化冲击的现实："马"已经变成"老骥"、"寺院"勾引来的是"美女"、"奥迪"对"庄严"的碾压，这些并置的意象解构着草原文化最具价值的部分。"都说/摩托车跑起来比马儿过瘾/可面包车的轮子更让人着迷/于是/镜头下的蛾子的华丽地变成的黄金/健硕的藏獒无奈地选择了蓝色的小药丸/掉色塑料桶中的酸奶飘起了蒙牛的芳香。"② 工业化社会制造的人工现实一步步去除了自然之物："酸奶"被放于工业材料制成的"塑料桶"中，"掉色"有工业垃圾作为材料的嫌疑，添加各种原料的"酸奶"却讽刺性地努力靠近最原初的"蒙牛"的奶香。"蓝色的小药丸"指向明显，强迫"健硕的藏獒"吃壮阳药隐喻着现代社会对欲望的无限刺激；对金钱的欲望替代了藏獒的自然欲求。

沙辉的诗歌更喜欢表达寓居于两个空间的心灵之间的冲突和拉扯。他先以一种幽默的笔调写出一种对祖辈曾经的"落后"所滋生的悲哀，"祖父"和"父亲"没有实现的城市梦想，被"我"实现了。但是，"我"的奋斗换来的是"宿命般的精神矛盾"："我那乡野的粗糙魂灵/还没来得及适应这喧嚷的繁华地温柔乡/——它总是

① 孕玛才让：《百灵鸟消失的日子》，藏人文化网文学频道，https：//www.tibetcul.com/wx/xrxz/sg/33435.html。

② 洛桑南嘉：《草原新曲》，藏人文化网文学频道，https：//www.tibetcul.com/wx/xrxz/sg/25483.html。

恐惧不敢进入/它总是被我带来又独自回逃/就像老土屋那条忠实的老黄狗/只要离开家几十米就会义无反顾地折回。"① 城市被诗人塑造为"欲望"和"诱惑"的符号，给人带来的是灵魂的迷失。这种精神的迷惘通过对祖辈生活方式的回溯才得到救赎，"于是我听见自我的声音——/祖先代代淳朴/离开淳朴的魂灵/我什么也不是"。在现代化和城市化的今天，离开城市的生活是不可能的，但是城市生活又不能成为"我"的真正归属，于是诗人认为自己需要两个家："一个栖身的家/一个灵魂栖息的家。"

速度作为时间概念决定着我们对世界的感知、体验和评价，现代社会的标志是速度对人的控制，"对速度利益的享用是以丧失对生命情绪的细腻感受为代价的，而缺乏后者，现代人就难以在瞬息即逝的生活表象背后寻找到意义、价值和信念的归宿，从而无法确切地把握生活或把握自我"。② "加速"的现代化社会，诗歌书写已经被网络媒介带来的消费文化稀释。城市快餐文化和技术文明杀死浪漫的诗歌和诗意的生活。就像罗铖的诗歌里所写："快餐时代/写在纸上的字，死于饥饿//我来自穷乡僻壤/习惯将字写在石头上，泥沙上，水上/写在邻居的门扉上，我还曾写下脏话/母亲说，写吧，干干净净地写，别做流氓//后来，我干脆把字写在空中/让它们有充足的氧气，有灿烂的阳光。"③ 邱正伦更是将网络媒介视为对诗歌的戕害，"用网络打捞失踪很久的女人与纸质的月亮/网上的新婚充满喜悦，无名的疼痛布满诗歌的身体"。语言因为网络而变得苍白和透明，"诗歌的天空早已不复存在。语言的碎片/成为玻璃，白色的杀伤，白色的寂静/失血过多的诗歌成为可以搬迁的黑夜/很难走出尽

① 沙辉：《城市与乡村·我和祖先》，彝族人网，http://m.yizuren.com/literature/sg/24778.html。

② 周宪主编《文化现代性与美学问题》，中国人民大学出版社，2005，第10页。

③ 罗铖：《丢失的词语》，载阎志主编《中国诗歌：2012年网络诗选》，人民文学出版社，2012，第103页。

头，监禁成为唯一的家园//从此，诗中不再出现月亮/不再有浪漫情人从最理想的地方出现/不再充满花朵的温暖，没有体温/一切将弥漫后工业的包装痕迹"。① 诗人将新媒体的出现视为对人类"前网络时代"的诗意生活的剥夺。

速度改变了媒介形态，重新调整了主体的感知比率。这就是维利里奥所说的从"距离专政"到"现时专政"。速度使得空间被压缩为时间，空间的时间化。时间不再是绵延的意味，而是由瞬时的碎片构成。速度通过占有无数的瞬时给予人以轻松和自由，却让现代人处于无根的漂浮和空虚状态。因为散点的"现时"所碎片化的，不能承担历史的连续性，历史感、传统和自身身份都丧失了。然而，连贯性和统一性又是人的本能情感，怀旧便成为速度的心理副产品。② 城市的迅速发展对传统城市的慢节奏生活也是一种破坏。在韩放的《速度》中，"老街"还处于慢生活中，"轿车"比"挖掘机"走得慢，人比"推土机"走得慢，商品价格比"破拆机"走得慢，看似不合逻辑的比较却写出人对空间节奏的真实感受。"水泥森林"的疯狂扩张，"挡住了照向老街的阳光"。③ 人与周遭环境的和谐、稳定和自在的关系被迅速的现代化进程打破。昌政的《消息》④ 以"推土机"为符号，标志着城市化进程的坚定不移，带来的却是"不自然"的生活状态，扼杀了无数诗情画意。"春天逃进电梯"；遮阳伞带来的是"人工阴影"；"水表在墙角计算着主人"；老虎回头看见的森林变成了"铁栅栏"。

第二，城市空间的工业化和技术化割裂了人与自然之间天然的亲近感，造成当下人的灵魂空心化。正如保伍伟哲的诗歌所写的，

---

① 西叶、苏若兮编《界限：中国网络诗歌运动十年精选》，重庆大学出版社，2010，第71 页。

② 周宪主编《文化现代性与美学问题》，中国人民大学出版社，2005，第 12 页。

③ 阎志主编《中国诗歌：2018 年网络诗选》，人民文学出版社，2018，第 92 页。

④ 阎志主编《中国诗歌：2010 年网络诗选》，人民文学出版社，2010，第 94 页。

"我"即使身处城市，也依然无法真正融入，内心永远是游荡的状态。"灯红酒绿的城市/哪里是我的家"；"我蹒跚的脚步/和谐不了城市的节奏"，因为彝寨里的日子是前现代化的与自然泯然一体的时间状态，"啼血的布谷鸟数落着彝寨的岁月/荞麦燕麦收了一季又一茬"。① 人类灵魂的外包导致自我奴役化，而令人讽刺的是动物尚有自由的本能冲动。在一杯无的《那个人一直跟着狗走》中，诗人掠取了生活中傍晚遛狗的一个场景。"白狗"的"白"与暮色的"白"，"黑衣的人"的"黑"与夜的"黑"。色彩上诗人进行着对应，"白"代表目标、方向和希望；"黑"代表漫无目的、浑浑噩噩的存在状态。动物凭自己的天性跑着，"那只狗在跑，方向不定/迂回曲折的路，是狗自己的路"。人却没有自己的路。人毫无自由，甚至已经不知道自由是什么。于是，将自由的方向托付给"白狗"。"或者他需要一只自由的狗带他行走/他不需要黄昏的光影，黄昏的风/来放慢他的脚步/他只需要暮色里的一点白/带着另一个他的灵魂行走。"② 诗中人与狗的关系折射出现代人的生活状态。在人类生活早期，作为狼族一种的狗为了生存，与人类之间建立起"互补"的"生态位"关系：狗为人类照看牲畜，人类将剩余不吃的骨头喂狗。时至今日，在狗早已沦为人类宠物的时代，人类却将最引以为傲的"自由"赠送给心爱的"宠物狗"。

城市的工业化和现代化剥夺了传统栖居的诗意状态。比如，才让东智在诗里以一种城市"寄居"者的视角回望那"陌生了熟悉的风景"。当"我"带着城市印记和气质，开着标志现代文明的越野车回到尕海湖边时，"尕海湖边越野车的轰鸣/不及少年时/草原上马

---

① 俫伍伟哲：《漂泊》，彝族人网，http：//m. yizuren. com/literature/sg/37342. html。
② 一杯无：《那个人一直跟着狗走》，腾讯网，https：//new. qq. com/rain/a/20210904A0B1GX00。

蹄落地的声音"。① 斯琴卓玛在《身份》中书写了一位远离故乡的游子在山外世界看到和感受到的永远的隔离。"展开双臂，无法拥抱城市的冰冷/那千篇一律的微笑，亦会瞬间消失。"在城市得不到的温暖和慰藉，在故乡等待着自己吗？"我以逐梦者的身份，回到了故乡/但是，再也倾听不到故乡的心跳/再也叫不出那些野花的名字/甚至叫不出山涧泉水的名字/那翻浪的青稞再也不认识我了。"② 因为空间的变化，身份认同的骑墙状态，让自己失去了心灵的归属感。阿苏越尔在诗中表达对自然空间所携带的纯粹性和浑然一体性的向往。"在青海湖畔/当车窗外掠过六字真言/我顿然失语//骑上高原的大马，似有所悟叩拜连绵，力量挣脱源泉/但语言坚硬、板结。"③城市代表理性、语言；青海湖代表超理性、非语言。城市和草原、汽车和马、语言与"真言"形成空间二元对立的表征。

从新媒体诗歌对媒介技术的书写中，我们可以看到诗人对技术文明持批判和反思态度，批判它带给自然环境、社会生活和主体精神的理性异化。在陈小三的《在Q城，夜景》中，城市的现代工业产品以沉默的方式制造最大的噪声，"摩托车"、"汽车"和"耳机"带来的是"地下的引擎"发出的声音和"凄厉的秦腔、高胡齐鸣"。④ 在李满强的《死去的人如何描述他生活过的时代》中，现代社会的种种问题被描述出来："转基因稻谷"、"激素鱼"、快速交通工具、"隆胸美容"、网络虚拟生活等，所有这些问题的根源在于它们远离了自然的存在和真实的生活。现代社会让我们沉湎

① 才让东智：《尕海湖边》，藏人文化网文学频道，https：//www.tibetcul.com/wx/xrxz/sg/33145.html。

② 斯琴卓玛：《身份》，藏人文化网文学频道，https：//www.tibetcul.com/wx/xrxz/sg/25425.html。

③ 阿苏越尔：《青海湖，请下马扶起我的穷途末路》，藏人文化网文学频道，https：//www.tibetcul.com/wx/xrxz/sg/33012.html。

④ 阎志主编《中国诗歌：2010年网络诗选》，人民文学出版社，2010，第92页。

于技术逻辑、感官享受、快节奏和虚拟人生，却不知原生态的动植物和交通方式的价值。我们失去了对真理的思考和追寻，只剩下以武力来维护话语权；也失去了向内探求的"禅悟之道"，只剩下对外在肉体美的打造。"我曾在互联网上，用一天过完漫长平淡的一生/最后死于与'物'的战争。我曾用娱乐的灰烬/深深掩埋过自己。"①

　　在技术垄断的社会，人们相信技术甚至超过相信人。人被异化、数字化、工具化。"技术逻各斯被转化为持续下来的奴役的逻各斯。技术的解放力量——物的工具化——成为解放桎梏；这就是人的工具化。"② 城市现代生活被"计算"标准化，并在精确的计算中不断加速。欧阳白的《归零》中，我们在床上就已经计算去办公室的时间，在办公室又计算"日子与工作量之间永恒的递进关系/业绩增长和头发稀少的剪刀差"；"我们计算知识更新与电脑换代/的某种关联/我们在复杂的运算里/把一堆数字除以年龄/以算清楚得失分率"。③ 然而，所有的计算数字不管除以零还是乘以零都"归零"，我们并未获得任何东西，也未失去任何东西。薇安在《电视机谋杀案》中写出了现代媒介技术造成人们精神异化以及享受异化的生活状态。"我离不开你，我需要你制造出的垃圾/所营造出的种种拟态环境，/你的嘴里不断抛出空乏的吻，/塑料花，过期糖果及玩具，/我统统照单全收，这一切多么像爱情！"电视机告诉我们何谓热闹，何谓世界和平等，我们习惯于它制造的噪声，"聒噪的声音"让我们安心。"你数十年如一日地履行着你的职责，/成功地杀掉了我宝贵的闲暇，/杀掉了我的眼睛，我的耳朵/和我的判断力。"④ 电视机以隐蔽的方式在我们来不及反抗时将我们击毙。胃里填满垃圾食品，

---

① 阎志主编《中国诗歌：2016 年网络诗选》，人民文学出版社，2016，第 105 页。
② 马尔库塞：《单面人》，湖南人民出版社，1988，第 136 页。
③ 阎志主编《中国诗歌：2010 年网络诗选》，人民文学出版社，2010，第 147 页。
④ 阎志主编《中国诗歌：2012 年网络诗选》，人民文学出版社，2012，第 64 页。

脑子里装满垃圾信息。薯片填满身体，书籍被束之高阁。生活在电视媒介拟态环境之中不再深刻、不再严肃，一切思想都被灌输，一切现实都被"娱乐"，我们在娱乐中死去（尼尔·波兹曼）。西娃在《消失》中用"公交车"意象写出城市文明如何以"加速"的方式制造出"单面人"。"隐形公交车"存在于城市各个地方，富于想象力的诗人、极具创造力的知识分子、有反叛精神的青年以及具有换位思考能力的"二度思维之人"，在标准化的"公交车"规约下成为"一个模型的人"。①

在郑毅的诗歌《关机的某一天》之中，手机成为我们焦虑的根本来源。手机作为网络终端，为我们带来信息的海洋，然而这些信息绝大多数与"我"无关："飞机失航"、"地震滑坡"、"精神病患"失联、"发小的儿子"出生、同学的爹"车祸死亡"等。但与己无关的信息让我们越来越"渴"，我们成瘾于各种媒介事件之中，随时浏览手机便成为我们戒不掉的"瘾"。我们渴望透过这"屏幕之窗"刺激疲惫的神经，于是手机关机就会如戒烟般让我们焦躁不安。殊不知手机关机，生活依旧，"手机关机后/什么都没发生/爸爸从公司回来电话依然发烫/东南洼里的荒草越过了麦穗/四点的太阳开始脸红/广场上的鸽子又一次完成起飞"。② 作为 21 世纪以来现代技术发展的标志，"手机"剥夺了"前手机"时代的缓慢的、宁静的诗意生活。

除了技术人员和单面人的制造，现代媒介技术让沟通变得便捷的同时也让人与人变得疏远。子夜的灯在《一个停机的朋友》③ 中写道，"手机"是现代文明的技术产物，与资本和情欲关联，而与真正的情感无关。若非的《手机》写出的是现代技术工具带来的内心孤独。通过手机人与人看似很近，心与心的距离却越来越远，"从前

---

① 阎志主编《中国诗歌：2011 年网络诗选》，人民文学出版社，2011，第 25 页。
② 阎志主编《中国诗歌：2016 年网络诗选》，人民文学出版社，2016，第 89 页。
③ 阎志主编《中国诗歌：2010 年网络诗选》，人民文学出版社，2010，第 90 页。

置摄像头看得见你的脸/看不见你的心"。手机让世界变得"通透"，
"但你我之间/隔着无形的墙/而我只能独自与自身为伴/与孤独的影
子/与一只和你一样冰冷的/手机"①。冈居木的《团圆》写的是一家
人团圆时各自沉浸于手机世界，表现的是人与人的情感越来越疏离。
"一家人吃完饺子/回到客厅/弟弟妹妹妻子女儿/都抱着手机在看/80
岁的母亲/在一边看电视/女儿起身去洗手间/随手将手机丢到沙发上/
母亲顺手拿起来/不知如何摆弄/最后对着手机黑屏/整理起白发。"②
"手机"对于子女来说是与家人无关的虚拟世界，对于老母亲来说是
整理白发的镜子。同样的手机屏幕，年轻人倾向于"向外看"，老年
人习惯于"向内看"。与己无关的喧闹世界和近在咫尺的至亲家人，
手机正在二者之间划出一条冷冰冰的技术鸿沟。多萨·康卓吉的诗
歌《今夜无电》书写了一个停电的夜晚前工业时代的人与人朴素的、
沉静的、温馨的生活。"今夜无电/全家人依着烛光谈笑风生/今夜无
电/白玉盘顺着窗台温柔倾泻"，"今夜无电/邻里间敲着院门相互来
往。"③"电"是工业时代的产物，它支撑着整个工业文明体系，也疏远
着人与人之间的亲密关系。诗歌反思着以城市为代表的工业文明对人与
人之间关系的重构。

第三，城市空间与乡村空间的冲突主要体现于现代社会的欲望
式扩张与传统乡村生活之间的错位，于是荒诞和悖论是新媒体诗歌
的主要表现方式。嘉洛最喜欢用讽刺的语言呈现当下悖谬的现实生
活。"如今/城里有钱人跑到农村/面朝黄土　背朝天/耕耘着自给自
足的日子/如今/农村有钱人都跑到城里/衣来伸手　饭来张口/经营

---

① 阎志主编《中国诗歌：2017 年网络诗选》，人民文学出版社，2017，第 24 页。
② 阎志主编《中国诗歌：2017 年网络诗选》，人民文学出版社，2017，第 133 页。
③ 多萨·康卓吉：《今夜无电》，藏人文化网文学频道，https://www.tibetcul.com/wx/
　　xrxz/sg/25205.html。

着现代化的生活/都享受着各自的幸福/或者包养着各自的烦恼。"①
《乡村趣事》书写着城市生活对乡村世界的入侵和污染。"一帮农闲
的人/坐在清澈的山泉旁/喝着失效的矿泉水/聊着上一任美国总统"。
守着"山泉"却喝着城市生产的"矿泉水",乡村对城市的盲目向
往,得来的只能是过期的工业化产品。"牧区的表姐夫/从县城归来/
买了十斤酥油/放在祖传的木箱里/像极了 我童年的记忆。"② 关于
酥油的记忆居然只能从"县城"购买来实现。"木箱"是空的,本
应该装上自己原生态制作的酥油。"酥油"的空心化,让我们看到生
活是如何被改造的。卓仓·果羌的《世通国际花园》以荒诞的口吻
讽刺现代社会城市扩建对生态环境的破坏。城市里建房时,将东南
西北方的花草都拔掉,然后都盖上一栋楼。"现在只剩下中间一块花
草了/该怎么办? //它们都蔫了/灰头土脸的/——拔光它们/铺一圈
水泥地/再拉一些石头/堆一座小山/山上钻一条小溪/让它永远冒着
泡/在山脚下/再种一些花草。"③ 城市为了模仿自然生态环境而种上
"花草",给人一种贴近自然的感觉。然而这些花草种植的前提是将
真正的自然花草除掉,再按照城市工业化和功能性的思维规划出来,
这是典型的"人为"的景观——伪风景。同样的还有德乾恒美的
《马城》,诗歌标题"马城"与诗歌的内容形成巨大的张力。从诗歌
中我们看到所谓"马城"不过是在高楼大厦簇拥的广场人工草皮上
吃草的十几匹马。"空荡荡的城/空荡荡的高楼大厦/广场的人工草皮
上/十几匹漆黑的马/不动声色/苏鲁锭的流苏/在风中呼啦作响/更远

---

① 嘉洛:《人间百相》,藏人文化网文学频道,https://www.tibetcul.com/wx/xrxz/sg/25230.html。

② 嘉洛:《乡村趣事》,藏人文化网文学频道,https://www.tibetcul.com/wx/xrxz/sg/25230.html。

③ 卓仓·果羌:《世通国际花园》,藏人文化网文学频道,https://www.tibetcul.com/wx/xrxz/sg/25491.html。

处/两匹矮小的马/依偎在一起/低着吃草。"① 当马生存的空间从真正的草原被置换为草皮之后,我们看到城市化对生态的根本性破坏。继而,马的后代成为"马城"的原住民,一代代彻底远离曾经自由奔驰的大草原。

在城市空间生活的或者即将被城市化的农民往往通过植物种植来"再造"和"回归"乡村生活状态。张尹在《土豆》中叙述了"进城的老人"在阳台种"几盆土豆",每天经营"耕作"。② 然而茂盛的土豆只能伸出"金属防盗网"开花,老人和黄昏并置的意象是逝去乡村生活的诗意性符号。"阳台"与"田地"、防盗网中的"土豆"与乡下成片的庄稼,都透露出乡村文化与城市文化的冲突。韩放的《城市农夫》更是诗意化地书写了"父母"通过种菜来拯救"泥土"逐渐冷却的心。"城市日渐肥胖,田野愈加消瘦/泥土被迫退守山谷/来不及撤退的,长眠于混凝土下/还有小部分,被父母从挖掘机利爪下/抢出来,搬上楼顶//赶在泥土心冷前,父母精心栽种/悉心照料,执意用一小畦蔬菜/拯救庄稼。"③ 与具体种庄稼不同,"父母"种的是乡村生活的精神。就像钓"寒江雪"的"蓑笠翁"一样,诗人眼中的父母并不是为了生活而种庄稼,而是为了守住那颗自然生命在大地生长的心。阿成的诗歌《断裂》书写的是城市化进程中的"搬迁"带给乡村文化的伤害。两个已经搬迁的老人回到"几代人"生活的村落,"遗忘的身体离开了,惯性的脚步/将你拽回",看到的是"残垣断壁",他们唯有不停地荷锄、劳作才能稍微将自己内心栖居于这村落。老人的耕种只是传统乡村文明的最后挣扎和坚守,"芦苇、杂草支起的网/已把结痂的伤口覆盖"。④ 同

---

①　德乾恒美:《马城》,藏人文化网文学频道,https://www.tibetcul.com/wx/zuopin/sg/27865.html。

②　阎志主编《中国诗歌:2014年网络诗选》,人民文学出版社,2014,第63页。

③　阎志主编《中国诗歌:2018年网络诗选》,人民文学出版社,2018,第93页。

④　阎志主编《中国诗歌:2018年网络诗选》,人民文学出版社,2018,第86页。

样地，刘坤军的《栽花》写出了在城市化进程中人对土地的情感。面对同一块土地，村里的一家人有着不同的打算：老人要种庄稼，年轻人要栽花，小孩要打土仗，最后年轻人栽了花却误了田。"遍野的花田，每一朵怒放的花朵背后/都有一颗乡民紧缩的心"。作为农耕文明的传承，在老年人心中，地永远是要种庄稼的，年轻人想的却是挣钱的捷径。诗歌就像一首献给农业文明的哀歌，从中也看出诗人对人于大地上自然劳作状态的守护。

城市空间遵循的消费逻辑将一切视为占有和消耗的对象，人在商业化社会之中失去原有的情感关系，取而代之的是赤裸裸的利益关系。在城市化的商业性之中，一切纯洁和崇高都会被污染和抹平。生活在彼岸，空间的区隔恰好制造了人类本性的渴求和欲望，漂浮的欲望没有根。流竹诗中的"城市"只是充满压抑和欲望的空间，比如《鸟瞰城市》中，人们在城市空间中是混乱的、迷茫的，"人们晕头转向，迷路，失去自我/分不清生存与生活的关系/懒得理爱情与情爱的关系/他们只愿把床弄得夸张地响/恨不得把激情一夜耗完，然后/冷静地离开陌生的彼此/在生存的轨道上，跟着上帝的筷子/转向。转向"。① 上帝筷子的搅动牵引着所有人的步伐，因为他们除了情欲之外就是名利场的生存而已。城市之于人来说意味着"生命在变质"、欲望在蔓延。在刚尖翁琼的诗中，城市与自然的对立本质是人的欲望与质朴的对立。人区分和切割着空间，"用贪婪的铁索围了起来"。身处大自然，然而"大自然在远方的远方/蜷缩成纪念碑"。② 庞华通过诗歌《世界餐馆》写出现代生活的消费化倾向，"红高跟鞋"可以被清炒和"破黑皮鞋"可以被炖成汤，这是男女身份和欲望的符号。"红黄绿三色交通"本代表须严格遵守的公

---

① 阎志主编《中国诗歌：2010 年网络诗选》，人民文学出版社，2010，第 12 页。
② 刚尖翁琼：《竟没有一片空地》，藏人文化网文学频道，https://www.tibetcul.com/wx/xrxz/sg/25063.html。

共秩序，却变为可以喝的"混乱酒"；充满禁忌和敬畏的"骨灰"被调制成新鲜的"败火水"；背景音乐充满欲望与死亡的迷狂。最后的主食（"新闻"）是消费人世间种种悲惨的事件的"大拼盘"。① 城市高房价及其背后的商业逻辑将人"动物化"。老德的《蜗居》这样写道："一间卧室躺着/一条蛇和一只壁虎/另一间卧室住着一只蛙/在客厅的鱼缸里/还游着十七条热带鱼/中午了　这些/冷血动物才会起床/爬到餐桌上/吞噬着一些比它们/更小的动物/有时也会/放下筷子/谈谈华尔街的金融危机/今天太阳很好/这些小动物商议/明天是否该早起/开车到郊外去踏踏青。"② 陆地动物、两栖动物和水生动物之间少有交流和共处的可能性，这就是在城市紧张空间里合租的人群写照。动物化的人互相攻击蚕食，吃饱后思考的依然是金钱的欲望。即便是"踏青"这种回归自然的行动依然是通过"汽车"来完成的。玉上烟的《野花》写出城市空间以欲望的方式糟蹋着自然纯洁之物，乡村空间里生活的野花"菊儿，小桃，山杏，玉兰，红梅"离开村庄，在城市的夜幕下，变为了发廊、洗浴中心等情欲场所床单上的"花花绿绿"，浓烈的香水遮掩了"与生俱来的香"。③ 天然植物指代乡村女性，她们被城市空间的商业气息所污染。

　　同时，城市扩张消解着文化中的"崇高性"。东篱的《碑影》以唐山大地震之后建的"抗震纪念碑"为对象，写出了城市化及其背后的商业资本对城市空间布局的瓜分、支配。狂躁的城市犹如"冰冷的塔吊"伸出"膨胀的欲望之手"不断地向自然攫取，"土地已瓜分殆尽/新的势力范围，早在密谋敲定中/白云老无所依/小鸟狭窄的航线被挤占/风只能在庞大灰森林的缝隙间/孤独地哀号"。在城市化进程坚定不移的步伐中，"抗震纪念碑"即使代表着经历苦难的

---

① 阎志主编《中国诗歌：2011 年网络诗选》，人民文学出版社，2011，第 60 页。
② 阎志主编《中国诗歌：2010 年网络诗选》，人民文学出版社，2010，第 100 页。
③ 阎志主编《中国诗歌：2010 年网络诗选》，人民文学出版社，2010，第 108 页。

亡灵，携带着国人心灵中的创伤，也依然无法避开城市"围剿的步伐"，"纪念碑广场终将成天井/日夜被四周巨大的阴影/蚕食"。① 城市化与城市空间背后只有利益和欲望，所有的伦理精神和崇高符号都在蚕食中变为"天井"。城市是失去信仰和追求的，在诗人黑光的《暮晚》中，"肥胖"这一意象表征了城市空间中信仰的丧失。"我们的城市个个肥胖/孩子也个个肥胖/如果有一个瘦的/一定是在教堂受洗过的那个小孩/他的两条细长腿像双筷子/总是替我夹起青菜一样清淡/的礓礤小路——/在暮晚的斜坡上。"② "肥胖"成为城市人精神臃肿的符号，受到信仰洗礼的人是清瘦的，因为他懂得舍弃对物质生活的贪欲。然而，即使这样轻灵的、清淡的"小孩"，也是在"暮晚的斜坡上"，随时会滑向城市文化制造的漩涡。宁延达在《我惊愕于这样的生活》中批判了城市将我们生活深深地异化，让我们陷入金钱忧虑、虚伪、信仰缺失、崇洋媚外、毫无道德底线等境遇。"我惊愕于这样的生活/一天不能赚取钞票便多一层忧虑……我惊愕于这样的痛苦/城市越来越光鲜/而人们迷失于坚守的主义/……惊愕于越来越多的寺庙/拯救不完烧高香赎来的命运。"③ 现代化的城市文明看似繁荣，背后却是真真实实的精神危机：工业文明对环境的破坏、商业文化对人自私的彰显、城市空间对人与人淳朴关系的肢解。

第三节 现代性的纠缠：神性空间的去空间化与悖论性

新媒体诗歌自诞生起就处在中国城市化进程的大背景之中，故它对空间的理解和表现不同于新媒体小说。新媒体小说将乡村视为

---

① 阎志主编《中国诗歌：2012 年网络诗选》，人民文学出版社，2012，第 98～99 页。

② 阎志主编《中国诗歌：2016 年网络诗选》，人民文学出版社，2016，第 147 页。

③ 阎志主编《中国诗歌：2017 年网络诗选》，人民文学出版社，2017，第 106～107 页。

落后愚昧的意象，将城市塑造为"进步都市主义"，[①] 而新媒体诗歌则去除了乡村空间保守落后的维度，将其表达为"田园牧歌"式的精神栖居场所。对城市空间的言说，除了上面所说的"欲望化"和"破坏性"书写，还有更为复杂的维度：意义空心化。王鹏程认为对"城市"生成的价值判断与人性内在的矛盾情感相关。

> "乡下人"在城市时，城市充满诱惑和罪恶，乡土则充满温情、令其眷恋；一旦回到乡村，乡村则是穷山恶水，令人厌恶，城市则成为现代和文明的象征，令其无限向往。这种价值观念上钟摆式的摇晃，固然有农耕文化所积淀的"排斥乡土—依恋乡土"的矛盾的心理情感结构。[②]

新媒体时代的诗人在进行"原乡"书写时，即将乡村视为人性的、自然的、健康的和"纯洁"的孕育场所，顺理成章地会以二元对立的思维对城市进行判断，城市往往被言说为"污染"、"欲望"和非家园化的象征。悖谬的是，新媒体诗歌却在对"寺庙"和"教堂"等神性空间的书写中将城市视为人们灵魂的皈依。

从世界范围来看，寺庙与城市的兴起和构建有着紧密关系。人类最早的城市大多是以神庙或祭祀场所为中心的，比如美索不达米亚的亚述古庙塔、危地马拉的提卡尔等，甚至法语和英语里指城市的 Civitas 和 Urbs 其愿意都与宗教和信仰相关。寺庙是城市空间构型的一部分，也是城市意义构型的一部分。[③] 在中国的少数民族地区，城市布局很大程度与寺庙有关。比如，西藏的城市要么是以寺庙为中心发展起来的，要么是寺庙与城市合二为一，要么是宗山、寺庙、

---

① 〔英〕雷蒙·威廉斯：《乡村与城市》，韩子满、刘戈、徐珊珊译，商务印书馆，2013，第 1 页。

② 王鹏程：《从"城乡中国"到"城镇中国"——新世纪城乡书写的叙事伦理与美学经验》，《文学评论》2018 年第 5 期。

③ 段玉明：《寺庙与城市关系论纲》，《西南民族大学学报》（人文社会科学版）2010 年第 2 期。

城市的三位一体的格局。"寺庙与城市的关系就好像宗教与世俗的关系，既独立又互有联系。"① 这种关系使得"寺庙空间"的文学书写具有一种矛盾性或悖谬性：一方面，它属于神性空间，带给信众的是超脱和纯粹；另一方面，它受到俗世空间的侵扰，城市空间滋生的欲望和功利与信仰形成一种否定性的悖论关系。

第一，新媒体诗歌对神性空间的书写是以时间的"空间化"方式进行的。"时间"是考察文化现代性的理论原点，"现代"的词根 modo 本身就是指"当下的""现时性的"。

> 现时性往往意味着一种直线向前、不可重复的历史时间意识，一种与循环的、轮回的或者神话式的时间意识完全相反的历史观。因此，在本质上，它趋向于未来而不是过去，并且，这种未来指向构造了现代自身的开放性和发展的无限可能性。②

时间感是人在面对自然和历史时产生的生命性感受。中世纪僧侣格波特发明了机械时钟。本来是让基督徒定时祈祷和礼拜，以期灵魂得到永恒。然而，时钟的规律性对人们活动的协调性，让工人和商人的工作效率大大提升，成为资本主义的技术助手。时钟的标准化、自动化使生产活动得以量化和确定化。甚至钟楼成为城市的标志，"时间就是金钱"成为资本主义文明的信条。③ 机械钟将时间视为单线性的、匀质的。钟表让时间从主观感受变为外在标准，并反过来支配人对时间的安排。在现代资本生产方式下，时间是"尺度单一、价值单一的线性不可逆"④ 的。同时，现代时间在资本增

---

① 牛婷婷：《西藏寺庙和城市的布局关系研究》，《西安建筑科技大学学报》（社会科学版）2015 年第 4 期。

② 彭文祥：《理论与阐释：审美现代性研究三题》，载陈定家选编《审美现代性》，中国社会科学出版社，2011，第 147 页。

③ 刘易斯·芒福德：《技术与文明》，陈允明等译，中国建筑工业出版社，2009，第 14 页。

④ 王海洋：《"现代性时间"及其文化价值反思》，《求是学刊》2009 年第 4 期。

殖的需求下必然呈现"加速"的状态。人们恐惧于时间的流逝和缺失，时间成为追求资本的资源；人在现代性时间之中成为奴隶。

新媒体诗歌以截断时间之流的方式直观感受时间的存在，从而拒斥现代性带来的时间焦虑感。这种直观感受分为宗教意义上的与审美意义上的。从新媒体诗歌对神性空间的书写中，我们可以看到生命时间与技术时间的对抗，审美时间对生活时间的超越。

在诗歌《禅房》中，诗人眣岚在神性空间之中将自己置于时间感之外，将时间对象化以静观之。"时间的脚步/滴滴答答地落在心头/我在心的尖上观觅/寻找被垢暗遮掩的清明//刹那刹那的光阴/分分秒秒地消融身体/我捻着时间的珠粒/洗涤身心的客尘。"① 在这种静止的时间意识中，主体摆脱机械时间的束缚，主体心灵达到对时间的本真体验。物理时间是线性的，世俗时间是混乱的，而顿悟的时间则是静止的，也是永恒的。从世俗走向内心的澄明境界，走向宗教世界里灵魂的永恒。康若文琴在《达维寺庙》里将"时间"对象化和物质化，"喇嘛坐在时光中/把时光捻成珠子/小和尚，跑进跑出/风掠起衣角"。② 流动的"时间"成为物件"珠子"（佛教法器），将时间书写为瞬间意识，直观静止的时间状态。这种时间感知方式趋于宗教"顿悟"式的永恒时间意识。③ "时间"作为诗歌意象一直被诗人赋予一种"永恒"或"静止"的感觉，无论是源自禅宗对"当下"时间的静观，还是审美沉浸对时间的遗忘。魏宏昌在《坐晚青海湖》中视流动的时间为空间性的对象，"在此地啊/仿佛可以真切地看见时光是怎么一点一点落下来的"，④ 其原因在于诗人将青海湖视为众佛自我塑成与"塑众生"的神性空间。鸣钟在《终

---

① 眣岚：《禅房》，藏人文化网文学频道，https：//www.tibetcul.com/wx/zuopin/sg/27883.html。
② 阎志主编《中国诗歌：2016 年网络诗选》，人民文学出版社，2016，第 92 页。
③ 王波：《中国现代主义诗歌中的时间意识类型》，《西安石油大学学报》2011 年第 2 期。
④ 阎志主编《中国诗歌：2011 年网络诗选》，人民文学出版社，2011，第 21 页。

南山》中也写了在终南山与师兄弟诵经时时间停止的状态，"时光一寸一寸/停了下来/在鹿的睫毛上"。① 正如颜翔林所说：

> 想象的时间意识既关注瞬间也渴慕永恒。主体沉浸瞬间而加重它的密度和延展其长度，使瞬间得以永恒，获得无限性的体验意义。与此相关，想象的时间意识对于永恒时间的期盼构筑起另一个精神对象：时间既可以在停滞中获得永恒的意义，也可以在无限地流淌和绵延中确立它的永恒价值。由此，审美时间既可能是瞬间的，也可以获得永恒。②

艺术创作中对时间的体验与宗教仪式中对时间的神秘感受有相同之处。审美直观可以让主体在审美体验之中感受到"刹那即永恒"，也就是席勒所说的审美可以"在时间中扬弃时间"。审美直观"作为'现在'时态而获得了表象对象使之直观可感的'赋形'能力；它作为业已抵达的'未来'而不在时间中，从而保持着康德所强调的'物自体'超时空的本体存在'状态'"。③ 新媒体诗歌往往将时间作为达致唯美人生态度的方式，以超出时间之流的方式来直观时间，这种直观本身就是非功利无目的的人生美学。正如宗白华先生所说："一是把玩'现在'，在刹那的现量的生活里求极量的丰富和充实，不为着将来或过去而放弃现在价值的体味和创造……二则美的价值是寄于过程的本身，不在于外在的目的，所谓'无所为而为'的态度。"④ 阮雪芳在《时间》中这样描述时间："钟表仿佛一个漂流的车站/无人进入/无人离开/只有时针用大地的刻度在交

---

① 阎志主编《中国诗歌：2012 年网络诗选》，人民文学出版社，2012，第 48 页。
② 颜翔林：《论审美时间》，《学术月刊》2010 年第 6 期。
③ 尤西林：《审美与时间——现代性语境下美学的信仰维度》，《文学评论》2008 年第 1 期。
④ 宗白华：《美学散步》，上海人民出版社，1999，第 187～188 页。

谈。"① "漂流的车站"，钟表带给我们的时间看似每分每秒，然而无人能驻足于当下的时刻。此刻瞬间成为过去，时间收割大地上的芸芸众生乃至所有存在。春天带来的生命之美是"一场无人享用的盛宴"，诗人通过审美时间抗拒世俗时间，拒斥机械时钟所带来的外部时间。苏蕾在《此刻》中写道，诗人面对美景时是绝对沉浸的，这种"沉浸"就如死去后"躯体和灵魂伏下来/与万物一起"。② 生命是时间的河流，"此刻"诗人处于时间之外客观地审视时间；当万物如水"在我的身上流淌"时，诗人又回到"时间的内部"，切身感受到一种生命的巅峰体验——"狂喜"。在《时间注入的日子》中，诗人苏笑嫣通过意象的书写悬置时间，截断时间之流。在周遭的世界中，"随便一颗石头都几万岁"，我们其实就是生来艳丽却迅速凋零的"花"。所有生活的烦恼和困惑在时间面前不值一提。我们应该"收视反听"，用审美的沉浸性替代对线性时间的恐惧。"杜鹃尝到甘露就摇曳不已/鸟群把脆弱的啼鸣交付给水草/熟透的风一吹　花丛就抖出几只蜜蜂来/而村庄　在情歌停歇的地方生长/土豆、白蘑、马匹　是人们花费一生侍弄的事儿。"③ 这就是诗人所说的"时间注入日子以前"的状态，人不为时间所束缚和奴役，随时可以停下"时光之马"的脚步，享受当下与此刻。在白玛央金的《把时间卸在季节之外》中，时间被审美的感受所截断，"思维跃上枝头数花"，"一不留神/就把时间卸在了季节之外"。④

　　审美体验与禅宗顿悟都与直觉思维相关，故而诗歌展示的是诗人对自然的审美体验：对时间"清零"或"去除"的诗性直觉。无时间感的体验导向的是永恒的时间领悟。蓝晓的《在越王楼上品一

---

① 阎志主编《中国诗歌：2016 年网络诗选》，人民文学出版社，2016，第 59 页。
② 阎志主编《中国诗歌：2015 年网络诗选》，人民文学出版社，2015，第 18 页。
③ 阎志主编《中国诗歌：2017 年网络诗选》，人民文学出版社，2017，第 26 页。
④ 白玛央金：《把时间卸在季节之外》，藏人文化网文学频道，https://www.tibet-cul.com/wx/xrxz/sg/25322.html。

杯香茗》沉浸在历史的诗意想象之中，"今晚，越王楼的夜藏在绵阳的灯火里/楼台空寂，檐角欲飞/我安静地停在时间的某处/惬意在孤独里/杯子里有涪江/有太白诗仙可摘的星辰"。① 想象的时间意识是诗歌审美的绝对自由状态，以审美时间对历史时间进行截断，以诗沉浸于"时"中。对于时间的瞬时性与永恒性的宗教体验或审美经验，其实都赋予时间一种空间化的倾向。正如闫建华对普鲁斯特的"纯粹时间"进行批判时所说：

> "纯粹时间"或是"视觉瞬间静止"的观相根本就不是时间，而"是瞬间的感觉，也就是说，它是空间"。瞬间的感觉之所以是一种空间，是因为它在一刹那的时间内汇集了包括记忆、意象、人物、细节等在内的各种片断。为了让这些片断同时涌现，作者就在形态上使其呈现出一种空间上的并置，而不是时间上的延续，时间由于空间密度的增大在这一瞬间仿佛凝驻不动。②

从诗歌对时间瞬时和永恒的表达可以看出新媒体诗歌对时间的书写其实更具有空间化的倾向，而神性空间的"去空间/时间化"也体现在神祇存在的纯粹性和超脱感。白鸦的《南华寺》书写"六祖惠能""端坐在世界的壳里　或者壳外"。这是一种既在空间之中，又在空间之外的感受。这种超脱感来自"无所住而生其心"，不执着于色、声、香、味、触、法，便生清净心，甚至不执着于时间和空间，"把袈裟丢在那块石头上　时间向左　空间向右/你在中间　指鹿为马"。③ 旺秀才丹的《他一直在那里》是为"佛诞日"而创作

① 蓝晓：《在越王楼上品一杯香茗》，藏人文化网文学频道，https：//www. tibetcul. com/wx/zuopin/sg/32929. html。
② 闫建华：《试论诗歌的空间叙事》，《外国语》2009 年第 4 期。
③ 阎志主编《中国诗歌：2010 年网络诗选》，人民文学出版社，2010，第 18 ~ 19 页。

的，"他一直在那里，从未离开/我们眼前缤纷缭乱，看不到同行者/周围充满喧嚣，听不到他说话"。我们被外界的纷繁复杂迷乱双眼，感受不到佛一直在那里。"他一直在那里/怀揣着航海图和指南针/为需要的人们指引道路/他也藏有满腹的灵丹妙药/他的处方，被人们到处传诵"。佛指引人们的是终极的目标。"他一直在那里/我们看到他，听到他的声音/需要走许多弯路/我们听到他的声音，明白他的话语/又需要很多年。"① 在诗人看来，我们对佛的靠近凭借的是自身与佛的缘分。诗人在四节诗之中反复强调"他"一直在"那里"，作为一个空间地理名词，"那里"既存在于某个地方，又不存在于任何具体空间。佛在信仰之中是超越时空的存在。在施施然的笔下，当所有人"松开"与"阳光"、"空气"和"一切"的联系，栖息之所便成为"没有起始，也没有终点"的"佛国"。"我"可以去往历史时间线上的任何一点，与逝去的所有亲人以及自己的前世相遇。② 沙辉的《我并非第一人》以诗歌的方式将哲学的思辨和禅宗的思考融汇在一起，"运动"和"静止"是古希腊哲人特别爱思考的问题：从赫拉克利特的"一切皆流，万物常新"到巴门尼德的"存在"和芝诺的辩护。禅宗里的"禅定""静观"将时间之流切分成一个个的横截面，是对当下的点的静观。故而诗人说"我并非第一人"，他并非第一个感受到时间的流动和永恒的人，也并非第一个思考此问题的人。"我静静坐着，在月光里/在自我的时光里/同样，这时刻/将是流动的，也是永恒的。"③

　　第二，新媒体诗歌书写的神性空间极力将空间的"物性"降到最低，将精神性抬到无以复加的地位。比如茂华的《寺》书写的不

---

① 旺秀才丹：《他一直在那里》，藏人文化网文学频道，https：//www.tibetcul.com/wx/zhuanti/zt/26876.html。

② 施施然：《于佛国的香风里》，载阎志主编《中国诗歌：2010 年网络诗选》，人民文学出版社，2010，第 9～10 页。

③ 沙辉：《我并非第一人》，彝族人网，http：//m.yizuren.com/literature/sg/40315.html。

是具体的某座寺庙，而是一种抽象意义上的"寺"。"我与某寺在同一经纬度/它却视我为无物/佛缘广阔，将万物悬于虚空之中。"[1] 神性空间将万物囊括于其中化为"虚空"。诗人在神性空间之中往往关注的是内心感受和灵魂体验。王更登加的《影子在身后喊我》书写了在寺庙中安静状态时的一种近乎神秘的体验：在塔尔寺中，"从经幡下穿过，我惊奇地发现/我落在地面的影子，和那白布上的经文/笔画竟有点儿神似"。[2] "我"相对于"影子"是一种实在，然而在诗人笔下仅仅是"一缕风"或"一阵细小的尘土"。身体维度在神性空间以一种"去物性"的姿态被书写，这使得身体的"影子"更为轻盈和灵性。"影子"之于"身体"，"经文"之于"经幡"，两个平行的意象互相赋义于对方，这使得我们对神性空间的体验更为"虚在"。

白梅杰在《低吟浅唱》一诗中，书写诗人于江南小巷，怀抱琵琶弹唱虞美人，"只是为了掩藏孤独"；对比很久以后，"朝拜在布达拉"，"诉说尘世的烦恼/这样做只是为了心灵的深化"。[3] 江南烟雨之地本应是诗情画意的，然而诗人感到的是孤独；拉萨因为信仰成为心灵的归宿。罗绒扎西在《古寺与老村》一诗中将"古寺"和"老村"两种空间作为信仰和世俗的二元对立意象。"古寺在山腰/老村在坝头/古寺宁静/老村纷扰/一道红墙/两种境界/墙外披星戴月/墙内佛性禅心/静静注视/喧嚣属于老村/古寺钟爱幽静/蓦然回首/古寺香火旺盛/老村一无所有。"[4] 诗歌以不同的空间作为意象符

---

[1] 阎志主编《中国诗歌：2019 年网络诗选》，人民文学出版社，2019，第 221 页。

[2] 王更登加：《影子在身后喊我》，藏人文化网文学频道，https://www.tibetcul.com/wx/xrxz/sg/35547.html。

[3] 白梅杰：《低吟浅唱》，藏人文化网文学频道，https://www.tibetcul.com/wx/xrxz/sg/31847.html。

[4] 罗绒扎西：《古寺与老村》，藏人文化网文学频道，https://www.tibetcul.com/wx/xrxz/sg/25021.html。

号，以审美的方式赋予其以神性和世俗性。卓仓·果羌在《八廓短章之一》里写道，因为对菩萨的信仰，在带有佛性的空间（八廓街）感受到的是归属感和放松。"躺着、站着、坐着、趴着，/睁开一只眼睛/闭上一只眼睛/打哈欠、叹气、伸一个长长的懒腰，/在一块石头上/发呆//人来人往/神来神往/顺手，捏一把阳光。"① 作家通过对宗教空间的书写和与灵性万物的"神遇"，叙述着主体心灵境界的宗教式提升。索昂江才对主体心灵空间与神性空间交融的书写主要体现在《古刹晨色》中。诗人描写古刹清晨的美景，以起承转合的诗歌布局将自己受佛教净化的心境传递出来。诗歌通过"桑烟""晨钟""梵音""塔林"营造着古刹圣洁的空间；然后，"不知罪孽的鸟雀"与"怀着纯净的信念"的老者形成意象的张力，鸟雀是一种混沌的没有分别心和功利心的存在，而人是通过后天的信念与仪式逐渐消解贪嗔痴慢疑的；最后，诗人依然将自己泯然众物，"佛殿内/香雾弥漫开来/法音缥缈萦绕/佛门外/我的来去/如一粒尘埃"。② "尘埃"细小、卑微、自由且自在，从诗人心境窥见其禅修的内心世界。神性空间往往会带给诗性空间以灵性维度上的提升。叶梓在《槐花寺的黄昏》中将自己在槐花寺的树影中穿行比作"仿佛在自己的命运中行走"。③ 在杨勇的《在大峒山净业寺》中可以看到神性空间中人对于生死的自我超越，"青葱的莲蓬"和"干枯的莲蓬"被比作"欢喜的生"与"从容的死"，两个相反的维度就像"向上的树叶"和"向下的树根"，这都是"一场虚幻的旅行"。④ 在阮宪铣的《云顶寺》中，我们也可以读到诗人向佛祖忏悔后内心的状态，

① 卓仓·果羌：《八廓短章之一》，藏人文化网文学频道，https：//www.tibetcul.com/wx/xrxz/sg/25491.html。

② 索昂江才：《古刹晨色》，藏人文化网文学频道，https：//www.tibetcul.com/wx/xrxz/sg/25189.html。

③ 阎志主编《中国诗歌：2015年网络诗选》，人民文学出版社，2015，第69页。

④ 阎志主编《中国诗歌：2017年网络诗选》，人民文学出版社，2017，第49页。

"像雨后的青山/心尖上挂着翠色的露珠"。① 空间书写在信仰的精神化趋势中逐渐走向"虚在化"。

第三，新媒体诗歌的神性空间与世俗空间处于一种现代性纠缠中。世俗空间对神性空间的污染，使信仰成为一种远离灵魂安顿的外在形式和表演符号。在商业化浪潮之中，宗教逐渐滋生了世俗化倾向，比如每年大年初一新闻报道都会谈及的寺庙"天价头香"现象。

> 随着现代社会理性化进程的日渐深入，崇高的终极关怀、神秘的彼岸信仰、克制私欲的美德等传统价值观念都已从公共生活中销声匿迹，甚至家庭生活温情脉脉的面纱也被赤裸裸的金钱交易撕得粉碎。社会结构的物化成为必然，心灵自由的丧失无可避免，过去那种神人以和的非理性宗教模式也渐渐被非人格化的货币模式所取代，过去，对纯洁的圣徒来说，身外之物只应是"披在他们肩上的一件随时可甩掉的轻飘飘的斗篷"。然而，命运却注定这个斗篷必将变成一只囚困现代人的铁笼。②

贝格尔也说过，世俗化使宗教丧失了对整个社会的控制，它不可能"建造一个一切社会生活在其中都获得了属于每个人的终极意义的共同世界"。③ 宗教逐渐沦为个人的选择和爱好。④ 虽然这种世俗化并不会带来宗教的消失，但是宗教的私人化逐渐消解着自我的权威性，这对于有着宗教信仰的民族文化来说不啻为一种危机。比如宗教信仰仪式的表演化，随之而来的是宗教信仰神秘性和神圣性

① 阎志主编《中国诗歌：2019 年网络诗选》，人民文学出版社，2019，第 292 页。
② 陈定家选编《审美现代性》，中国社会科学出版社，2011，第 17 ~ 18 页。
③ 彼得·贝格尔：《神圣的帷幕——宗教社会学理论之要素》，高师宁译，上海人民出版社，1991，第 125 页。
④ 韦芳婧：《宗教世俗化语境下民间宗教仪式的功能变化》，《原生态民族文化学刊》2019 年第 1 期。

的弱化。欲望滋生于人的内心，对普通人来说更是无法彻底根除的，正如道吉交巴的《欲》所说："密密麻麻/心由十万只虫子/紧紧拥抱/伸手摘除/死而复生。"① 然而欲望过重就累积为佛教所说的"五毒"：贪、嗔、痴、慢、疑。唯有通过佛教修行清除"五毒"，方可得到清净人生境界，"修炼一种境界 难能可贵/舍下欲望/贪婪不再左右灵魂/失去了就是得到/甚至得到更多//不再画地为牢/轻盈的步伐/声音有些飘逸/像是和云对白/天 才是家园"。②

内心的自由和宁静是以宗教信仰对欲望的摒除为前提的，然而现实却相反，宗教不但没有完成对众生欲望的度化，反而染上了商业化和世俗化的气息。网络媒介时代的诗人通过宗教仪式、信物和空间的欲望化言说书写着现实信仰中的悖论性。

卓仓·果羌在《凤眼菩提》中提出了一个深刻的问题：对佛教的信仰必须通过"物"来实现吗？当"信物"被金钱欲望充斥后，信仰还是信仰吗？当"佛珠"因为贩卖涨为天价，诗人对"佛珠"的凝视显然不是纯粹的宗教层面的，而是被金钱蒙上了一层别样的色彩；不是"我"在端详和凝视"圣物"，而是它在瞪着我。"说话间尼泊尔商贩把一串/价值万元的凤眼菩提佛珠/放在了我的手心/我的心开始挣扎/108 颗大眼睛/直勾勾地瞪着我。"③ 宗教信物的商品化带来信仰的失落，同时以商业为目的的信物和仪式展示也逐渐导致宗教信仰走向"表演化"。才仁当智在《一头野牛的故事》中讲述一头曾经自由的野牛，与情敌厮杀，打败狗熊，受母牛追从，却沦为"家养的牛"，即使勤劳、任劳任怨也逃不开人类的屠杀。"不

---

① 道吉交巴：《欲》，藏人文化网文学频道，https：//www.tibetcul.com/wx/xrxz/sg/25563.html。

② 嘎玛旺扎：《画地为牢》，藏人文化网文学频道，https：//www.tibetcul.com/wx/xrxz/sg/32449.html。

③ 卓仓·果羌：《凤眼菩提》，藏人文化网文学频道，https：//www.tibetcul.com/wx/xrxz/sg/25461.html。

挣扎、不反抗/任由蹄子和嘴巴被勒出血/任由肚皮鼓成寺庙里的大鼓继而窒息/但是大眼睛要看一看/那些嘴里衔着利刃、一边念经忏悔的人/头顶光环升到天堂/还是戴着枷锁堕入地狱/六道轮回中是否狭路相逢。"① 当牛的皮被奉献为"寺庙里的大鼓",对牛进行杀戮的人——一边杀生一边"念经忏悔的人"能否得到宽恕呢?

宗教空间的神秘性和神圣性被众生欲望所污染。孕玛才让的《拉萨》以"圣城"为空间,书写了信仰的不纯粹以及信仰与欲念之间的冲突。"湿漉漉的祷告/浸透了,拉萨的大街小巷/贪婪像蚊子叮咬着/人们裸露的信仰/人心,在手指和念珠间/蛇一样滑动。"② 对佛祖的祈祷仅仅是为了满足个人的私欲,这样的信仰还虔诚吗?难道还不够功利吗?从新媒体诗歌中我们可以看到许多作品都在思考信仰的最根本的问题:仅为私利、私欲甚至害人之图而去拜佛,这能叫虔诚的朝拜吗?利他之心和利众生之心才是朝拜的真正面相。玉珍的《丧失》写道,人们的表面有着对神灵"虔诚"的信仰,"伟大的祭祀已成为/宗庙中泛滥的烟火/人们摩肩接踵,踩着遍地的香灰/朝东西南北盲目地跪拜"。欲望的泛滥,神灵的遗忘,美德丧失的时代却被我们默认并视为正常,真正的人性却"活在它无所适从的艰难中"。③

阿顿·华多太在《夏哇日宗》中对宗教信仰商业化进行了激烈的批评。夏哇日宗本为藏传佛教僧人清修之地,然而整个庙宇是被修整过的,整修的目的是盈利。"青稞和柏木,还有酥油/以商品的姿态/显摆在醒目的位置/宗喀巴大师的塑像/还不是他在此出家时的模样/依山而建的庙宇/像山的眼睛,紧盯着/那一片打过补丁的前

---

① 才仁当智:《一头野牛的故事》,藏人文化网文学频道,https://www.tibetcul.com/wx/xrxz/sg/25515.html。

② 孕玛才让:《拉萨》,藏人文化网文学频道,https://www.tibetcul.com/wx/xrxz/sg/33435.html。

③ 阎志主编《中国诗歌:2018年网络诗选》,人民文学出版社,2018,第131页。

山/——后生的杨树林/正在向原先的松树林谢罪/每上一段台阶,都有佛堂/和专为供养人准备的投币箱。"[1] 本为佛教清凉之地,然而纯粹的虔诚如"震落悬崖的碎石"一去不复返。"酥油灯"、"青稞"和"柏木"都明码标价;身披袈裟的没有被诗人尊称为僧人,只是穿梭在"信徒的手机二维码里"的"年轻人";访客不是为虔诚的朝拜和安静的修心而来,而是为一种"解构式"的放纵体验而来,"嘻哈一番"的不严肃与庙宇应有的虔敬格格不入。卓玛木初在《所见》中同样质疑着信徒"祈祷"的不纯粹性和功利之心。"观音庙里/无数的信徒用力祈祷//酥油灯被欲望压得喘不过气来/佛龛,被心事悄悄填满//众生皆苦/神,也不能例外。"[2] 同样地,华·才让的诗表达着类似的感受:"信众"对佛教的信仰仪式还不够纯粹,有着俗人的欲望和杂念。"当岁月将那华丽采摘无存/虔诚的信众宁愿将自己/修炼成红山上的一块顽石/却不愿将自己匍匐成/通往布达拉宫的一级级阶梯/其实,信仰不在弯腰低头的朝拜里/而在八廓街每一块贴近历史和土地的石块上。"[3] 诗人觉得信徒的信仰不应该急功近利,而需要"匍匐式"的虔诚之心。"红山"顽石筑造宫堡比不过"一级级阶梯"的默默无闻;"低头的朝拜"不如八廓街的"石块"寂寂无言地侍奉神祇。

---

[1]　阿顿·华多太:《夏哇日宗》,搜狐网,https://www.sohu.com/a/485373021_121124401。

[2]　卓玛木初:《所见》,藏人文化网文学频道,https://www.tibetcul.com/wx/xrxz/sg/34886.html。

[3]　华·才让:《拉萨》,藏人文化网文学频道,https://www.tibetcul.com/wx/xrxz/sg/33492.html。

第四章

现代性症候与生态伦理书写

> 现代性越显得无畏、无休与创新，它的问题就更大。它越是把自己当作人类成就的巅峰，它阴暗的一面就越明显。环境的污染、地球资源的浪费已证实是"发展"的对立面。[1]
>
> ——斯图尔特·霍尔

由于现代化和城市化的加速，自然生态和文化生态受到不同程度的破坏和污染：土地的沙漠化、森林的消失、辐射泄漏、雾霾肆虐、动物被滥杀、人居环境过度商业化等。生态主义思想应运而生，人们被迫开始重新思考人与自然的关系，并以此审视整个人类知识的合理性与合法性。人文学科中生态思想成为文学批评的重要理论资源。鲁枢元认为生态批评产生于人类文明三种知识系统之中的"生物学的知识系统"，与之相对的两种知识系统分别是"神学的知识系统"与"物理学的知识系统"。"神学的知识系统"强调超验性和统摄性，比如中国传统文论中的"神""道""气"等范畴。"物理学的知识系统"主张科学、理性、实证、分析和技术，比如20世纪的新批评、形式主义批评和结构主义批评。"生物学的知识系统"则视世界和宇宙为有机的整体和充满着生命的"活体"。[2] 生态书写面对的是现代性哲学中的问题：以人类为中心的二元对立，以科学

---

[1] 〔英〕斯图亚特·霍尔：《现代性的多重建构》，吴志杰译，载周宪主编《文化现代性读本》，南京大学出版社，2012，第67页。

[2] 鲁枢元：《生态批评的知识空间》，《文艺研究》2002年第5期。

理性为唯一前提，以工具理性的量化和标准化为基础；追求价值、幸福和效益等的最大化逻辑。① 生态批评则以重构的方式言说着现代性的本质问题——人类中心主义。现代性导致主体对自我欲望的张扬，导致一种"现代性断裂"。生态批评话语便是在文化符号层面上试图正视和处理这种"断裂"。新媒体诗歌中的生态书写呈现了生态意识在新媒体镜像中的精神样态和文化品格。从生态批评角度，我们将面对以下问题：新媒体诗歌怎么表现"自然"，新媒体诗歌如何对待"生命"，新媒体诗歌的诗性审美与深层精神信仰的关系是怎样的。

第一节　自然作为复魅的救赎：去人类中心化的诗意书写

"自然"的使用语境常常是"人—自然"，语言的二元并置给我们塑造了一种思维：人可以脱离自然而独立存在，与此同时，将"自然"视为"人"的对立面。概念被内置的语义语境其实和语言意义的错位有关系。鲁枢元认为英文中的"nature"不等于古代汉语中的"自然"；nature 指的是人之外的"自存、自在"的"自然界"，古代汉语中的"自然"指的是"天人合一"的自然混融状态。② 当我们将西方语境下的"自然"引入中国话语体系之中，"自然"或"世界"的含义发生了本质改变。"世界便不再具有自生性和自明性，而是通过主体的认识而被构建出来，被带入到人的认知和分辨状态之中，知识的真确性成为自然界中事物存在的依据。"③生态批评则以"自然"自身的规律为中心，将"人"放回其本属于的"自然"链条之中，恢复人和自然的混融状态。新媒体诗歌的自

---

① 刘伟兵、李升亿：《论生态哲学对现代性哲学的超越》，《鄱阳湖学刊》2015 年第 6 期。

② 鲁枢元：《生态批评视域中"自然"的涵义》，《广西民族大学学报》（哲学社会科学版）2009 年第 3 期。

③ 万冲：《生命共同体的建立——当代诗歌中的自然书写》，《淮南师范学院学报》2018 年第 6 期。

然书写呈现为对人类中心主义价值观的符号化解构、对自然的审美化融入和对生态破坏的自我救赎三个维度。

第一，自然万物的"符号化"、"价值化"和"知识性"都呈现了人类主体的判断视角。以人为中心的"人类中心主义"，将人类的价值凌驾于自然万物之上。人以"人"的价值来衡量和判断一切；人用"人"的意愿和欲望来判别、改造和规划一切。何延华的《水》是一首典型的生态主义思维的诗歌。"所有的水都带着/柔情。除非夏季。/在夏季，溪流都变得恐怖。/它席卷岸草，冲垮溪道，/甚至带走/人和动物的生命。//它美丽的时候是水。/它暴怒的时候，/仍是水。//它是无辜的。"① 水或温柔或暴力，这种评判皆出自对人类自身利害关系的审视。这种潜意识里的自我中心化对一切非人的动物、植物和山川进行"价值赋予"。在罗绒扎西的《乌鸦与喜鹊》中，动物的天性处于本然状态，自然而然地与世界融为一体，"乌鸦喜欢黄昏/喜鹊偏爱清晨"。② 但人将清晨视为光明的开始，美好的开端；把黄昏看作黑暗的来临，不祥的预兆。一切都是基于人的感觉和价值观念来审视。"人们心中/凶兆奴役了乌鸦/祥瑞绑架了喜鹊。"最后，即使乌鸦喜鹊没有真正出现，人们只听到它们的叫声，甚至提及它们的名字，就会有好恶之别。"意识赋予/鹊鸣乌啼/不一样的寓意。"正如肯·罗伯特所说，人类中心主义是以艺术符号的方式征服自然物。文学将宗教和道德凌驾于自然存在之上，鲜活的自然从属于精神和文化秩序。人类按照自己的道德情感、宗教信仰、审美情趣等来修改、规范、构建、整肃自然。③

① 何延华：《水》，藏人文化网文学频道，https：//www.tibetcul.com/wx/zuopin/sg/34073.html。
② 罗绒扎西：《乌鸦与喜鹊》，藏人文化网文学频道，https：//www.tibetcul.com/wx/xrxz/sg/25021.html。
③ Kenn Robert, Ecocriticism: What is It Good For? *Interdisciplinary Studies in Literature and Environment*, 2000, 7 (1): 9 – 32.

　　去人类中心化的文学书写往往通过视角的转换、视角的生态化和自然化来实现。东门扫雪在《细菌》中通过"高倍显微镜"的观看与被观看，思考自然界无处不在的"细菌"，在显微镜下它们依然小得几乎没有形体，"仿佛只有灵魂"，"它们有痛苦吗？它们会绝望吗？／它们存在的意义是什么"。① 同样地，如果"我"也被更大的显微镜观看，那么在"观看者"眼中，"我"有无形态，有无灵魂。看与被看，其实就是一种去人类中心化的生态视角。泽仁多吉在诗歌《春天》中将"我"化身为小鸟，守护爬上河滩的"一朵花"，"我愿是一只小鸟驱赶花边爬着的害虫／蜜蜂和蝴蝶我都讨厌"。② 诗人一改之前蜜蜂酿蜜作为"勤劳"符号的人类视角，抹去了蝴蝶翩然的身姿和"恋花"的深情，视之为讨厌的对象。此"讨厌"来自动物的厌恶，而非人类的喜好。阿顿·华多太的《一粒虫草》将虫草比作冥想的、酣睡的婴儿，长大后又被比作领悟了大地真理的修行者。可诗人追问着这大地的精灵、天使，"哦，我的小天使／请告诉我为什么／请告诉我不为什么／在泥土心里／你是一只毛毛虫／在空气的怀里／你是一株无花果／在人眼里／你是一枚硬币"。③ 以纯自然的眼光看，"虫草"只是自然万物之一种，可人类将其视为值钱之物。诗人的反诘"请告诉我不为什么"，其实已经摆出一种姿态："我"从"去人类化"的角度来追问，或者说去目的论。谁的目的？人类的目的。以此种角度来审视虫草，契合生态书写中的自然视角。

　　然而，书写视角的自然化无法真正超越人类中心主义，因为其作品依然只是在同理心的维度上写作。就像王晓华所说："生态批评

---

① 阎志主编《中国诗歌：2016 年网络诗选》，人民文学出版社，2016，第 116～117 页。

② 泽仁多吉：《春天》，藏人文化网文学频道，https://www.tibetcul.com/wx/xrxz/sg/33561.html。

③ 阿顿·华多太：《一粒虫草》，藏人文化网文学频道，https://www.tibetcul.com/wx/zuopin/sg/27917.html。

自然也不可能避开这个悖论：作为一种超越人类中心论的批评运动，它经常不自觉地受制于人类中心论的逻辑，因而只能依靠不断地去中心化来实现其原初目标。"① 新媒体诗歌最终通过"境界"实现对非生态思维的超越。

孤独的雪子在《秋之韵》中利用秋天制造了一个悖论的意象，秋天对于我们来说是一个收获的季节，对于传统中国文化来说秋天属金，为肃杀的季节。"远处的收割机吟唱着丰收的喜悦/树下的蝇虫们推搡着身上的枯叶/这是一篇硕果累累的乐章/那是一个生命凋零的映像/我是为劳动的成果欢呼呢/还是为命运的无常感慨呢。"② 诗人用一种宗教式的超越思维，将人类中心的自然观念消解掉。"散去吧，所以不曾有过的真实/带着过眼云烟般的世事无常/听，飘零的繁华，安然尘埃落定。"佛教思想认为"空"是一种"诸法性空"的状态，即无我的状态。一切都是因缘和合，没有所谓的"自我"的存在。这种观念恰好被诗人引入诗歌的生态书写之中，完成对人类中心主义的解构。雁无伤在《木耳（外一首）》中，以去人类中心化的方式来书写木耳，即并非从人类的概念角度将"木耳"定义为木耳。"不要告诉一枚木耳，它是木耳。/它就会踏踏实实长在树上。/认为自己是片树叶子。/觉得自己是绿的，/渴求阳光，/趁着春天向上生长。/不要告诉它，/它就不会启用它的听觉，/在风声渐起的时候，/听到发呆。/听到出神。"③ 诗人有一种拟人化的隐喻在其中，不过从去人类中心话语的角度来看，这又正是人与自然交融的方式。毛子在《母亲》里存在一种反对以人类的思维去理解和概括动物世界的倾向。"分娩的驴、孵蛋的海龟、护食的母鸡、哺乳的

---

① 王晓华：《在现代和后现代之间：文学艺术的转型》，黑龙江人民出版社，2006，第192页。

② 孤独的雪子：《秋之韵》，藏人文化网文学频道，https：//www.tibetcul.com/wx/xrxz/sg/25389.html。

③ 阎志主编《中国诗歌：2018年网络诗选》，人民文学出版社，2018，第165页。

鲸/装着小家伙的袋鼠、发情的牝马、舔舐幼崽的母狮……"① 我们只用笼统的称呼来指代它们。然而，"我忘了它们也是母亲"，忘记了动物对子女情感的纯粹性和直接性。当人类试图用知识分类的方式去支配和控制自然时，殊不知超概念的情感交流才是自然界的通用法则。

第二，新媒体诗歌通过超功利化审美和移情来书写自然，保持人与自然互相融入的状态。这种生态观念背后的理论支撑是"在之中"的哲学思维与"介入性"的诗性姿态。正如段义孚先生所说："'世界'是关系的场域（a field of relations），'环境'对人而言只是一种冷冰冰的科学姿态呈现的非真实状况，在'世界'的'关系场域'中，我们才得以面对世界，面对自己，并且创造历史。"② 梅里·雪的《寂静田野》用一种童真的文字，将人融入自然之中。"我们打着伞走过田野，如一株植物/来拜访另一株植物/站在花旁是花，坐进麦地是麦。"在自然中感受万物的趣味，"山风很清，田野很静/直到花粉的香气让一株梅打响了过敏的喷嚏/麦浪才前俯后仰笑出了声"。③ 诗句以幽默和诗意的方式将我们熟悉的场景陌生化，从而感受到自然深层次的生命之美。诗人对自然进行生态书写的姿态本身，就意味着人相较于环境来说的超脱性；以审美的态度面对自然是生态主义的独特方式。在《数豆子（外一首）》中，诗人从植物视角充满童趣地书写孩子剥开豆荚的情景。"我躺在青豆荚里/我在豆荚里想豆荚外/我想象不出外面是什么模样/有一天豆荚忽然被剥开了/惊惶中，我看见蓝蓝的天/和一张少年清瘦的正淌着汗的脸。"④ 沈谷在诗中写道，当现代孩子都在玩各种玩具时，诗人"拿

---

① 阎志主编《中国诗歌：2016 年网络诗选》，人民文学出版社，2016，第 48 页。

② 转引自曾繁仁《人类中心主义的退场与生态美学的兴起》，《文学评论》2012 年第 2 期。

③ 梅里·雪：《寂静田野》，藏人文化网文学频道，https://www.tibetcul.com/wx/xrxz/sg/25415.html。

④ 梅里·雪：《数豆子（外一首）》，藏人文化网文学频道，https://www.tibetcul.com/wx/。

起铲子/掀开草丛下的芬芳/那里躲藏着一条通向宝库的小路//无数的生命在轮回/我们抚摸，揉捏着/地球的肌肤"。① 人与自然的和谐，一种抽象的描述，被具体化到"玩泥巴"的亲近之中。泥土、大地在中西文化之中一直被视为生命起源和灵魂归属的"母亲"形象，比如"女娲"创世时的"抟黄土作人"，人去世之后的"魂归故土"。

　　萨娜吉的《哲古湖，牧人的天堂》描绘了自然最为静谧的景色。诗人一路注意到的是"小喇叭"似的"紫色小花"，"几只野禽，几片白云"。微不足道的景致，只有闲云野鹤的诗心才能看到。接着诗人用了一个让人惊讶的比喻："蓝天下，有一面巨大的镜子/群山在梳妆，天空在梳妆，牛羊在梳妆。"② "镜子"与"梳妆"是一对日常生活中紧密关联的意象。在诗中，诗人在天地间放一面镜子，重点不在于镜子，而在于"群山""天空""牛羊"都被置于镜中。"镜中花"之所以美，在于人永远无法触摸它；"虚在"的"花"意味着主体的审美姿态：一种非功利性的审视态度。诗人让我们抛开日常将"群山"看成"山"，"天空"看成"天"，"牛羊"看成动物的熟悉的、零距离眼光。用"镜子"将"群山""天空""牛羊"与人产生隔离的空间，并让它们"在梳妆"，更添一种妩媚的情致。多吉在《自然的色彩》中将自然之中"候鸟"的天性书写为"哼着小曲"的愉悦、将"圆月"的"圆"描述为"面带微笑"、将小溪潺潺视为对心灵的洗涤。将自然界中最常见的自然景观附着上超脱的心灵，人也被叙述为"无虑"的青年和"寂寞"的老者。"一伙青年/穿着花衣，耳塞线控/戏耍满脑无虑的个性//一位老人/蹒跚漫步，手捏佛珠/拨动寂寞累积的心弦//一切多么随和、自然/一切都

① 藏人文化网文学频道，https：//www.tibetcul.com/wx/。

② 萨娜吉：《哲古湖，牧人的天堂》，藏人文化网文学频道，https：//www.tibetcul.com/wx/xrxz/sg/32925.html。

是自然流露的色彩。"①　人与自然之间不是紧张、对立、压制的关系，而是融洽、共存、平和的关系。"山顶上没有喧嚣/没有浮躁，也没有/功利/一切都自然而然/只有一口，形似/铧头尖的山峰/似乎，想要打开/刀耕火种的历史/云淡或云浓是云的事/风轻或风重是风的事/独坐在山头/唯有，身体和灵魂/可以属于自己。"②　诗歌将当下的、现实的和功利的意识截断开，让思绪回到最为自然的"刀耕火种"的状态。最后，自然的"云"和"风"已被区隔于主体之外，意识回到纯粹的自我精神状态。

　　更求夏的《物质，或者无知》的核心在于传达一种生态观念：人生于自然，归于自然。"躺在大地的怀抱/让血液融进大地的脉络/回归初始万物和谐的状态。"人不应该是凌驾于自然之上的统治者，而应该是众生的一员。"金木水火土的构造/本是生命延续的根本/自命主宰万物的妄想/可笑贪婪无知的意淫/何来俯首与统治。"③　"五行说"被视为生命的根本，一方面，是出于诗歌试图表达的生态思维的需求，没有哪一"行"是绝对的主宰，"五行"之间是相生相克的关系；另一方面，源自中医所遵循的"五行说"，它将身体的五脏、五体、五官与自然界的五方、五色、五味等对应。卡洛琳·麦茜特所秉持的生态观念与中国传统医家思想有相似之处：

　　　　地球的泉水就像是人体的血液系统，其它流体就像是人体中的粘液、唾液、汗液等润滑形式，地球存在物的组织"仿效我们身体的组织，其中包含静脉和动脉，前者为血液管道，后者为气

---

① 多吉：《自然的色彩》，藏人文化网文学频道，https：//www.tibetcul.com/wx/xrxz/sg/33563.html。

② 王国清：《俄尔则俄（组诗）》，彝族人网，http：//m.yizuren.com/literature/ysg/zp/24702.html。

③ 更求夏：《物质，或者无知》，藏人文化网文学频道，https：//www.tibetcul.com/wx/xrxz/sg/25182.html。

息管道……我们的祖先曾将静脉说成是泉水。因此在地球中，自然的形式与我们的身体组织之间存在着惊人的相似性"。①

诗人更求夏还写道："一粒沙子，孕育/生命栖息的家园/一个细胞，演化/万物同族的奇迹。"这种一沙一世界、一花一天堂的宇宙观念，以见微知著的生命思想抵制着人类自我中心的狂妄和自大。人类的优越感往往滋生着"自私虚荣"和"贪婪成性"。当人类放下凌驾于万物之上的傲慢，将自己视为万物的一类，与他者无异的时候，我们才能真正感受到自然界的灵魂。"泥土"为我们提供了粮食和生命，人类依靠的只能是沉默的泥土，而非"城市，信仰，膨胀的欲望"。②我们的脚应该踩在这厚实的土地之上，不管我们承认与否，大地都会为我们孕育"斑斓的春天"。心帆在诗歌中将自己的思维、情感甚至灵魂融入自然和大地之中，关心"落日""小花小草""窗边的温暖的风"，还有陪伴"我"的"星光和月色"，"正是它们的沉默谦卑和微小/让我越来越想挤入它们中间/被一个叫泥土的亲人/滋养，呵护/像呵护它的一个孩子/正是这些我所热爱的事物/让我真切感受到/无处不在的神性光芒"。③诗人通过诗歌建立人与大地、自然的生命联系，人、世间万物与"大地"之间形成内在深层的隐秘的关联。

李不嫁在《割胶时间》中写道，橡胶树充满生机和生命，割胶要在黑夜进行，因为太阳出来，"胶树会如梦初醒/割开的地方/很快闭合、结痂，人一样扎住伤口"。割胶练手选择朝气蓬勃的年幼的树，不选择反应迟钝、皮肤粗糙的老树。那些老树"流胶的速度也

---

① 〔美〕卡洛琳·麦茜特：《自然之死——妇女、生态和科学革命》，吴国盛等译，吉林人民出版社，1999，第26页。

② 宗海：《泥土》，载阎志主编《中国诗歌：2015年网络诗选》，人民文学出版社，2015，第132页。

③ 心帆：《我所热爱的事物》，载阎志主编《中国诗歌：2015年网络诗选》，人民文学出版社，2015，第124页。

慢多了/但它们已经被训练成动物/像活熊取胆，见到刀，会主动挺起受伤的腰"。① 将老橡胶树割胶与活熊取胆进行对比，瞬间将诗人对万物苍生的情感呈现出来。植物和动物以生命养活人类，人类应该心存敬畏。耶杰·茨仁措姆的《我要在这个秋天收下一粒种子》对自然充满着深情的诗意，"我要在这个秋天收下一粒种子/不为来年播种/不为烹饪佳肴/也不为一只候鸟短暂的果腹/只是想要留住/我伸手摘下你的那一瞬间"。② 不为播种，不为食用，不为生态链上的小鸟，为的是留住"我伸手摘下你的那一瞬间"。人与自然之间的关系是一种去功利化和去目的性的诗意关系，即康德所说的"无目的的合目的性"，以审美自然主义来处理人与自然的关系。正是自然而然的超功利性为人的精神困境提供了心灵的救赎。符力在《午后》中用"我们"在"屋子"里的"谈论"表示：人活于世，总是被困于金钱、地位、生死和对错的烦恼之中，真正应该向"自然万物"学习，因为自然总是自然而然地、沉默地存在着，"花草悄然生长，他们认认真真地鲜红/专心致志地碧绿，像一个个聋子，什么都听不见/什么都不愿意听见/只要日光，还照在他们身上"。③ 大地无语，是自视聪明的人类的救赎。在仲诗文的诗歌中，他最羡慕的生活是山里人"风干的丝瓜瓢"一样素淡的生活："他们吃自己/种植的谷物与蔬菜，/他们饮被草木/滤过的雨水。"他们安之若素、怡然自得；他们总是有一份好心情，亲人去世，他们会将自己交给"桃花"和"流水"，"春天了，/他没有留下任何怨恨与愤懑，/世间全是鸟鸣的声音"。④ 人与自然并非征服和被征服的关系，而是相互照顾和

---

① 阎志主编《中国诗歌：2019 年网络诗选》，人民文学出版社，2019，第 68 页。

② 耶杰·茨仁措姆：《我要在这个秋天收下一粒种子》，藏人文化网文学频道，https://www.tibetcul.com/wx/xrxz/sg/25161.html。

③ 阎志主编《中国诗歌：2012 年网络诗选》，人民文学出版社，2012，第 37 页。

④ 仲诗文：《他们有一份好心情》，载阎志主编《中国诗歌：2011 年网络诗选》，人民文学出版社，2011，第 26 页。

滋养的关系。

第三，新媒体时代的诗人常常以自然之口斥责人类对生态的破坏和内心自我救赎的虚伪。在西方人文主义传统之中，人在自然界的地位有三种模式："第一种模式是超自然的，即超越宇宙的模式，集焦点于上帝，把人看成是神的创造的一部分。第二种模式是自然的，即科学的模式，集焦点于自然，把人看成是自然秩序的一部分，像其他有机体一样。第三种模式是人文主义的模式，集焦点于人，以人的经验作为人对自己、对上帝和对自然了解的出发点。"① 对自然的破坏往往与第三种模式的人类中心主义有关。

诗人微尘含笑在《水》中，通过"水"的意象来表征现代工业技术对自然的干预和改造。"水"由于泵压夜以继日地奔跑，在痛苦中被化学方式和蒸馏手段，"从一滴原水（专业术语）到一滴纯化水"，然而诗人面对通过复杂过程再次被生产的纯化水，"却不知道是快乐还是悲伤"。② 快乐的是我们可以获得干净的水，悲伤的是用污染水源的技术获得纯净的水，我们已经远离自然的水太远了。在河山的诗《它们走了》中，人类为了生存不断侵占自然空间，在耕地向山林的扩张之中，小麦、大豆挤走了"蘑菇"、"榛子"和"野山杏"。"山鸡走了　野兔走了　鹰走了　火狐也走了/它们临走　还带上满山的鸟鸣和花朵"。③ 由于人类持续膨胀的贪欲和向自然无限索取的心态，原生态的环境被破坏殆尽，最后只剩下贫瘠。川美的诗歌《盛宴》描述了"自然"邀请人与万物享用它提供的"美味"，牛羊享用多汁的草叶，飞鸟享用果实，昆虫享用花朵。动物云集而来，满足而去。"自然中，一切享受过的生命/都有理由沉睡。杯盘狼藉后/——只有人，心有不甘。"④ 动物吃饱喝足便不再有所求，

---

① 〔英〕阿伦·布洛克：《西方人文主义传统》，群言出版社，2012，第12页。
② 阎志主编《中国诗歌：2014年网络诗选》，人民文学出版社，2014，第95页。
③ 阎志主编《中国诗歌：2012年网络诗选》，人民文学出版社，2012，第49页。
④ 阎志主编《中国诗歌：2010年网络诗选》，人民文学出版社，2010，第57页。

只有人的贪欲无穷无尽。

巴珠在《人终究没有秘密》中，将人为了挽救环境种下的树比作遮羞布，最为精巧不过地提醒人们曾经是怎样破坏环境的。"双手捂住眼睛"，沙漠用树已经不能遮住，只能通过人自欺欺人地遮住眼睛来"遮住"沙漠；同时，种下的树与"遮羞布"让捂眼变成一种害羞的动作，人类应该为自己对自然的所作所为感到羞愧。① 在符力的《小镇暮色》里，从我和"少年"的对话，可以看到曾经少年钓鱼的地方、女人洗菜的地方，如今被人"卸下钢筋/打下水泥桩子"，曾经"几丛翠竹披着霞光""白鸟噗噗飞起来"的地方被破坏了。诗人和"少年"都陷入极度失望之中，"不听风吹落木/不看火烧云铺在西山上"。② 城市化让草长莺飞的自然变成钢筋水泥的高楼，我们得到了什么，又失去了什么。边宗的《河流》以第一人称口吻言说着"我"（"河流"）来自"天上的母亲"并一路行进，"浩荡东去"，有着一种"吸纳百川"的气魄，滋养良田沃野，守护图腾信仰。然而，现代化的发展却摧毁着这一切的安详、平静和从容。"时光里的背弃/是轰鸣着挖沙机的那双手/暗夜里凶狠地撕裂我的躯体/又在白日里垒起精致的玛尼堆/于我日渐干涸的胸膛。"③ 挖沙机对河流的破坏与被挖起的石头堆起的"玛尼堆"形成一个意象悖论：一边破坏着"我"，一边用"我"的一部分（石头）来祈祥和阻秽。用破坏的方式来祈祷吉祥，岂不是对人类无度地改造世界的最大讽刺？"那高高林立的玛尼堆/像极了天边/朦胧胧华丽丽的海市蜃楼"。我能看见的只是毫无意义的"假象"，而真正象征"吉祥"的神鸟"黑颈鹤"，却只能被听见。诗人用悖论性的意象——以摧毁自然方式形成的"玛尼堆"和包孕于自然之中的"黑颈鹤"，来传达一种

---

① 巴珠：《人终究没有秘密》，藏人文化网文学频道，https://www.tibetcul.com/wx/xrxz/sg/25264.html。

② 阎志主编《中国诗歌：2012 年网络诗选》，人民文学出版社，2012，第 39 页。

③ 边宗：《河流》，藏人文化网文学频道，https://www.tibetcul.com/wx/xrxz/sg/32882.html。

自然的生态态度。瘦水的《乙继续说》表达了诗人对自然环境被破坏的担忧。人和自然的关系是一种依存关系，人不能自视为"万物之灵"而产生一种超越性的优越感。"离开了水的鱼什么也不是"，再怎么伟大的人离开了自然也一样什么都不是。①

　　阿库乌雾认为，人应该谦卑恭顺地对待自然，而非颐指气使地占有和改造环境。他在《永恒的微笑》中写道，因为灾难，我们开始懂得敬畏。"我看到一种微笑/它来自被雨滴浸润的故园/来自故土之上勃长的小草/来自对自然的敬畏与生命的自律。"诗人敬畏自然，将地球敬为有生命的"母亲"。在《地球妈妈别生气》中，我们可以看到诗人面对地震灾难，思考的并不是对自然的凶暴无情的指责，而是以匍匐的姿态探问着个体生命与地球生命体之间的内在隐秘的关系。人对地球的消耗和开采，电的使用使地球失去白天黑夜的差别，开山辟路割断"千年的血脉"。"地球妈妈，别生气/你眨一眨眼睛/人间泪如泉涌/你翻一翻身板/人间天翻地覆/你顺一顺脉息/人间山洪泛滥//地球妈妈，别生气/我们永远是你怀抱中/哺乳期的孩子/我们永远是你身体上/最真实的毛孔/我们永远是你血液中/最活跃的种子。"② 俳伍拉且在诗中书写了一个悖论性的现实：我们可以轻易砍倒树木或破坏森林，但是无法拔起一棵树。"一棵树挽着森林/挽着群山/挽着河流/挽着大海/挽着昼夜的风和雨//一棵树与地球/地球的过去和未来/紧密相依/任谁也不可能/连根拔起一棵树。"③ 这是一种典型的生态观念，万物都存在生命的内在联结，"万物一体""万物共生"的生命共同体意识。

　　生态话语中的"灾难"并不仅仅是一种自然现象，还隐含着人

---

① 瘦水：《乙继续说》，搜狐网，https：//www.sohu.com/a/212763224_799711。

② 阿库乌雾：《地球妈妈别生气》，彝族人网，http：//m.yizuren.com/literature/sg/24968.html。

③ 俳伍拉且：《不可能连根拔起一棵树》，彝族人网，http：//m.yizuren.com/literature/ysg/zp/38367.html。

与自然的割裂：人对灾难的恐惧，同时人对灾难的战胜。[①] 灾难在诗歌创作之先已经被话语规定好了套路。诗歌创作要有所突破和超越，就需要将"灾难"化为"苦难"。只有通过苦难，诗歌才能超越国家、民族、物种、地域和时间，"超越生命的局限，走出狭隘的自我，越过风花雪月，获取整体生命的新境界"。[②] 换句话说，对于人类来说是"灾难"，对于动物来说未必是"灾难"；人类所谓的"幸福"，也许就是动物的"灾难"。"灾难"话语之中透露着人凌驾于自然之上的人类中心主义的价值观念。但在地球走向"生命共同体"的今天，人与自然应该平等而和谐地共生共存。因而，诗歌从"灾难"走向"苦难"，将诗歌精神从人类至上的偏狭之中拯救出来，走向对人生和人性的思考，走向对生命的尊重和对自然的敬畏。这才是诗歌对"生命共同体"书写应有的姿态。

第二节　现代性断裂：视角自然化与生命伦理悖论

动物书写是自然书写之中最突出的一部分，对待动物与植物的态度中间有一个"生命"意识的分水岭。相较于植物，在人类潜意识之中动物才是有生命的，至少是与人类相似的生命。故而，对待动物的伦理态度可以反映出人类内心对"应然性"的道德诉求。正如段义孚所说："在人与自然的复杂关系中，人与动物的关系是问题出现最多、人的罪过体现最深的方面。与自然界其他方面相比，人们更容易认识到自己和动物的亲缘关系。然而，动物被杀害和食用，

---

① 支宇：《灾难写作的危机与灾难文学意义空间的拓展》，《中华文化论坛》2009 年第 1 期。

② 孙绍振：《超越诗歌的高贵——读〈生命之重：中国百位诗人献给汶川的 100 首诗〉》，茶居、萧何编选《生命之重：中国百位诗人献给汶川的 100 首诗》，海峡文艺出版社，2008，序言第 4 页。

或以其他方式被残酷地剥削。"① 从这个逻辑来说,对动物生态伦理的呈现是新媒体诗歌生态写作的关键维度。新媒体诗歌的动物书写主要表现为三个方面:动物叙事的神性与动物视角、人类欲望膨胀对动物生命的剥夺和"杀生"与"救赎"的悖论。

　　第一,去人类中心化的神性视角与动物视角是新媒体诗歌生态批评的书写姿态。自然界之中的生命消逝充满着偶然与循环,诗人芦苇岸在《重生》中写道,一只带着上个季节的饥饿醒来并劳作的蚂蚁,被坡地上滚落的石头砸死。它的死悄然无声,无人注意,甚至用不了多久砸死蚂蚁的石头下也会布满蚁穴。然而,"大地的伤痕/永远沉默,永远含着热泪"。② "大地"滋生万物,它无法阻止生命的生死循环,却饱含悲悯。衣米一在《草原上》中以纪录片式的基调书写草原上的动物。"草原上,一只母豹/扑向野牛群,咬住其中的一只小野牛/牛妈妈冲上来,掀翻母豹。/三只小豹子,在远处玩耍/美丽的草原上,它们的妈妈,更消瘦了。/它们的妈妈,带着失败/回到它们中间时,残阳如血。"③ 在食物链两端,无论是捕食还是被捕食对人类来说都是残忍的。"母豹"对"小野牛"的攻击是残忍的,然而找不回食物喂养"三只小豹子"而让它们饿死也是残忍的。泽仁多吉在诗歌《藏在梦里的温柔(组诗)》中带着"以物观物"的视角,来审视动物间的残酷。④ 比如《野马》中断了腿流着血的野马,被一只瘦弱的狼跟着。"马舔着血/狼喝着水/与阳光和月光/往沙漠一步步走去。"马舔血是为了不让狼闻到血腥味跟踪而来,而狼太过瘦弱暂时不敢上前,只能以"水"当"血"来喂饱

---

① Yifu Tuan, *Passing Strange and Wonderful*: *Aesthetics*, *Nature*, *Culture*, Washington, DC: Island Press, 1993, p. 230.

② 阎志主编《中国诗歌:2017 年网络诗选》,人民文学出版社,2017,第 102 页。

③ 阎志主编《中国诗歌:2016 年网络诗选》,人民文学出版社,2016,第 49 页。

④ 泽仁多吉:《藏在梦里的温柔(组诗)》,藏人文化网文学频道,https://www.tibet-cul. com/wx/xrxz/sg/33561. html。

自己。路是遥远的，伴随着"阳光和月光"。也许没有狼的追赶，马早倒下了，狼对马而言是一种激励；狼太弱不敢上前，却又想吃马的肉。马和狼在博弈中平衡着，最后马和狼选择的方向都是沙漠。也许马会因流血过多死去而被狼饱食一顿；也可能狼因缺水而渴死，马最终康复又纵横驰骋在沙漠之上。整首诗充满着动物视角的浪漫主义想象。刘云芳在《等一只麻雀优雅地走过》中，写了自己与一只小鸟的对视，那是一只差点被自己的车轮碾死的麻雀。在对视中，诗人想到了麻雀被人用稻草人和鞭子驱离时的饥饿，在美食节被人成堆地放进油锅里的惨状。但是眼前的这只麻雀，"祖先好像/忘了在它翅膀上刻下恐怖/刻下警惕/它歪着脑袋看我，然后转身/从我面前优雅地走过/那个过程很长/足有一分钟"。① 在这一分钟里我们看到的不是动物对伤害的遗忘，而是从动物眼睛里看到它们与人及万物和谐相处的自然天性。

　　动物视角是新媒体诗歌的浪漫主义式生态书写的主要方式。阿顿·华多太的诗歌《不同的眼光》从动物视角审视人类的所作所为。"在野生动物眼里/人是野生的，石头早已驯化/人们诛杀成性/金属的獠牙，是野蛮的。""所有的山峰朝向天空/尖尖地呐喊/指控人类/早已退出生物圈/一代吃一代/一代吃下下一代/已剔到了最后一代/腿骨上那一点点肉。"② 生物圈之中每一种动物都有天敌，这样才能保证生态的平衡，唯独人类处于金字塔顶端，只有他有吃其他动物的资格和可能，却没有动物吃他的权力和能力。"在野生动物眼里/它们进入动画/在电视机和茶几之间/才和人类打成一片/受到人类的重视/一起说话，一起让孩子高兴/一起伸张正义。"令人感到讽刺的是，动物只有作为虚拟形象才能进入人类的法眼，和人类的孩子融

---

① 阎志主编《中国诗歌：2016 年网络诗选》，人民文学出版社，2016，第 36 页。

② 阿顿·华多太：《不同的眼光》，藏人文化网文学频道，https://www.tibetcul.com/wx/zuopin/sg/28080.html。

合一起，伸张正义。什么正义呢？也许就是现实中人类主宰一切话语的正义。旺秀才丹的《牧羊人和羊的交响曲》中，人和动物的关系在"牧羊人"和"羊"这里达到理想的极致。以物观己，人从动物身上可以看到自己的内心，人与动物本无差别。"牧羊人驯服了一只只羊/同时也驯服了自己的心/他凭借这些羊/看到了自己驾驭的欲望/看到了期待更多羊的贪婪/和失控时的愤怒。"牧羊人与羊是一体的，互相确认的关系，而非主宰与被主宰、控制与被控制的关系。"离开牧羊人，羊不再是羊/离开羊，牧羊人失去生命意义。"① 米遵的《向洗马河致敬》以动物视角感受"洗马河"与"马"之间的亲昵关系。"我打了个响鼻，然后低唇喝水/我摇一下尾巴，然后抬头望天//天边无云。太阳拿你当作反光镜/我卸下铁蹄，赤脚踩上你的脸庞。"② 动物式的、去功利性的和去意识性的姿态给人一种主客体浑然一体的消融感。

　　第二，新媒体诗歌的动物书写还表征为无节制的欲望所带来的物化自然的倾向与生命意识的消失。人类欲望导致动物生产的工业化和商品化，磨灭了人与动物之间原初的、生命与生命之间的天然情感。耿永红的诗歌《餐桌上的牛》抒发了自己的耕牛变为餐盘中被吃的牛的伤感。牛的命运是"从广袤的土地/被牵到一个印有精美纹饰的盘子"，③ 十年前牛在田野上为我犁地，而今它却以破碎的形象蹒跚而来。诗人反思人类对待动物的残忍，一生辛勤劳作的牛最后被杀死吃掉，而"我"还与人"大声说笑"。面对动物时，我们逐渐丧失了生命底层的、本能的悲悯之心。玉珍的《牛》，记忆中的牛"它悲伤的黑眼仁像一口苍老的古井"，被屠宰为食物的牛的眼睛

① 旺秀才丹：《牧羊人和羊的交响曲》，藏人文化网文学频道，https：//www. tibet-cul. com/wx/zuopin/sg/28045. html。

② 阎志主编《中国诗歌：2015 年网络诗选》，人民文学出版社，2015，第 109 页。

③ 阎志主编《中国诗歌：2014 年网络诗选》，人民文学出版社，2014，第 62～63 页。

"像雾中单纯的太阳/望着我/它的一生仿佛毫无内容"。①"雾中"的太阳，不热也不凉的中性眼光。对牛的眼睛的比喻写出诗人对牛的深深歉意与悲悯。边巴次仁在《藏獒的厄运》中书写的是藏獒作为商品的买卖现象。藏獒对于草原来说是"忠诚的守护者"：它吃最廉价的食物，却保卫着牧民最昂贵的财产。由于人类对财富的欲望，本应该属于草原和自由的藏獒，结果成为交易的商品。"自从钞票袭击生活深入人心那天起/万事万物与金钱挂钩用金钱来衡量/藏獒你似乎最先勾走了人们的魂魄/你开始与几千几万数字的纸币校对。"②诗歌写的是 2005 年开始在中国兴起的像炒股票一样的"藏獒热"。然而，2013 年藏獒价格断崖式下跌让藏獒从商品变成食品。"你曾经让有人发财让有人倾家荡产/你曾经让有人痛哭让有人手足舞跳/如今你与市场暂告段落与主人绝别/但饥饿的魔鬼们开始把你摆在餐桌。"当藏獒不能为主人创造财富时，还用自己最后的生命饲养着人类那颗充满欲望的心。

布毛才仁在诗歌《一碗牛奶》中重新反思了一个问题，即人与动物的本质区别在于：动物对自然的"需求"是有节制的，而人对自然的"欲求"是无限的。人对动物的索取，与动物对动物的索取本质是不同的。人不仅喝着牛奶，还以切割牛肉的方式残忍地谈论着奶牛的肥瘦。"一碗牛奶/足以让我读出/手与刀谈论膘的薄厚。"可是牛奶本质是喂养小牛犊的营养液，而非为人而产的。从中，我们可以"读出/牛犊/渴望吸吮的目光"。诗人分别以人的欲望之心和同理之心去感受牛犊，看到了人与自然的分离。这种分离只能被置于更大的生态语境中来化解或者遗忘。诗人最终无奈地选择自然主义的态度，"抬高目光/草原苍茫无边"。对金钱的渴求与对肉食的欲

---

① 阎志主编《中国诗歌：2019 年网络诗选》，人民文学出版社，2019，第 16～17 页。

② 边巴次仁：《藏獒的厄运》，藏人文化网文学频道，https://www.tibetcul.com/wx/xrxz/sg/25403.html。

望同样导致人类对动物残酷无情的杀戮。① 在《滴血的沙图什》中，诗人巴珠解释"沙图什"是用藏羚羊绒毛织造的昂贵的披肩。为了得到绒毛，藏羚羊被无情杀戮。"千百年的寂静/被残忍的枪声撕裂着/一种平等的生命/在他祖辈的家园中/——屠杀/这是地球上没有反击的战争/这是地球上最惨烈的杀戮/雨点般冲锋枪的扫射前/母羚羊最后的愤怒/是那躺着喂给小羚羊的奶水/魂未西归/皮毛已从肉体上剥离/罪恶的杀戮　喂不饱/名流显贵的虚荣。"② 诗人以残酷的文字描摹着最令人心痛的场景：面对杀戮，温顺的母羚羊最大的愤怒只是给孩子喂奶。对动物的同情不应该仅仅是人对人情感的转译和延伸。久美多杰的《关于野兽》中，一头黑牛被豹子猎杀吞噬之后剩下的牛头和肋骨"在风中颤动/它们高过近旁的草丛和远处的山冈"，剩余的残肢还被狼群、大鸟和苍蝇蚕食。当我们感叹野兽的残忍时，突然发现自己是在别人家里边看电视里的《动物世界》边吃羊肉，"自己是在别人家里/抓在手中的羊胸叉/才啃了一半"。③ 这是对人的凶残最为讽刺的隐蔽性书写。

阿索拉毅的诗歌《两条斗牛》以两头牛的不同命运，讽刺现代性社会话语孕育出对待动物生命的残暴。"一条斗牛进入古代战场/成为勇敢和力量的象征//一条斗牛进入现代嘴巴/现代迅速拉出一堆牛屎。"④ 沙辉的诗歌《虎口》，"虎口"不是老虎的口，而是"四指并拢并与拇指张开"的"虎口"。但是当对其他弱小生命进行掠夺性侵占的时候，它就成为真正的虎口。对生态威胁最大的是人的欲

① 布毛才仁：《一碗牛奶》，藏人文化网文学频道，https：//www. tibetcul. com/wx/xrxz/sg/25038. html。

② 巴珠：《滴血的沙图什》，藏人文化网文学频道，https：//www. tibetcul. com/wx/xrxz/sg/25303. html。

③ 久美多杰：《关于野兽》，藏人文化网文学频道，https：//www. tibetcul. com/wx/zuopin/sg/28060. html。

④ 阿索拉毅：《两条斗牛》，彝族人网，http：//m. yizuren. com/literature/sg/39806. html。

望。"需要"对于人类来说其实极少，而"想要"却大大超过人类基本的"需要"。吃饱穿暖早已不能满足人类的贪欲，人类长着一张无底洞似的嘴巴，似乎要吞下整个宇宙。这种对动物的占有和杀心折射着人心的"贪婪、无知"和人性的"扭曲、丑陋"。作为欲望的象征，"嘴巴"常常让我们忘记自己对待生命的残忍：用动物的生命养活人的生命，我们丝毫没有愧疚，甚至变本加厉。[1] 高短短的《遗传病》揭示人类杀戮动物、破坏自然的行为是一种"遗传病"。从父辈的渔网打捞，到"炮炸产卵期的鱼"，再到"他们"使用违禁品的"谋杀"，在人的欲望面前，动物可以被人毫无道德愧疚感地杀死。人类对动物的谋杀是一种遗传病。[2]

第三，"杀生者"与"放生者"的人性悖论与荒诞虚伪。在新媒体小说中，生态书写由于人物设置往往陷入"破坏者"和"拯救者"的二元对立的模式化雷同之中。然而，在新媒体诗歌的生态书写中，此种情节困境却以一种哲学思辨和信仰伦理的方式变得更为深沉、睿智。诗人的动物书写所呈现的对生命的悲悯和对杀戮的拒斥，都来自千百年来人与动物之间所形成的信任和关爱。如果说对杀戮的拒绝体现着人性的美好和单纯的一面，那么杀生的真诚与放生的虚伪所呈现的就是人性复杂的一面。对信仰伦理的笃信，使人们对杀生保持着一种本能的拒斥。然而，人性的复杂性、虚伪性与欲望的强烈性、多样性带来一种怪现象：人类可以边杀生边自我宽恕。

边巴次仁在《萨嘎达瓦》中写道，"萨嘎达瓦节"是西藏拉萨每年纪念佛祖诞生、成佛、涅槃的节日；节日之中，人们会吃斋放生。每个人都会比较"仁慈"，准确地说，是节日这天都会成为充满悲悯之心的"善男信女"。"那些让人垂涎欲滴的鱼虾螃蟹，/暂逃

---

[1] 沙辉：《虎口》，彝族人网，http：//m. yizuren. com/literature/sg/40277. html。

[2] 阎志主编《中国诗歌：2016 年网络诗选》，人民文学出版社，2016，第 29 页。

了'善男信女'的辘辘饥肠，/但经不起人们夸大其词的厚爱，/有一种负罪感叫它们忐忑不安。"① 但对自然众生的"鱼虾螃蟹"的放生只是节日这一天，或者说是"仁慈的表演"。心中充满负罪感，负罪感背后的行动又是杀生，故而让"它们忐忑不安"。平日的拉萨河千万条鱼是不敢出现的，宗教的节日和素食主义的浪潮让"千万条鱼接受一抹阳光的沐浴"。诗人认为仁慈应该是发自内心的，而不是表演给别人看到的。然而，节日中的"善"被影像和文字传播，在漫天的图文中"把整个藏区放生"。"良善"的表演成为对生命敬畏和宗教信仰的莫大讽刺。在《放生》中，诗人蔡小敏将面对生命时，人与人之间的天壤之别写了出来。"流经小区门口的那条江/经常有人组织放生活动/我在楼上看得清清楚楚/放生者还未把仪式全部搞完/站在不远处的捕捞者/已经准备好各种工具/他们互不相干，却好像/早就约好了一样。"② 面对鱼这样的生命，"放生者"心存善念，"杀生者"充满贪欲。悖谬的是他们本不相干，却似组合一般契合，一群人放，一群人捞；荒诞的是由生命激发的两种不同心性，即善念与欲念被共同置于"人"这个概念中。

多萨·康卓吉的《一只待宰的羊儿》传达出一种对万物生命的悲悯与对人类本性虚伪的讽刺。"一只待宰的羊儿/在寒风中瑟瑟发抖/没有挣扎/没有反抗/对最后的时光/它选择了静然处之/它只有用犄角来对抗整个世界/如今这也被灰尘掩盖。"人类习惯于用其他动物的生命来饲养自己的生命，还要用一套信仰和话语自我赎罪。"人们/路过时/诵念真言/唯独/没有放生/就这样/人们享用了其肉身/燃烧了其留下的燃物/并在来年寒气来袭之时/继续念诵真言/享用它稍

---

① 边巴次仁：《萨嘎达瓦》，藏人文化网文学频道，https：//www.tibetcul.com/wx/xrxz/sg/32049.html。
② 阎志主编《中国诗歌：2018年网络诗选》，人民文学出版社，2018，第162页。

稍成长的幼崽。"①由此可见，伪良善与伪信仰成为新媒体诗歌动物生态书写的重要维度。同样地，罗勇在《野生动物园》中写道，"野生动物园"的名字本身就是一个悖论的讽刺，"野生"就不能称为"动物园"，"动物园"携带着人对动物控制、调教和囚禁的原罪。"动物园"本身就内置着人类中心主义的傲慢，对动物居高临下的"使用"、"娱乐"、"侮辱"甚至"伤害"。

第三节　祛魅后的返魅：重拾神性的生态书写

面对自然环境的破坏和对动物生命的杀害上，新媒介时代作家的文学书写常通过信仰和思辨来实现对生态问题的理论超越。工业文明带来工具理性的倡导和人类私欲的膨胀，人丧失了对万物的敬畏之心，丧失了对自己私欲的节制之心。我们应该"恢复自然在人的伦理世界中的应有地位、实现人与自然和谐共存"。②新媒体诗歌主要是通过思辨的生态观念和朴素的信仰来完成秩序的恢复。

第一，哲学观念与宗教意识从深层决定着新媒体诗歌书写对万物所保有的敬畏之心和生态视角。生态批评主张"万物一体"，尊重人的生命，同时敬畏一切生命。巴青在《明天，开始信仰》中写道，当生活中的一切都被科技操控，人的道德心灵为功利所蒙蔽，也就没有所谓的信仰。诗人将信仰变为生活中对山河的"敬畏"："春天，我要种一垄蔬菜/不打农药，不撒化肥/让昆虫和我一起分享"；"夏天，我要养一圈牛羊/不喂激素，不打抗生素/让所有肉食者放心"；"秋天，我要卖一筐苹果/不打蜡，不染色/也能在三九严寒后

---

① 多萨·康卓吉：《一只待宰的羊儿》，藏人文化网文学频道，https://www.tibetcul. com/wx/xrxz/sg/25205.html。

② 叶华、朱新福：《论生态批评伦理诉求的逻辑演变与出路》，《外国语文》2016年第5期。

保持水分"。① 信仰的基础就是对万事万物心存敬畏；人类应该对自己肆意改造自然的行为有所顾忌。在《我曾对人世抱有幻想》中，诗人梁书正以一种超越人类中心主义的诗性语言责问人类的所作所为。"折这朵小花，问过菩萨了吗？/捉这只虾子，问过河神了吗？/拔这株嫩玉米，问过土地了吗？/杀这只小鸟，问过天了吗？"② 人类用凌驾于万物之上的心态对自然进行掠夺、控制和占有，因为他们缺乏神灵信仰，缺乏对自然的敬畏之心。作为湘西苗族诗人，梁书正给予"小花""虾子""嫩玉米""小鸟"等万物以神性，也即生命的敬畏之心。正如王士强对其诗歌的评价：

> 梁书正的诗是大地之诗、沉痛之诗、敬畏之诗。它扎根于泥土，倾听大地深处的声音，体味生命内部的悲喜，并与天地万物心息相通。由此，他的诗穿越历史与现实之表象而直抵生存的根部，饱含了生命的大悲悯，具有感动人心的力量。③

现代文明的发展往往以牺牲传统价值观念和伦理秩序为代价。殊不知，千百年来祖先们遵循的朴素规矩和信条，本质上却是对自然规律的尊敬和畏惧，以及对万物苍生保有的同理之心和尊重之情。阿洛夫基让我们重新细读彝族的创世史诗《勒俄特依》，他让我们在诗中思考，"千百年来，这方人为什么从不锄掉/黑头草、柏杨、针叶树、水筋草、灯芯草和蔓藤/这方人为什么从不伤害/蛙、蛇、鹰、熊、人和猴们/而后，好花顺顺地开，草木齐齐地长"。④ 因为人类和动植物都是"大地之子"，一切生灵都是"共生共存"的关系。

---

① 巴青：《明天，开始信仰》，中国诗歌网，https：//www.zgshige.com/c/2016-11-18/2076847.shtml。

② 阎志主编《中国诗歌：2017 年网络诗选》，人民文学出版社，2017，第 101 页。

③ 《花垣诗人梁书正：大地，星空，神灵和感动人心的力量……》，https：//www.sohu.com/a/402466760_785861。

④ 阿洛夫基：《大地之子（外二首）》，彝族人网，http：//m.yizuren.com/literature/。

现代生态学认为一切生物都存在于生态链条之中，每种生物因为其生存需要而占据着各自的"生态位"，比如"狗"就在狼和人的非此即彼关系之中开辟了"居间"的生态位。生态秩序是超越一切生灵的法则。人类和动物应该被置入各自和谐共存的"生态位"之中。

第二，新媒体诗歌通过超人类的上帝视角和宗教神性书写完成灵魂救赎。马占祥以创世的视角写出了《重建一条河流》①，干净的水、长于河岸的植物、先人的骨殖等，所有重构世界的元素都是卑微的、普遍的，却又必须是清洁干净的，连最古老的骨殖被像卵石一样濯洗、沉放。反过来说，自然被人类大肆破坏和无限攫取，诗人试图重建的纯洁质朴的"河流"来表达内心的忏悔，完成人类的自我救赎。更求夏的《屠夫飞天》中屠夫杀了无数生灵，在一只羊最后的挣扎中，屠夫看到温顺的羊"用前腿盖掉锋利的屠刀"。羊被屠夫放生，"回眸/在世俗中留下最后一个眼神/让心随风起舞"。②屠夫用"最美妙的一跃"结束了自己的罪恶，却瞬间成为一个普度众生的"僧人"。人对动物的屠杀，满足自己的食欲。即便杀生无数，"放下屠刀，立地成佛"。沙辉在《此刻，阳光正照耀在我身上》中，对自然万物的同情感也从将人与万物等同的思维"齐物论"的诗性呈现，"你在看水中鱼的时候/可曾想到我们也是天地间的一群鱼?"③视角从人类主体向天地主体进行转换，这本身就是一种生态思维。

第三，新媒体诗歌中的动物伦理与生态困境形成本体性悖论。人之所以觉得杀生理所应当，是因为觉得人在语言、思维和社交等

---

① 阎志主编《中国诗歌：2010 年网络诗选》，人民文学出版社，2010，第 116 页。

② 更求夏：《屠夫飞天》，藏人文化网文学频道，https：//www.tibetcul.com/wx/xrxz/sg/25182.html。

③ 沙辉：《此刻，阳光正照耀在我身上》，彝族人网，http：//m.yizuren.com/literature/sg/40265.html。

方面优于动物。但是，动物在行动能力、感官能力等方面也优于人类。从生态主义角度来说，"优越论"无非人类口腹之欲的一套说辞而已。然而生态主义也会遭遇相同的困境：人本身就是生态链的一环，既然动物之间的食物链是以彼此为食物，那么是否意味着人类可以杀生呢？卓杰泽仁的《碗口山》这首诗写了诗人在彝寨的一顿美食引起的生态哲学思考。"杀鸡宰羊"对客人来说是热情的款待，抛开主人客人不说，人与动物之间，不过是"众生喂养着众生"。蚊子飞来享用凝固的"羊油"被困住时，"我"试图用筷子救它。但这一救，可能将蚊子摁死。"杀生"与"放生"引发的是人与自然之间的哲学话题。那个吃掉动物血肉的人，怀着悲悯之心去救以吸食人血为生的蚊子，这本身就是一个具有张力的话语。"杀生者"与"放生者"都是人。不杀生，人的身体活不下去；不放生，人的灵魂无以安放。我们是应该以自然无为的态度将人视为生态链的一环，还是应该将人看作"人性"的代表和拯救苍生的"有为"之主体呢？"我"以"有为"的姿态去救蚊子，蚊子可能被筷子戳死；恰恰因为"我"的无所作为，蚊子才"勇敢地翻过了碗口山"。反过来，我以"有为"的姿态去"杀鸡宰羊"，我的心灵便滋生"杀生"的罪孽；而我只有以"众生喂养着众生"的"无为"心态去面对，才能翻越生态与人关系中的"碗口山"。诗歌传达出生态批评之中的悖论："如果完全否定'人类中心'，把人类从'中心'降格为普通物种的地位，同时又要求人类担负起'中心'应有的道德关怀和义务，这本身就是矛盾的。"①

这与奥尔多·利奥波德提出的"大地伦理"所秉持的生态整体主义有相通之处。"大地伦理"承认生态共同体中个体的道德价值，但共同体的价值较之个体更为重要。利奥波德"似乎愿意允许捕杀动物个体，以便保护生物共同体的完整和稳定。但是他既然将人类

---

① 刘文良：《当前生态批评理论研究的缺失》，《云南社会科学》2007年第5期。

描绘为生物共同体的平等'成员',他似乎不排除为了保持这个共同体的完整、稳定、美丽猎杀人类的可能性"。① 这也回答了我们的问题:人是否可以猎杀动物作为食物?如果在"大地伦理"的意义上可以的话,那么反过来人类被动物吃掉就说得通了。但是,"食物链"式的思维遵循的是绝对的自然法则,人是有自由意识和伦理选择的动物。所以,"正是由于动物惯常彼此相食,因而诉诸人类在食物链中的'自然'地位,或诉诸人类吃动物的'自然性',就意味着放弃了人类思考和自主行动的责任,也就否定了人类具有有别于也优越于其他动物的能力"。② 于是,人类对动物"杀生"和"不杀生"成为两难,就像诗人卓杰泽仁在面对一只蚊子该不该救的问题上的诗歌追问一样。可以说诗人通过诗歌进行的思考将生态观念推向更为深层和复杂的层面上去了。

---

① 王晓华:《在现代和后现代之间:文学艺术的转型》,黑龙江人民出版社,2006,第180~181页。

② 方旭东:《为何儒家不禁止杀生——从孟子的辩护谈起》,《哲学动态》2011年第10期。

第五章

女性书写与现代性意识

　　　　网络时代，从诗歌论坛到自媒体上的诗歌公号，诗歌传播
空间发生迁移，挑战了文学阅读与接受的传统方式。同时，网
络也是区隔场所，是文化生产的空间，它影响着当代汉语的发
展，也迫使诗歌批评的语言观念发生进一步裂变。女性诗歌是
这种新的文化空间的践行者，因为网络具有去中心化、匿名性
的基本特征，男权话语的主导地位相对薄弱，新世纪以来，女
性诗歌的写作者活跃在网络上，带动各种诗歌思潮。①

　　　　　　　　　　　　　　　　　　　　　　——周亚琴

　　女性文学研究遵循现代性所包含的批判性和自我反思性，它批
判的是文化中的性别二元对立，以及男性天然地被塑造为中心的话
语形态。从性别角度考察新媒介时代的文学作品和文学现象，我们
会探讨男性中心文学话语中的女性形象演变；也分析女性自我意识
的觉醒；从"女性"角度研究女性对身体、心理、生命和文化的独
特经验和感受。19世纪末至20世纪初的女性主义关注女性的基本社
会权利，到了20世纪中期逐渐深入对"女性本质"的思考，这些都
为女性主义文学批评提供了理论基础。从沃尔夫为女性开辟"一间
自己的屋子"，到波伏娃将女人视为社会建构；从米利特引入女性的
阅读视角，到肖瓦尔特的"女性批评"；从西苏的"女性写作"和

---

① 周亚琴：《当代中国女性诗歌：从理论"现实"到实践"空间"》，《东吴学术》2019
　　年第6期。

"双性写作"到克里斯蒂娃的"反女性本质化"思考，女性诗学的理论家们为文学批评提供了全新的理论言说方式。20 世纪 80 年代西方女性主义诗学被引介到国内，为当代文学批评带来新的文化向度和文学话语。21 世纪以来，女性主义文学批评进行了"本土化"的改造和实践，不少文学研究者自觉地从性别角度审视和研究诗歌。①

　　女性批评当然也成为新媒体文学的重要研究路径。学者们普遍认为，女性文学创作在新媒介空间中才真正实现其文化理想。徐艳蕊认为新媒体小说中女性主义实践呈现为以下几个方面："耽美"小说摆脱了女性作为生育功能承担者的不平等；"变身文"为"双性同体"的虚构意识提供了艺术的场所；"女尊文"则是将"男尊女卑"反转为"女尊男卑"。② 肖映萱认为，在传统文学之中，女性作者被内心的"男评委"驯化为"白莲花"，而网络空间滋生的"女性向"小说，书写了专属于女性的浪漫激情。③ 女性新媒体文学受到"琼瑶式"言情和日本耽美文学影响，滋生出"女性向"新媒体文学写作，以"美攻强受"的性别实验解构着"性别本质主义"的文学话语。乌兰其木格认为传统历史的书写是以男性为中心的，她在分析《琅琊榜》《芈月传》《后宫·甄嬛传》《梦回大清》等现象级作品后，提出新媒体文学中的女性历史书写通过"穿越"的叙事策略，质疑和解构了"男权历史"，虚构出"女性王国"和建构出"女性政治家谱系"。④ 难能可贵的是，通过亲身的创作经验和阅读

---

① 相关研究成果有张晓红《互文视野中的女性诗歌》（广西师范大学出版社，2008）、魏巍《中国当代少数民族女性诗歌研究》（人民出版社，2016）、董秀丽《20 世纪 90 年代女性诗歌研究》（中国社会科学出版社，2019）、林平乔《永不终止的缱绻：传统文化视野中的现当代女性诗歌研究》（吉林人民出版社，2020）等。

② 徐艳蕊：《媒介与性别：女性魅力、男子气概及媒介性别表达》，浙江大学出版社，2014，第 103～119 页。

③ 肖映萱：《"女性向"网络文学的性别实验——以耽美小说为例》，《中国现代文学研究丛刊》2016 年第 8 期。

④ 乌兰其木格：《论网络文学中的女性历史书写》，《当代文坛》2016 年第 6 期。

观察，网络女作家艾晶晶（匪我思存）提出了新媒体小说女性写作的四个阶段："类型化小说"阶段对应的传统男权社会下的女性意识；"种田文"阶段女性追求独立的诉求；"女尊小说"阶段两性关系的对立；"爽文"阶段女性形象的"去标签化"。① 在新媒体小说之中，技术话语将性别对立推向新的阶段，不过新媒体诗歌在这种理论阐释的单面化中显得复杂得多。一方面新媒体女诗人在书写中借助女性话语反抗男权中心；另一方面她们又面临借用西方话语确证自我后被理论殖民的倾向。于是，她们选择通过"母亲"意象、信仰书写来兼容和消解理性的现代性。

新的批评视域为新媒体诗歌带来了新颖的阐释角度和理解空间。我们将探讨女性新媒体诗歌在文化现代性中的几个话语面向：（1）新媒体诗歌之中的"女性形象"，比如母亲形象和坚强的女性形象。（2）女性诗人作品中对男性中心话语进行反抗的"女性意识"。（3）女性诗人独有的生理和心理经验所形成的独特意象选择，比如对身体经验、黑夜和镜子的书写。（4）女性诗人长于直觉和体验，形成信仰书写的女性偏向。

第一节　女性形象："自我"与"他者"眼中的女性

女性诗学之中，"女性形象批评"是文学批评的重要角度，其理论着眼点在于梳理男性作家笔下的女性形象。男性作家作品中的女性形象并非女性的真实状态，而是在固有文化状态中，男性对女性出于"应然性"的文化想象和文学书写。正如顾红曦所说：

> 在男性作家的作品中或在男性评论家评论女性作品时所运用的批评范畴中去寻找女性模式（stereotype）。它以从性别入手

---

① 艾晶晶：《网络文学中的女性写作流行演变》，《写作》2020 年第 4 期。

重新阅读和评论文本为主要方法，以将文学与读者个人生活联系为主要特点。以批判传统文学，尤其是男性作家的作品中对女性的刻画以及男性评论家对女性作品的评论为主要内容，以揭示文学作品中女性居从属地位的历史、社会和文化根源为主要目的。①

当然，女性主义诗学由于其理论出发点是对男性中心主义的解构，故而更多涉及的是男性作家或批评家不自觉带来的"男性—女性"二元对立中的权力关系。不同于新媒体小说之中的"森女""女屌丝""女汉子"②等女性形象，新媒体诗人的女性书写少有"性政治"意味，而是以"母亲"意象居多。

新媒体诗歌之中，无论是男性作家还是女性作家对"母爱"的写作都占据很大一部分。拉玛阿秋在诗歌《阿嫫，你的心是在傻傻地期望中缓缓停止》中，写了妈妈生养哺育孩子的一生，从孩子"呱呱坠地"流下的"幸福的泪水"，到孩子"蹒跚学步"的"惊喜交集"，从因孩子"红红的满分"而"泪流满面"到阿嫫"倚靠在门框边"朝着孩子归来的方向保持着"一如既往的姿势"。母亲对孩子的爱是永恒不变的，但她在时光流逝之中逐渐老去，在对孩子渐行渐远背影的眺望中停止心跳。母亲作为女性的伟大就在孕育一个个小生命，抚养他们长大成人，含辛茹苦却又任劳任怨，直到生命的尽头依然对孩子带着"傻傻的期望"。③夏杰在《针线的光芒》里写了"慈母手中线"的形象，"针线拉扯白日/从黑瓦的睡眠中，越过瞌睡的烛火/黑夜冗长，而光芒/在母亲的目光中添加钙质//一

---

① 顾红曦：《凯特·米利特的〈性政治〉与"女性形象批评"》，《外国文学研究》1998年第4期。

② 周志雄等：《文化视域中的网络文学研究》，安徽教育出版社，2018，第168～177页。

③ 拉玛阿秋：《阿嫫，你的心是在傻傻地期望中缓缓停止》，彝族人网，http://m.yizuren.com/literature/ysg/zp/24634.html。

针针，似乎在调试着命运的脚步/她佝偻的背影贴在墙上/随意流露着揭不掉的情绪/一下下在白发中找寻光芒//偶尔挺起腰身，时间抽取的力量/此刻，具有弹性/她似乎要将自己拉回白日/或者如针线一样游刃有余"。① "黑"与"白"的意象对比，可以换喻为"黑夜"和"白日"、"黑夜"和"烛光"、"黑夜"和母亲的"目光"，以及"背影"与"白发"等。母亲独自承受黑夜，为了孩子将"黑夜"变为"白日"，留给自己的却是白发与黑夜中游刃有余的白色针线。刚尖翁琼在《母亲》中写道："你的全部时间为我消费"，"而我的时间都给自己消费。""你常说：'你们要是过好了/我也就好过了'！/就像看似两个人担水/其实水桶不在中心。"② 母亲对孩子的付出永远多于孩子的回报，而孩子对母爱的亏欠感也让母亲成为每个人的情感归属。

　　"母亲"常常以心灵归属的形象存在。铁舟在《母亲节》中写道，母亲的简朴生活成为诗人困顿现实生活的解脱方式；母亲也成为诗人做回简单的人的标杆。"今天，想做一个简单的人/到乡下去，看母亲/烧她从后山捡回的柴/喝她从小溪提回的水/吃她不用化肥种的菜/陪她说些与金钱无关的话/一把躺椅，坐在老屋旁/在柚树的阴影里，呼吸五月/洁净的阳光，只有在这时/平日里，戒备、握紧的心/才如树上的花朵/次第开放。"③ 这种心灵的归属在诗人蚂小回心中来自儿时母亲对自己的保护姿态。陶雪亮的《母亲在我的梦里老去》写了有超能力的母亲，她可以将自己容颜定格于 35 岁。诗人以 12 岁孩子的口吻写母亲的去世与自己对她的深切思念，母亲化身"天体"围着我转，其实是写诗人想念母亲时只有孤独的星空收纳自己悲伤的目光。在孩子心中母亲永远是年轻的模样，然而当"我"

---

① 阎志主编《中国诗歌：2015 年网络诗选》，人民文学出版社，2015，第 108 页。

② 刚尖翁琼：《母亲》，藏人文化网文学频道，https://www.tibetcul.com/wx/xrxz/sg/25063.html。

③ 阎志主编《中国诗歌：2010 年网络诗选》，人民文学出版社，2010，第 126～127 页。

两鬓斑白时，母亲异常着急，"她一次一次/潜入我的梦中，拼命老去//于是，35 岁的母亲/比 45 岁的我，不多不少，苍老 23 岁"。①梅里·雪的《大雪帖》从女儿的角度书写对逝去母亲的回忆与怀念：

> 草枯了，风吼了半夜/母亲褪去腕上的旧银饰，老天爷就下了一场大雪/我烧再多的纸钱也化不掉一片雪/那年牧场上，也下了这样的雪/背着木桶出门的母亲，将空旷的雪野咬开一条豁口/我跟了一阵就被插在厚厚的雪中/背着一桶水回来的母亲，步履沉重、蹒跚/腰弯得厉害，艰难地，从雪中拔出我/让我抱着她的脖子，双腿分叉在她的腰间/母亲扣紧十指，托着我在雪中挪步/摇摇晃晃，水桶里溅出了水花/一些洒在我脸上，一些溅在母亲浓密的黑发上/多年后，我总是要为母亲洗发梳头/就是想把大雪中溅在她头上的寒冷清洗掉/可是母亲已经是累病累瘦的一具皮囊/我还没有帮她洗热头皮，疏散头痛病，还没有把两鬓的雪吹落/她却像一朵雪花回归了大地/那曾经溅在脸上的水，就一直留在我的眼窝/这场雪也一直追进我的身体、血液、骨头和呼吸/从此，我带上孤儿的标记在人间行走/越走越空，越走母亲银饰的响声越丁零。②

梅里·雪的诗最擅长运用诗歌意象的"叠映"，通过"雪"将母亲去世时的形象与诗人儿时母亲的形象叠加；通过黑发上的雪花将年轻时的母亲形象与年老病倒后的母亲形象叠合；儿时"溅在脸上的水"与现在"留在我的眼窝"的眼泪构成叠映。意象跨时空的并置将母亲的形象以及诗人对母亲的深情呈现出来。这种手法在诗人的《无题》中也明显可见，"母亲的酸菜为什么好吃：她用一心

---

① 阎志主编《中国诗歌：2016 年网络诗选》，人民文学出版社，2016，第 57 页。

② 梅里·雪：《大雪帖》，藏人文化网文学频道，https://www.tibetcul.com/wx/zuopin/sg/33525.html。

窝的酸水/泡制岁月。而我们在菜帮子里/吃着母亲十指苍苍的体香"。①

在女性主义文学批评中，"母亲"是一种包容性符号，它脱离或超越"男性—女性"二元对立而存在。西苏提出了"双性写作"的观念，她认为男性"阳物"对性感受的"集中性"，使得男性更具有本质化和中心化的"单性崇拜"冲动；而女性对性的感觉是多点、多元和流动的，使得女性更具有跨性别的包容冲动。"母亲"意象则最能实现跨性别的书写期待。

> 在妇女身上一直保留着那种产生别人同时产自别人的力量（尤其是别的妇女）。在她身上，有母体和抚育者；她自己既像母亲又像孩子一样，是给予者；她是她自己的姐妹加女儿。……在妇女身上一直隐藏着随时都会涌出的源泉；那个为了他人的所在。母亲也是一个隐喻。她把自己的精华由别的妇女给予妇女，这使她能够爱自己并用爱来回报那"生"于她的身体，而这对于她是必要的也是足够的了。②

"母亲"作为女性存在，是区别于和对立于男性的女性；又是男性的"源点"，她生育了男性，故而又与男性构成包容性的关系。新媒体诗歌中书写的母亲形象往往是勤劳、坚强、勇敢和独立的。在牛梦牛的《困顿于土地的女人》中，"母亲"一生在田间"劳作"，生儿育女，她"一辈子没走出过家乡/一辈子困顿于土地的女人/在尘土飞扬的生活中，也曾因为一只鹰/久久地，仰望过浩渺的天空"。③母亲重复着古老的劳动，也仰望着更宽阔的未来，却一生没有实现。在

---

① 梅里·雪：《无题》，藏人文化网文学频道，https://www.tibetcul.com/wx/zuopin/sg/33525.html。

② 〔法〕埃莱娜·西苏：《美杜莎的笑声》，载张京媛主编《当代女性主义文学批评》，北京大学出版社，1995，第196页。

③ 阎志主编《中国诗歌：2019年网络诗选》，人民文学出版社，2019，第250页。

白玛曲真的诗歌《妹妹》中，曾经心高气傲、放荡不羁的妹妹遭遇生活波折，回到小城过着平凡、简单、自在的生活；面对父母去世的打击，妹妹将父母曾经为孩子撑起的天空重新撑起。最后妹妹"在自己的家园，慢条斯理地活着/把午后干净的阳光，坐成苍茫暮色"。① 傻正的《石榴树》是这样叙述女性的："她一直天真地相信一棵树可以是/梨树、杏树、桃树、苹果树/或者任何她想成为的树/第一次开出了石榴花/她沉默着，假装不理会自己/作为一株石榴树的命运/直到结了果实，有了石榴的孩子/发现一切再也不可更改/她才变得理所当然/敢于迎着阳光讲述过往的故事。"② 女子从充满幻象到勇于面对现实的蜕变，这种蜕变的力量来自女性"为母则强"的天性。

第二节　女性意识：主体性的文学审视

人类历史长河之中，女性的声音是被淹没于男性中心话语之中的。男性中心主义浸润到文化建构和历史塑造中，使得女性丧失看待世界的"女性"审美视角和价值观念。换句话说，女性看待世界的方式从某种意义上说是"男性化"的。如果女性继续依靠社会经验和文化记忆写作，难免沦为"男性欲望的变相表达"。③ 视角的同一性带来的是女性自觉不自觉地成为男性中心主义的守护者，甚至帮助男性文化对那些"离经叛道"的女性主义者口诛笔伐。"女性意识"在此语境之中显得尤为重要。女性意识，反过来说就是意识女性，即意识到的女性。女性诗人对自己作为"女性"的价值体认、反思和自省，对女性身份的自觉和确认，从而形成审视自我、他者

---

① 白玛曲真：《妹妹》，藏人文化网文学频道，https：//www.tibetcul.com/wx/xrxz/sg/25197.html。

② 阎志主编《中国诗歌：2010 年网络诗选》，人民文学出版社，2010，第 127 页。

③ 胡彦：《女性写作：从身体到经验——兼论当代女作家的创作》，《当代文坛》1996 年第 3 期。

和世界的、独特的女性目光。① 女性意识是"以女性的眼光洞悉自我，确定自身本质、生命意义及其在社会中的地位"。② 同时，女性意识表现在对女性的压迫与反压迫，女性的生理特殊经验和女性被边缘化所形成的"非主流的世界观、感觉方式和叙事方法"。③ 新媒体诗歌中的女性意识主要表现为性别独立意识和去符号化书写。

　　从传统到当下，文化之中存在大量对女性的不公平。压抑滋生反抗，女性意识的觉醒是与其遭遇的文化偏见和歧视关联在一起的。无论是批判性的书写还是反讽式的抒发，诗人通过诗句呈现现代社会中依然存在的性别不平等状况。谢小青的《乱坟岗的女人》通过书写女性死后下葬的"乱坟岗"，对依然存在的传统男性中心文化进行控诉。乱坟岗中埋的是"年幼夭折的女孩"、"没有生育男孩的老女人"，还有"为逃婚上吊的女人"，她们连墓碑都没有，更是与祖宗的"大坟山"无缘。"山村的女人，花了两千年光阴/仍未变成蝴蝶，被男人的影子淹没//年年清明，大坟山上鞭炮炸响，白幡摇动/而乱坟岗则冷冷凄凄/孤魂野鬼，都迷失了回家的方向/只有野花，开到了坟头上。"④ 在男女平等的今天，"男人"的影子依然覆盖在试图化身为蝶的女人身上。"蝴蝶"的自由，对传统束缚的反叛依然显得无力。"野花"才是反叛男性文化的女人的真实符号与标签。金小杰的《牌坊下的老太太》通过"牌坊"这个意象写出中国女人被男性文化束缚的悲哀。"把一生熬成一座牌坊/每日纺线、织布，地瓜是唯一的口粮/没有人监工，没有人督促，从黑发到白发/这个大字不识一个的女人，硬是/用石头给自己垒起一道坚固的城墙。"当牌坊被拆掉后，"村里的王二蹲在一块石头上打着哈哈：/我爷爷说

① 徐琴：《文化身份的建构与书写——当代藏族女性文学研究》，中山大学出版社，2017，第 71 页。

② 乔以钢：《论中国女性文学的思想内涵》，《南开学报》（哲学社会科学版）2001 年第 4 期。

③ 乐黛云：《中国女性意识的觉醒》，《文学自由谈》1991 年第 3 期。

④ 阎志主编《中国诗歌：2011 年网络诗选》，人民文学出版社，2011，第 29 页。

这就是当年牌坊的顶石/现在还不是垫了我的屁股",男性树立女人道德的标准,又由男性以践踏的方式来破坏,"我看到老太太瑟缩的一生如同一片秋叶/风一过,惶恐地抖了一下"。①诗人发星用"拟民歌调"的形式写出民间的"邪律"。我们日常用"魔音邪律"来描述存在问题的价值观念。这首诗歌书写了民间对女性的不公正的文化戒律。"女人跨过火塘　火塘的火便熄灭了/女人抚摸男人的猎枪　男人的猎枪再也打不到猎物了/女人跳过男人的头顶　男人只有在死亡谷去找自己的位置了/女人靠在毕摩的经书上　那些黑色的文字再没有驱鬼的神力了。"在民族传统文化中女性的身体被视为不洁,会让存在于万物中的力量和神性消失。女性只能通过生育男性来获得地位,"生了男孩的女人才能到祖地/与祖先把酒言欢/生了女孩的女人永远是孤魂野鬼/流荡在荒林"。②白玛央金在《女人·酒》中写道,虽有女性专门的节日,可是女性处于一种压抑的文化状态;女性只有通过抱团取暖,借助酒精才能解放自己的内心。③可是女性对身体的释放只是在节日那一天而已,何况男性还以"假寐"的目光审视和判断着女性。女性在属于自己的节日依然处于"他者"评判的困境之中。为女性设立的专门节日,换一个角度来看,难道不是对女性弱势的重复强调与再次证明吗?

新媒体时代的女诗人开始反思女性的存在方式,逐渐解构女性被预设的各种标签。薇安在《早衰者》里审视女性自我符号化的过程:从完全活在他人眼光之中,到他者眼光内化,最后自我他者化的女性开始评判其他女性。女性之间攀比着提前进入婚姻,提前怀

---

①　阎志主编《中国诗歌:2017 年网络诗选》,人民文学出版社,2017,第 34 页。

②　发星:《大西南群山中呼吸的九十九个词(第四部)》,彝族人网,http://m. yizuren. com/literature/sg/36007. html。

③　白玛央金:《女人·酒》,藏人文化网文学频道,https://www. tibetcul. com/wx/xrxz/sg/25458. html。

孕，生活进入比赛的逻辑；她们的生活被男性话语逻辑规驯尚不自知。① 徐晓在《这样一个女人》中表达了女人不一定必须与玫瑰、香水、眼泪相关，"诗经"将女性书写为窈窕淑女，宋词中的女子是梨花带雨、白衣飘飘的；但是诗人心中的女性是潇洒自如的，"要做就做这样一个女人：/柔韧如蒲草，坚强如磐石/不涂脂抹粉，不娇娇滴滴/把优柔寡断踩在脚底，绝不/胆怯和懦弱/高兴了就开怀大笑，烦恼了/就举杯消愁，在月下对影成三人/被误解了，就挥一挥衣袖/不作任何解释"。② 敢爱敢恨的爱情，自己是"自己的王"，这才是诗人理想中自由女性的样子。若离在《我假装不是女子》中通过去除女性被赋予的各种特点来完成女性身份的反抗，"不发呆，不看着悲情剧流泪/不伤春，不被春伤/不让两粒米砌在一米自酿的阳光里/不蘸着月光写诗/不俯在一滴露珠里寻找桃花的旧语/不让风吹走发梢上的流年/不接受一个女子/丢失水晶鞋的忏悔"。③ "流泪""伤春""月光""水晶鞋"等意象带着柔性的伤感和悲哀，被文化默认为女性的专属气质。燕子飞的《从结束的地方开始》以火车出轨的方式反抗男性对女性的文化设定。"你把我们设定成你的，你们的/巨大背景。"女性的无限可能性以"身体的空旷"来表达，"火车"指代的是男性以及男性中心文化。"会有一列火车从我的身体里开过/坐在火车里的你们，不会知道/我在什么时间，要让这列火车/出轨。"④

　　女性作家通过网络新媒体书写着女性作为女性的独特人格意识和审美感受。德吉卓玛以一首《女性》将性别平等的观念传达出来：女人有自己独有的价值，无须仰慕男人的权威。⑤ 女人需要忍受生育

---

① 阎志主编《中国诗歌：2011 年网络诗选》，人民文学出版社，2011，第 129 页。

② 阎志主编《中国诗歌：2016 年网络诗选》，人民文学出版社，2016，第 12 页。

③ 阎志主编《中国诗歌：2011 年网络诗选》，人民文学出版社，2011，第 90 页。

④ 阎志主编《中国诗歌：2015 年网络诗选》，人民文学出版社，2015，第 116 页。

⑤ 德吉卓玛：《女性》，藏人文化网文学频道，https：//www.tibetcul.com/wx/xrxz/sg/25258.html。

的痛苦，而非像激进女性主义所倡导的通过科技来实现对"生育"的逃避。女性不应为自己不是男性而存在自卑之感；女性的生育是女人对新生命的渴求，是需要被女人承受的；女性对家庭的付出不应被视为压迫的符号。这是一种典型的女性意识写作，即女性作为主体自觉体认世界，并肯定着女性"存在的价值与意义"，"在文学创作上有着明显的性别特征，表现出对女性话语权的强烈欲望和对女性内在生命情感的抒写，女性用自己的方式、自己的声音来呈现和表达自己"。[①] 可以说，新媒体诗歌之中的女性意识与西方的"对抗型"女性意识不同，它更多的是在承认男性的基础上展示女性的独特魅力。一般女性诗人和作家的女性文学写作都关注女性的独立、学习和提升，师师的《思溪》反其道而行之，她想做弃文回归传统为君操持家务，伴其读书的传统妇人。"白天，起炊烟、沽酒/月上东山时，挽红袖，伴那夜读人/剪烛添茶。"[②] 从诗人对思溪的文化想象中，我们看到女性对于中国传统文化女性角色的自我认同。当代女性能读书写文，古代女性则是红袖添香。从女性主义角度来说，这是女作家的自我规训。但是所谓的"女性意识"本质上也具有一种对女性本质化的冲动，女人和女人的差异甚至比女人和男人的差异还大。这种个体化和差异性，在中国文化语境之下呈现为古典美学的回归：女诗人对古代女性生活的诗意性向往。

第三节　女性经验：黑夜与镜子

女性写作拒绝宏大叙事和先验理性，倾向于以身体为起点的真实生命体验和审美化感受。女性经验来自身体维度的、异于男性的

[①] 　徐琴：《文化身份的建构与书写——当代藏族女性文学研究》，中山大学出版社，2017，第71页。

[②] 　师师：《思溪》，彝族人网，http://m.yizuren.com/literature/sg/35868.html。

生命体验，这是一种拒斥宏大历史叙事和理性逻辑的真实感受。

　　第一，新媒体时代女性诗人也以黑夜意象形成女性独有的精神世界。汉学家顾彬认为女性诗歌之中的黑夜意识是一种典型的女性意识、女性作家的意识，女性由于处于被压抑被遮蔽的境况，无法反抗，故只能在精神层面产生抵抗情绪，从而产生"黑暗的夜"的意象。黑夜就像那一间属于女性的房间，为女性提供一种安全感，也提供了与现实对抗的可能性。^① 20 世纪 80 年代女诗人翟永明提出了"黑夜意识"与女性之间内在、隐秘的关联。黑夜代表着区别于白天的隐藏世界，是女性独有的、自在的生命状态，它意味着包容一切的力量、心灵最为真实的展现和最为自由的精神世界。边宗在《夜鸟》中表达了女性总是与黑夜、黑衣、黑眼相关联。"黑夜"之中包含隐藏感、安全感和融入感。"黑暗"意象的选择或许与"男为阳，女为阴，白天为阳，黑夜为阴"的文化集体无意识有关。^② 难怪张清华说，女性一直存在于男性中心话语所遮蔽的黑暗中，在黑暗中，女性跳出了自己独有的舞蹈，言说出自己专属的话语。^③ 苏笑嫣在《黑夜从远方而来》^④ 中同样地享受黑夜带来的精神自由。白天对应的是"账目、策划、骗局、争吵和花言巧语"，黑夜酝酿了苦味的冥思，诗人最恐惧、最寒冷的感觉被黑夜中无穷无尽的温柔替代。对诗人来说，黑夜才能容纳最真实的自我，精神才处于最无拘无束的状态。

　　黑暗为女性提供展示真实自我心理的空间。徐晓的《黑暗中的

---

① 沃尔夫冈·顾彬：《黑夜意识和女性的（自我）毁灭——评现代中国的黑暗理论》，《清华大学学报》2005 年第 4 期。

② 边宗：《夜鸟》，藏人文化网文学频道，https：//www.tibetcul.com/wx/xrxz/sg/33314.html。

③ 张清华：《复活的女娲长歌当哭——当代中国女性主义的诞生与女性主义诗歌》，《中华女子学院山东分院学报》1999 年第 2 期。

④ 阎志主编《中国诗歌：2017 年网络诗选》，人民文学出版社，2017，第 28 页。

伤口辽阔无边》把"黑暗""苦咖啡""夜雨""伤口"等意象串联在一起，从其诗句中可以看到这样一种形象：受伤的女性只有在黑暗中才愿展示伤口，在暗夜里默默疗伤。"你大口咀嚼食物，一如咀嚼痛苦般悲壮//这扎实的夜的尾巴将你的表情湮没/黑暗中的伤口辽阔无边。"① 黑夜成为女性生命中最重要的一部分。就像浦君芝的《夜色》："那些无边的黑，无奈的暗哑/有无穷的理由，在夜色的叹息中成为风景/成为生命里最亮的那部分。"② 黑夜意象是女性意识的表现，女性（母性）本身所具有的包容性，使诗歌中的黑夜同样包容了一切。马兰在《感谢》中写了一个失去母亲的被世间忽略的中年男人，如被大地忽略的原野荒草，"黑暗"就像母亲一样拥抱了所有"被忽略的人"，包括这个中年男人。③

　　颜红在评价翟永明的"个体诗学"时说，"黑夜"包含三层意识和价值："阴性性别意识"带来女性性别的自然确证；缺少能量和光源的"荒原意识"反拨了男性文化对自身的漠视；与自然和谐的"默契意识"凸显女性在艺术中的感性直觉。④ 这一点在梅苑飞雪的《我无法对这个夜晚有过深的描述》中可以体现出来。"黑夜"让女诗人的思想被激活，让诗歌与灵魂相伴，通过诗句可以触摸柔软的世界。"黑夜"有"黑夜"的魅力，然而离开"白日"，便会坠入永恒的"黑暗"。"黑暗有黑暗的模式，如同一件完美的雕塑/只为雕刻家而生/尽管我爱这个夜晚和它的深邃/但不能对它有过分的描述/惟有把梦想挂在黎明的骨架上/朝阳升起时总会有人为它/颁发第一枚勋章。"⑤ 以"黑夜"与"白日"来隐喻女性和男性的话语模式依然是不完备的，因为这种"二元对立"本身就遵循了西方的思维模

---

① 阎志主编《中国诗歌：2016 年网络诗选》，人民文学出版社，2016，第 7 页。
② 阎志主编《中国诗歌：2016 年网络诗选》，人民文学出版社，2016，第 113 页。
③ 阎志主编《中国诗歌：2017 年网络诗选》，人民文学出版社，2017，第 54 页。
④ 颜红：《论翟永明的"个体诗学"》，《洛阳师范学院学报》2005 年第 4 期。
⑤ 阎志主编《中国诗歌：2014 年网络诗选》，人民文学出版社，2014，第 104 页。

式，不一定适合本土文化现实。

　　第二，新媒体时代女诗人以镜子意象书写自我的内心沉浸状态和他者（男人/情人）的凝视目光。镜子在中国古代被称为"鉴"，从"鉴别""鉴宝""风月宝鉴"等词语的使用中，我们可以看到镜子有照出原本真相的意思。镜中之像与世界之像是相同的，可以完美地复制真实世界和人。在面对镜子创造的"第二个自我"时，我们能以相对客观的姿态进行评判和反思。然而镜中的世界毕竟是虚幻的和不真实的，因而有"镜花水月"之说。里法特尔·麦克便说诗歌的镜子意象是真理的象征，也是虚假的象征，它是世界的反射，也是自我的反思。[1]

　　在女性网络诗歌之中，镜子世界是女性在现实世界之外发现的、可见的内心世界。代雨映的《过秦楼》写了一位沉浸于自己唯美世界的女性形象。"桂花树下小坐，清茶浅酌，花好月圆。/这个小小的完美主义者呵，把玩镜中的自己/一天哼一支歌。歌声开出小朵小朵的花。"[2]"镜子"作为女性日常梳妆打扮的工具，在古今中外文学意象的文化浸润中逐渐成为女性的陪伴。女性更愿意待在镜中世界或者说自我陶醉的状态之中。衣米一的诗歌《纪念》也描写了早晨梳妆时的美好状态，"对镜梳妆的速度比风要慢"。携带花香的和煦之风已是十分美好，对镜梳妆的"慢"表明诗人更享受镜中的自我内心世界。[3] 在以梵的《镜中的美丽女子》[4]、王梦灵的《烟》[5]等诗歌里，"镜"都成为女性心灵安居、自我沉浸之所的象征。

　　"镜子"也可以是"他者"审视的目光。比如在玉珍笔下，镜

---

① Riffaterre Michael, *Semiotics of Poetry*. Bloomington, IN and London：Indiana University Press，1978，p. 32.

② 阎志主编《中国诗歌：2010 年网络诗选》，人民文学出版社，2010，第 24 页。

③ 阎志主编《中国诗歌：2010 年网络诗选》，人民文学出版社，2010，第 64 页。

④ 阎志主编《中国诗歌：2010 年网络诗选》，人民文学出版社，2010，第 150 页。

⑤ 阎志主编《中国诗歌：2010 年网络诗选》，人民文学出版社，2010，第 58 页。

子可以揭露自我真实和虚伪矛盾心理。"镜子照见了我全部的虚弱、瑕疵、软肋以及/行动的弱点。但照不出我的魂魄，照不出/骨风和格调。"（玉珍《镜子》）[1] 镜子照出的始终是外在的表象，无法将心灵的真实呈现出来，镜子甚至以"假"的方式替代"真"。因为诗人早已习惯用"他者"目光打量自己，"镜子"依然成为"他人的眼睛"。异化的"他者"的凝视让人失去自我。在万万的《镜子》中，镜子携带了诗人对所爱之人的深情和专注的目光，即便自己支离破碎、伤痕累累，内心依然深情如故。[2] 同样地，张琳在《对镜贴花黄》中也写出了女性对爱情追求的心路历程，诗人将自己比作一面镜子，曾经的过往在镜中是"空的"。"镜子"是"悦己者"的关注，从此灵魂安定、内心澄明。[3]

第四节　形而上学之维：弥散信仰的语言体验

并非所有人都有宗教信仰，但每个生命都潜藏着宗教意识，文学则是呈现此神秘化的形而上学的重要维度。文学对宗教的书写主要表征为对宗教信仰的神性书写和对宗教精神的弥散性表达。女性诗人较之于男性诗人更倾向对宗教意识、宗教仪式和宗教体验的书写。男性偏好理性和确证，女性倾向以感受和直觉来面对生存的现实性、以情感认同来思考人生的终极意义。这种心理差异让女性更容易走向宗教信仰，从而在神性维度建立自己的精神家园。

对于相当一部分女性来说，信仰是一种直截了当的情感，无需任何理念也用不着深沉的思索。在女人看来，何必无休无止地寻根问底，只要相信神是"向着我们的"就已足够。这个"向着

---

① 阎志主编《中国诗歌：2016 年网络诗选》，人民文学出版社，2016，第 26 页。
② 阎志主编《中国诗歌：2018 年网络诗选》，人民文学出版社，2018，第 252 页。
③ 阎志主编《中国诗歌：2015 年网络诗选》，人民文学出版社，2015，第 43 页。

我们"是根本，没有这个根本的话，人们将无法想象和接受神。①

在女性诗歌中，诗人往往只是从一个信众或者普通人的角度，来传达个人价值判断和对人生意义的理解和追问。诗歌作品中的宗教书写、信仰叙事是与人文情怀、道德伦理融合在一起的。中国社会中的宗教分为"分散性宗教"和"制度性宗教"，其中的"分散性宗教"指的是"拥有神学理论、崇拜对象及信仰者，于是能十分紧密地渗透进一种或多种的世俗制度中，从而成为世俗制度的观念、仪式和结构的一部分"。②循此，我们将女性新媒体诗歌的宗教书写分为宗教之中的神秘体验（"制度性宗教"的呈现）和世俗伦理精神之中的善恶观念的叙述（"分散性宗教"的叙事），女性新媒体诗歌对世俗伦理精神的宗教叙述更多地属于分散性的信仰。

首先，新媒体时代女性诗歌的世俗化宗教精神具体呈现为万物皆有灵性、万事遵循因果和佛即万物的思想。如果说对宗教的个人体验属于内部的制度性宗教的范畴的话，我们将发生在私人空间且被民间所普遍践行的宗教观念称为弥散的宗教精神。如果说前者强调对神祇以及神圣空间的直接接近和关联的话，后者将世间的万物视为有灵，将万事视为佛法因果。如果说前者面向的是神界，那么后者面向的是世间和人生。马克斯·韦伯认为科技让世界"祛魅"，"再也没有什么神秘莫测、无法计算的力量在起作用，人们可以通过计算掌握一切"，③让生活于世间的人们在失去神灵护佑之后，被抛入冰冷的、灵魂无处安放的科学世界之中。文学是对真实的想象或

---

① 贺璋瑢：《关于女性宗教信仰建立的几点思考》，《华南师范大学学报》（社会科学版）2001 年第 3 期。

② 杨庆堃：《中国社会中的宗教——宗教的现代社会功能与其历史因素之研究》，范丽珠译，上海人民出版社，2007，第 269 页。

③ 〔德〕马克斯·韦伯：《学术与政治》，冯克利译，生活·读书·新知三联书店，1998，第 29 页。

虚构，然而其产生的真实感和安全感却是实在的。

宗教精神的民间叙事最有力度的表征呈现于文学的伦理抉择。西方伦理学将建立于宗教信仰之上的伦理学理论称为"神令论"。正如包尔生所说："在一个民族（至少在它发展的某一阶段）的宗教与道德之间存在着一种十分深刻的关系。风俗需要神灵的核准，宗教和道德的命令构成一个统一的法典，虔敬和道德被看作同一个东西。"① 梅萨的《冬至》叙述了一个男人对"身怀五甲"的母羊"放生"的故事。"屠血与拯救"是"商人"与"男人"面对生命的不同抉择。结局是善良而美好的，"第二天/很多人在自己的朋友圈看到一则配图信息/'母羊在放生途中顺利产下了两只小羊'"。② 冬至被称为"羊肉汤节"，美食背后是对生命的杀戮。女子对所养的羊的眷恋和不舍，"商人"的唯利是图，"男人"的良善和对生命的敬畏，日常生活的行事法则背后是宗教精神的体现。

宗教精神的民间叙事对于女性诗歌的诗性哲思和诗歌禅意有着重要的意义。孙思的《一棵树》从一棵树想到它的前世今生、转世轮回，轮回中能否遇到前世的爱人，自己的每世的努力意义何在。③ 耶杰·茨仁措姆的《空》通过永恒和短暂的对立意象探讨了"失去"与"拥有"、"色"与"空"的辩证关系。诗人选择了"大地、天空、宇宙"此类极致的、无穷的、与所有人都存在关系的意象。所有人都拥有它，所有人都不曾失去它。接着诗人又选择"树木、山川、河流"这类相较于"宇宙"来说更易消逝的意象，传递一种无人拥有的思想。诗人用存在时间极短的"花"、"雪"和"风"来言说"有"与"无"的观念；用"太阳"象征循环的永恒。整个诗

---

① 〔德〕弗里德里希·包尔生：《伦理学体系》，何怀宏、廖申白译，中国社会科学出版社，1988，第 354 页。

② 梅萨：《冬至》，藏人文化网文学频道，https://www.tibetcul.com/wx/zuopin/sg/27862.html。

③ 阎志主编《中国诗歌：2017 年网络诗选》，人民文学出版社，2017，第 5~6 页。

歌形成了一种内卷的对称结构。诗歌以对主体的消解为结尾，最后走向佛家彻底解构的空空的世界。① 这是诗歌对佛教思想的呈现，"缘起性空""五蕴皆空"。佛教认为万事万物由于"缘起"才会存在，而不独立存在的，当"缘"消失了，"自性"之物也就不存在了，"我"也不存在了。但诗歌对佛教观念的言说是通过诗人对万物的直接感受来实现的，而非通过逻辑语言演绎出来。女性的宗教体验和领悟让诗歌写作充满灵性，比如西娃的诗歌因为宗教领悟而透露着一种玄妙哲思。在《如是观》中，西娃在游观音洞时受到启发，思考每个自己是否都活在同一出发点的不同维度上，人们的出发点都是"你"（神祇）。西娃的诗歌写作不着意于情感和经验，更多的是一种宗教情怀的玄思，就像车延高对她的评论："西娃是站在寺院之外，用藏有禅理的慧眼看世界的诗人。"②

其次，女性诗歌中宗教经验的诗性表达，使主体和肉身在更高的领悟之中消融、消解。文学中的宗教经验来自作家通过语言或叙事对"神"的内在感受、体验和思考。宗教学以理性的逻辑探求着与宗教相关的知识谱系；而文学则是通过文字的感性维度贴近宗教体验。哲学家施莱尔马赫与鲁道夫·奥托都认为主体对神灵的把握不能通过理性和概念，而只能通过直观和情感。③ 宗教体验又被认为超越了人的语言范畴，具有维特根斯坦所说的"不可言说"的属性。从本质上说，文学所言说的宗教体验只能是一种"替代性"话语。

借助于想象和虚构，文学叙事得以在不同事物之间建立起某种奇妙的联系，使得对其中一事物的言说可以被另一事物代

---

① 耶杰·茨仁措姆：《空》，藏人文化网文学频道，https：//www.tibetcul.com/wx/xrxz/sg/25092.html。
② 阎志主编《中国诗歌：2011年网络诗选》，人民文学出版社，2011，第23页。
③ 参见刘春阳《宗教经验与文学创作——以奥古斯丁的〈忏悔录〉为例》，《哈尔滨工业大学学报》（社会科学版）2014年第6期。

替。即抛开理性言说"A 就是 A"式的自明，采用"A 是 B"的模糊表达。特别是当文学叙事面对不可言说的信仰时，替代性的表达通过将一种不可言说的个体精神体验转化为已成历史的公共经验，使不可言说者变得可以理解。①

女性诗歌中宗教体验的神秘感受往往通过诗意性和神秘性来传达。科学知识的最高境界是智识，以差异性为优势；宗教开悟的典型代表是慧识，以相通性为根源。日常生活经验多追求主体与他者的行为、想法、审美和境界等方面的不同，认为独特性是自身价值的来源。宗教体验则以消除"主体"为特征，将"我"以及所涉及的一切维度与他者的根源视为同一的。正如麦克·阿盖尔所说：

> 宗教经验会给拥有它的人带来一种与某种强力联系在一起的感觉，这通常是一种与整个创造过程融为一体，并且与一种超然存在相关联的感觉。有此经历的人会有一种喜悦感，觉得更加完整，或被宽恕，有一种超越时间的感觉，并且，确信自己与某种真实的东西联在一起；这种经验对他们来说自带其合法性。②

主体相通性体现在佛教"心生万物，心即万物"思想的诗歌表达之中，个体超越名和实的界限，超越人与动物的区别，超越个体与宇宙的分离，超越个体对自我的固化。益西康珠在《没有比心更大的容器》中将"心"视为宇宙万物的出发点，"我们的身体是宇宙细胞，而/宇宙只是心的细胞/没有比心更大的容量/没有能装下心的容器，至少我还不知道"。③ 佛教思想强调心与世界的源生和同构

---

① 荆亚平：《当代中国小说的信仰叙事》，学林出版社，2009，第 7 页。

② 〔英〕麦克·阿盖尔：《宗教心理学导论》，陈彪译，中国人民大学出版社，2005，第 81 页。

③ 益西康珠：《没有比心更大的容器》，藏人文化网文学频道，https://www.tibetcul.com/wx/xrxz/sg/25051.html。

关系，"一沙一世界，一花一天堂"。卓玛木初的诗歌传递着这样的观念：佛教教义中的众生平等，人与动物活着皆是在修行的路上。"一个僧人和一头牦牛/站在达扎寺门口的雪地里/对望——//他们互为镜子//意识到快乐不是永恒/痛苦也不是最后，他们/脚步轻盈，各自返回。"[1] 诗歌写的是宗教悟道的一瞬间：修行的"僧人"与劳作的"牦牛"，在对望中看到的是轮回，产生"不执之心"。白玛娜珍在《佛说》中以佛的口吻讲述佛像与佛的关系，言说人们不必执念于观相与实在，可以将佛像的物质性粉碎掉。"因为我/从一开始就原本来自人的内心/那些不安的心呀/只因为没有眼见而彷徨/只因为没有触及而唯恐遗忘/所以 有一天/人们又会把我从心里请出来/用黄金把我再铸就/更加高大和恢宏/就可以跪拜在我的面前/叫我一声佛祖/就可以把本心的佛请到心外/只为了大于自我/只因为害怕佛被自心的云雾再遮住。"[2] 佛来自人的内心，又来自内心对自我超越的渴求，故而以物质塑造出内心的"佛性"。白玛娜珍在《每一念》里书写了佛教对人心性的塑造。"我"由我的记忆所确证，也由我的"意识"所构成。但无数的清晰的或飘忽的意识都建构着当下的"我"。"我把每一念都先放出来/看它们像一群迷途的羊羔/又像一盘散沙 一把随风飘散的种子/过去 我不知道正是它们变成了我/带我忽东忽西 东去西来/让我在情绪的深渊里盘旋而上/或者跌落受伤。"[3] 佛教信仰让主体内观自我，将"自我"在冥想中对象化地被审视、被接受和被确证。纷乱的意识带给主体的是"黑暗"，信仰则是"黎明的光"照亮意识的方向。阿拉旦·淖尔在《心经的心》

---

[1] 卓玛木初：《修行者》，藏人文化网文学频道，https：//www.tibetcul.com/wx/xrxz/sg/34886.html。

[2] 白玛娜珍：《佛说》，藏人文化网文学频道，https：//www.tibetcul.com/wx/zuopin/sg/28111.html。

[3] 白玛娜珍：《每一念》，藏人文化网文学频道，https：//www.tibetcul.com/wx/zuopin/sg/28111.html。

中书写了从对"色界"执迷到对"空性"领悟的过程，用婴儿被母亲抛弃的孤独感同构主体对万物的巨大"悲悯"感。这种"大悲"的感受并非来自理性的领悟，而是来自感性的体会，"在你连续唱诵的梵音里／我坐进《心经》的心里"。① 宗教仪式并非预先规定的、机械性的表演动作，而是以虔敬之心对神祇的匍匐，更是在神的引领中自我心灵世界的提升。

---

① 阿拉旦·淖尔：《心经的心》，藏人文化网文学频道，https：//www.tibetcul.com/wx/zuopin/sg/27900.html。

第六章

多元现代性与共同体书写

无论在文学资源的共享上，还是现实情境的相通上，传统民族国家之间的界限以及与之密切相关的文学论域正被传媒技术及新的时代经验所解构或重新建构，这迫切地需要我们的作家建立新时代人类命运共同体的意识。当然必须指明的是，重申人类命运共同体意义的写作，并非是"去民族化"的同义，也不是对个体经验的漠视，它强调的是由殊相映射出的共相，是特定情境中从"人类的希望和恐惧的角度把握人类的状况"的自觉；它关乎文学的尊严和品质，关乎对无穷的人们和远方的休戚与共的担承和耻感，而不是什么普遍的规范，后者很容易蹈入另一种"中心"与"边缘"的隐蔽文学秩序。①

——马兵

构建人类命运共同体是在本于"中国道路"所表征的多元现代性发展取向的基础上，对世界发展秩序的时代创想，它将有力消解一元现代性的叙事逻辑和现实影响，开启多元现代性发展道路和谐统一的世界格局。②

——黄炬

---

① 马兵：《基于人类命运共同体的文学理解："世界文学"的另一维度》，《文艺报》2017 年 12 月 22 日。

② 黄炬：《构建人类命运共同体对一元现代性的超越》，《四川大学学报》（哲学社会科学版）2020 年第 5 期。

全球现代性话语之中资本逻辑支撑的西方一元现代性一直处于主导地位，中国提出的人类命运共同体理念主张多元现代性的发展模式。2013 年习近平总书记"首次提出构建人类命运共同体的倡议"。① 从中华民族命运共同体到人类命运共同体，中国为世界提供了中国智慧和中国道路。新媒体诗歌参与着人类命运共同体的理论建设，通过文学的方式感受着新媒介中人类对 21 世纪命运的关心。数字空间对物理时空的替代形成媒介记忆，故而媒介技术之于身份认同成为网络诗歌考虑的重要维度。新媒体诗歌还通过"互写"性的多边叙事，以及"认异"性的灾难书写建构着共同体理论。因此，新媒体文学的身份认同便必然需要讨论网络媒介、多边叙事和灾难写作等文学共同体书写的三个维度。

第一节　媒介记忆与媒介共同体想象

20 世纪以来，人文社会学科出现了"语言论转向"，无论是洪堡特、维特根斯坦，还是海德格尔或本雅明都认同语言本体论，即语言并非思想或思维的工具，而是决定人的世界观的"本体"。单小曦教授援引玛丽 - 劳尔·瑞安的观点认为，人与世界的关系并非仅仅通过语言，语言只是媒介的"符号学"维度而已。"在深层的理论精神方面，媒介论与语言论大体相通。即它也是企图通过对居于人与世界之间的媒介建构功能突破传统主客二元对立关系，建构不同于意识论框架的人与世界新图景。"② 媒介本体论与语言本体论皆试图阐释语言媒介对文学实践的本体决定作用。只不过语言本体论在纸媒文学范围内更有效，媒介本体论在新媒体文学方面阐释力更

---

① 习近平：《携手建设更加美好的世界——在中国共产党与世界政党高层对话会上的主旨讲话》，人民出版社，2017，第 3 页。

② 单小曦：《媒介文艺学对语言论文论的改造》，《文艺理论研究》2016 年第 5 期。

强。新媒体文学是语言的，更是媒介的，我们对其共同体理论进行
阐释的第一个维度便是媒介技术。

无论是传统的报纸、电视、广播等，还是当下的互联网、电脑、
手机、VR、AR，媒介技术在有意识或无意识地塑造着人们的认同意
识。本尼迪克特·安德森在论述民族作为"想象的共同体"时，专
门将媒介的作用凸显出来。

> 通过仪式性的媒介接收活动，如同时或一起收听某一广播
> 节目或观看某一媒介事件，人们可以获得共同的文化感受，以
> 及对拥有相同体验的其他社会成员的感知。这构成了"想象的
> 共同体"。而这种"想象的共同体"不是虚构的共同体，不是
> 政客操纵人民的幻影，而是一种与历史文化变迁相关的，根植
> 于人类深层意识的心理建构。①

无独有偶，媒介学理论家道格拉斯·凯尔纳也从媒介角度谈到
媒介对认同的"铸造"作用，"一种媒介文化已然出现，而其中的
图像、音响和宏大的场面通过主宰休闲时间、塑造政治观念和社会
行为，同时提供人们用以铸造自身身份的材料等，促进了日常生活
结构的形成"。② 延森从媒介物质角度区分了：身体和工具媒介、技
术（大众媒介）、元技术（数字媒介）。③ 在第三维度"元媒介"中，
人类第一次可以去时空化交流，它也成为共同体的物质和介质基础。

> 民族国家提供了确定性，媒介技术却打破了确定性的边界，

---

① 〔美〕本尼迪克特·安德森：《想象的共同体：民族主义的起源与散布》，吴叡人译，
上海人民出版社，2017，第17页。

② 〔美〕道格拉斯·凯尔纳：《媒体文化——介于现代与后现代之间的文化研究、认同性
与政治》，丁宁译，商务印书馆，2004，第9页。

③ 〔丹麦〕克劳斯·延森：《媒介融合：网络传播、大众传播和人际传播的三重维度》，
刘君译，复旦大学出版社，2020，第69~74页。

并试图为每个人提供更多的自由。……在全球互联网语境中，元媒介导致了一种超越民族与国家的人类交往现实。……元媒介实现了物理信息层面的连接，这不仅仅涉及物质，同时也在逐渐形成全人类共同的心态结构，产生了融合的全球文化。①

媒介对于身份认同、民族认同发挥着重要的作用，对于文学读者和网络受众来说，网络新媒体塑造着集体记忆和文化归属。在当下，网络媒介不仅传播数据和信息，而且已然成为人类生存处境的一种"环境"。卢嘉、刘新传引斯崔特（Strate）说：

> 媒介技术的影响集中体现在社会环境本身而不是环境中的特定媒体内容。他进一步解释媒介如何作为一种环境发挥其功能：媒介不像台球那样，可以通过撞击另一个球而发挥作用。它更像人们用来打球的桌子。作为一种环境，媒介不会决定我们的行动，但它们会定义我们行动的可能性范围，并且可以阻碍某些行动进而鼓励和促进另外一些行动。②

台球玩法和规则可以差异巨大，但是球桌是固定的。哪场球具体怎么打的很快会被忘记，而球桌的物质性（颜色、大小、光滑度等）却能以一种潜在的方式被记住，即便它们是以"非焦点觉知"的方式被存储于记忆之中的。在媒介"环境"论看来，网络内容就像掷给看门狗的"肉包子"，最终是媒介本身形成默会记忆潜藏于集体中。

纸媒文学在互联网语境下，已经大规模地从纸媒空间迁移到网络空间，网络媒介成为民族认同的"先验形式"。从传统纸媒（中心集权式）走向互联网（散点自主式），民族意识内化于网络之中。身份

---

① 蒋东旭：《历史观照与现实反思：共同体理论的媒介维度批判》，《新闻界》2019 年第 6 期。

② 卢嘉、刘新传：《互联网与国家认同：媒介生态学视角下基于全球 33 个国家的实证研究》，《国际新闻界》2018 年第 4 期。

认同的依据从传统的血缘、信仰、宗教，逐渐转移到网络原著民聚居的虚拟空间，那么民族何以可能？齐美尔认为社会是通过"媒介逻辑"来呈现自身的。社会现实经验性材料只能通过媒介"剪裁"才能呈现自身，"媒介逻辑"恰好是裁剪所依据的"规则"。① 因而，在此意义上说，媒介逻辑成为中华民族共同体构建的重要力量之一。

在身份认同上，新媒体文学存在两个不同于传统文学的维度：其一，新媒体文学的主体无论是作家还是读者，其所处的现实地理空间的陌生性和遥远性被网络的全覆盖性所弥补和填满；其二，新媒体文学的主体自我身份在网络媒介之中是被隐去的、去符号化的。然而，新媒体文学并非全然与物理世界脱离，只是从现实话语语境"移民"到网络世界。新媒体文学的话语表达一方面受到媒介决定性维度的影响，试图自我建构出"去身份""无身化"的艺术世界；另一方面又被媒介工具性拉回传统文学空间的话语体系之中。新的现象和趋势使得新媒体文学的身份认同问题逐渐被学者们关注。

新媒体文学呈现民族身份与媒介身份的混融状态。传统的民族认同主要基于生理、地域、语言和信仰等传统要素进行身份建构，比如血缘基因、地理空间、宗教信仰和语言符号等。那么，互联网的"碎片化"和"个体化"是否会带来民众对身份的"自由选择"，从而导致同一性身份认同的"集体意识"的终结呢？② 网络媒介本身具有身份的虚拟性、主体的隐匿性和联结的超时空性，这对传统身份的建构提出了新的挑战。传统文学话语具有典型的地方性知识属性和空间地理学内义。传统文学身份认同的前提在于不同身份的主体在他者空间的"异居"形成的自我身份认同危机。在物理空间维度上，他者空间带给文学主体的陌生感和孤独感可以被网络世界

① Altheide, D. L. & R. P. Snow, Media Logic, Beverly Hills: Sage, 1979, p.15.
② 卢嘉、刘新传：《互联网与国家认同：媒介生态学视角下基于全球 33 个国家的实证研究》，《国际新闻界》2018 年第 4 期。

所消解、弥补和填满。新媒体文学的主体自我身份在网络媒介中是
一种去符号化状态的"隐在"。理论上说，新媒体文学的"脱域性"
消解着内部的空间性差异，文学依托的物理空间因素消失。然而，
新媒体文学之中的文化记忆书写仍然依存于自然空间。只是对空间
的文化赋义与纸媒文学有着差异。这种区别性重构了国家地理空间
想象，重塑了当代人的归属意识与媒介记忆。

　　身份的混融性并非纯粹屈从于媒介逻辑之下，不是以媒介记忆
替代身份记忆，而是以一种更为复杂的书写自我建构着。与此同时，
网络与现实、新媒体文学与传统文学之间存在"剪不断，理还乱"
的交融关系，这种复杂关系协调着媒介技术逻辑和文学话语逻辑。
新媒体文学从现实空间"移民"到网络世界，并没有全然与物理世
界脱离。新媒体文学的话语表达，一方面受到媒介决定性维度的影
响，试图自我建构出"去身份""无身化"的艺术世界；另一方面
又被媒介工具性拉回传统文学空间的话语体系之中。夏烈研究了新
媒体文学不同阶段的精神气质。他认为早期的新媒体文学被大众视
为"娱乐（'爽文'）诉求表达"，但是近年来，"网文世界正呈现出
作者与读者共同成长、建设想象共同体、再造中华价值系统、确立
国家民族认同的趋势。无论历史文、幻想文还是军事文、都市文，
都有'我是中国人，我在世界中如何建立自己及其身份'的表
达"。① 在这一点上，它与新媒体诗歌殊途同归。新媒体诗歌寓居网
络媒介，必然参与着塑造媒介文化"共同体"。正如蒋东旭所说：

　　　　今天的共同体获得了技术层面的支撑，在物质上形成了全
　　球一体、互联互通的新的网络社会结构。……全人类的共同体
　　属于未来，但是现在它正在形成。媒介融合提供了新的理论范
　　式去思考共同体理论的建构，全球一体的元媒介连接、多元并

---

① 夏烈：《是时候提出网络文学的"中华性"了》，《光明日报》2017 年 9 月 21 日。

存的文化形态，也正在建构一体多元的新的全人类共同体。①

这种身份的共同体对民族身份具有消解的效应。媒介本身对身份的解构性，增加了民族身份危机意识。可以说，从寓居的媒介"环境"角度说，新媒体文学对身份认同是无助的。但是，网络媒介与现实世界的纠缠形成媒介身份认同的"自反性"，这使新媒体文学主体身份的"消解"变得不完全。新媒体文学对于网络文化空间来说具有极强的介入性，其批评涉及网络媒介、民族符号、多边叙事和国家书写等。这使得新媒体文学话语成为中华民族认同的文化建构主体。它书写着不同民族之间的文化包容和互补，表达着对中华民族共同体的归属意识。这种民族共同体意识的建构与纸媒文学在表征上有近似之处，但是其实践指向却截然不同。纸媒时代，身份认同并不会面对媒介的解构效应，因为在网络世界之中，主体身份处于一种符号性漂移状态。麦克卢汉从媒介角度提出"部落化—非部落化—再部落化"观点②。以其观点为现实延伸，"部落化时代"（Tribalization）人们通过血缘、宗族、信仰和后来的文化认同等，形成一种原始的社会形态。同样地，诗人通过"想象的共同体"具有了自己的身份符号。"非部落化时代"（Detribalization）可以在网络媒介对物理世界的重塑中得到理解。联网的手机可以将遥远的村落瞬间拉入无碍沟通的"众生喧哗"中。民族身份被遮蔽，涌动于网络中的只有个性化的"网名"。再部落化时代（Retribalization），网络从解构式"碎片化"的底层之中再部落化，比如相同兴趣、爱好或认同的人建立的社群。与此同时，新媒体文学对民族文化符号、历史记忆和宗教精神的书写，从内在以"认同"话语方式充盈着自

---

① 蒋东旭：《历史观照与现实反思：共同体理论的媒介维度批判》，《新闻界》2019 年第 6 期。

② 〔加〕麦克卢汉：《理解媒介——论人的延伸》，何道宽译，译林出版社，2011，第 392 页。

我的民族身份；"多边叙事"的民族"互写"以"交融"的方式构
建着中华民族共同体；英雄建构与国家灾难书写，从外部以"认异"
方式确证着人类命运共同体。新媒体文学是在"再部落化"意义上
存在的，它通过"认同""互写""认异"的诗性书写建构着中华民
族共同体意识。

第二节　多边叙事与中华民族共同体构建

在本民族身份认同维度上，新媒体诗歌表征为母语记忆、文化
符号和宗教信仰等。对中华民族的认同主要体现在文学中的"多边
叙事"与革命叙事上。费孝通提出中华民族的历时性构成是多元一
体的，"许许多多分散孤立存在的民族单位，经过接触、混杂、联结
和融合，同时也有分裂和消亡，形成一个你来我去、我来你去，我
中有你、你中有我，而又各具个性的多元统一体"。① 文学共同体在
此表征为民族书写的"多边叙事"。欧阳可惺提出过多地强调本民族
身份的文学书写只会带来"单边叙事"。他在与新疆少数民族作家交
流中发现，"当代一些少数民族文学的文本叙事中没有对非我族的
'他者'的叙述，或是简约化和限制对'他者'的叙事。而是着重
写本族群、本民族的叙事：想象虚构的都是单一的本民族的故事，
其中出现的是纯粹本民族的事件、场景、人物、观念和理想"。② 在
边缘化和"自我边缘化"的情景之中，民族文学流露出对民族文化
的认同和回归，而斯图亚特·霍尔提出文化本身也是一种动态的建
构和生成过程。新媒体时代少数民族文学书写的意象，往往被赋予
了对民族固有文化特质的认同。

---

① 费孝通：《中华民族多元一体格局》，中央民族大学出版社，2019，第 17 页。
② 欧阳可惺：《"走出"的批评：关于当代少数民族文学的多样性与"单边叙事"》，《民
　族文学研究》2010 年第 3 期。

不过，在"认同"背后，暗含着一种逻辑：民族文化身份是一种"固有"的"存在"。其实，文化身份还是一种"属于未来"的建构，"它们绝不是永恒地固定在某一本质化的过去，而是屈从于历史、文化和权力的不断'嬉戏'中"。① 通过文学来获得文化身份，必然带有一种建构性，因为文学除了带来文化的认同和归属，更多的是"对既定文化价值规范的突破和创新"。因此，我们在文学话语的"身份认同与身份建构"之间找到一种张力式平衡。② 在研究新媒体诗歌之后，我们发现，虽然它与传统文学一样也存在单边叙事的问题，但是许多诗人开始走向中华民族共同体意识的"多边叙事"。这种多边叙事呈现为民族关系书写、跨民族书写和国家历史书写。

第一，新媒体诗歌的"多边叙事"表征为对各兄弟民族间融洽关系的书写。梅萨通过历史人物重述民族关系，"曾记得　你的天空/那朵云/被罗刹女仰卧的眼神片片撕碎/那堵墙/被夜间出没的神灵鬼怪件件捣毁/年幼的佛像无处安身/汉地公主心急如焚"。③ 这首诗写的是文成公主入藏之后，利用自己掌握的天文地理知识改造拉萨的"魔女"式布局，建寺庙镇住其四肢，背土填俄玛湖（魔女的心脏），从长安请佛像进大昭寺。唐朝松赞干布和文成公主的和亲是民族团结的象征，诗歌的重写赋予新时代构建民族共同体的意识。彝族诗人倮伍拉且在《大兴镇》中书写了"彝人"和"汉人"的和谐关系，这种关系体现在生活交流和情感积淀上。"秋天里上山的汉人背着大米/面条和白酒/春天里下川的彝人扛着猪肉/燕麦和土豆//汉人上山后说彝话/彝人下川后说汉话/上山下川的彝人汉人/都在走亲戚//彝人送汉人下川/都送到大兴镇/汉人送彝人上山/也送到大兴镇//在大兴镇里吃一餐饭/喝一杯再见的酒/相约下次再见/大兴镇热

① 斯图亚特·霍尔：《文化身份与族裔散居》，中国社会科学出版社，2000，第211页。
② 朱斌：《当代少数民族文学文化身份研究的反思》，《民族文学研究》2012年第4期。
③ 梅萨：《时空对话》，藏人文化网文学频道，https://www.tibetcul.com/wx/zuopin/sg/28065.html。

闹非凡。"① "大兴镇"承载着彝人与汉人之间的深厚情谊；"上山"和"下川"作为动作指向词，代表着彝人和汉人最初对对方地理居住环境的印象，彝人是住在山上的，汉人是住在山下河边的。一"上"一"下"代表着汉人和彝人之间的物质交换、语言交流和情感交往。

安子在《龙园》中写道："蝴蝶滩在一个美丽的夏日/建起了一座汉藏两族精神图腾/信仰的家园。"② 空间意象"蝴蝶滩"承载着民族文化和精神的深度交融。李永辉将母亲河（酉水）比作"一颗主宰着土家苗汉人跳动不定的心"；是"土家苗汉人们唯一的依靠"；"母亲河成就了大海的宽阔，/让自私的心变得心胸开阔，/融入幸福的乐园"。③ 自然环境和地理空间的限制使不同民族文化处于持续的交融状态。白日·才仁东周在诗中这样呈现雪域高原的民族情，"我看见一个民族/历经沧海桑田/像一团激情的火焰/灿烂了雪域高原/你是世界屋脊的/绿色长廊/你是三江之源的/中华水塔/你是藏汉友情的/历史丰碑/你是藏族儿女的/生命家园"。④ 诗人将"玉树"的空间地理视为滋润华夏大地的起点、文化交会的焦点。

第二，"多边叙事"还呈现在透过本民族作家之眼审视其他民族文化的诗作中，这种跨民族的体认和理解可以形成多民族文化的共同体意识。赵振王在《组诗：去西藏》中，以彝族身份体验着藏族宗教文化，其中一首《在拉萨》写道："拉萨是圆的，极像一块/日夜走动着的大钟//转着的经筒，分明是秒针/分针，属于捻着的佛珠，/磕着的等身长头/犹如时针，从容地行走/融入圆形的钟表里/

---

① 俫伍拉且：《大兴镇》，彝族人网，http：//m. yizuren. com/literature/sg/36261. html。

② 安子：《龙园》，藏人文化网文学频道，https：//www. tibetcul. com/wx/xrxz/sg/24997. html。

③ 李永辉：《湘西土家的母亲河——酉水》，土家族文化网，http：//tujiazu. com. cn/index. php/Archives/IndexArchives/index/a_ id/4544. html。

④ 白日·才仁东周：《圣境玉树》，藏人文化网文学频道，https：//www. tibetcul. com/wx/xrxz/sg/25037. html。

信仰，都是一个个的圆点。"① 诗歌展示的是他者眼中的信仰，这种文化的"互写"正是民族之间互相理解的基础。萨娜吉在《麻玛村印象》中以他者身份感受门巴族的空间诗意，"歌声悠扬，舞姿优美/门巴姑娘健硕的身躯/表达着另一种安详和富足/仓央嘉措的故乡，自然不会缺了诗意/而此刻，脚下踩着祖国的大地/我内心满满的自豪和骄傲/甚至要淹没了歌舞/淹没了诗意"。② 诗人是一个土族姑娘，她对门巴族的文字想象，超越了一个民族对另一个民族的想象，更多的是对国族自豪之情的认同感。卓杰泽仁的诗歌呈现了藏族人在彝寨的感受："在彝寨一天，就是一天的彝人/不用费力融入，更不说感同身受/如果卸下一切装饰，你就是一个赤裸裸的人/我们，不是生活的采风者。"③ 诗人从"去身份化"的角度，从纯粹"存在者"的角度或者"赤裸裸的人"的角度审视不同民族文化之间互相融入的可能性。彝族女诗人师师书写着傣族的泼水节："彝人尚火傣家喜水/我是彝家的索玛/这一刻，先祖应允许我水火都爱。"从他者的文学呈现中，我们可以看到民族文化的包容和交流的过程。"听傈僳族老妇讲各种爱恨，终了，必花好月圆/因其会制秘药，名：爱药！喜赠人。"④

　　杨曙明用娴熟的古风从历史时空中感受民族之间的内在关系。"秦皇振策/驾六气之威/设郡于陇/胡马滚滚的烟尘/在焉支山以北/不敢窥视/秦地桃源的芳容/千百年后/炎黄的子孙/犁出西固边陲小

---

① 赵振王：《组诗：去西藏》，彝族人网，http：//m. yizuren. com/literature/sg/24703. html。
② 萨娜吉：《麻玛村印象》，藏人文化网文学频道，https：//www. tibetcul. com/wx/xrxz/sg/32458. html。
③ 卓杰泽仁：《你就是》，藏人文化网文学频道，https：//www. tibetcul. com/wx/xrxz/sg/32481. html。
④ 师师：《我的南高原》，彝族人网，http：//m. yizuren. com/literature/sg/36844. html。

镇/羌笛与罗罗舞/跳动着民族的和谐/连结着藏汉血脉的脐带。"①
舟曲被诗歌呈现为历史上民族文化交融的地方;"羌笛与罗罗舞"两
个意象象征羌族和藏族的艺术文化的关联以及"藏汉血脉"的"连
结"。杨曙明通过诗歌再次确证不同民族之间血脉的交融历史。西月
通过诗歌书写土族的历史与藏族有着内在关联。"在土乡/父亲们三
月下种/母亲们六月锄禾/青稞的芒刺无比闪亮";"山高水长/青海的
长云和雪山为亲/河湟的风吹走祖先的足迹/我们是早年走散的亲戚/
在美酒里重逢、相认。"② 关于土族来源,学界主流意见认为:

> 吐谷浑王国后,东迁的一部分逐渐融合于汉族,降附吐蕃
> 的后来融合于藏族,留居于凉州、祁连山一带、浩门河流域、
> 河湟地区的吐谷浑人成为土族的先民,土族是以这一部分吐谷
> 浑人为主体,在长期发展过程吸收了藏、汉、蒙古等民族的成
> 分而逐渐形成的。③

雷子书写了仡佬族最早开采丹砂的历史。"在诗歌未被抒写之
前/先民的歌喉是蓬勃的山川/在朱砂未被开采之前/务川丹砂静卧于
时间的荒原。"④"诗歌"和"朱砂"并置在诗歌第一段之中,与这
首诗歌本身对丹砂"抒写"的文学行动进行着文内和文外的互文。
"渴望得到一块纯粹的朱砂/取一勺搓成药丸用来驱逐体内的惊风与
湿寒/取一勺面镜点在唇口与眉间 让我的岁月惊艳/再取一勺磨成
赤墨 抄写古诗《上邪》/尽管人们相信金钱的魅力超过丹砂。"仡
佬族先民辛苦采集和萃取的丹砂可治疗疾病、化妆打扮以及抄写爱

---

① 杨曙明:《我在舟曲等你》,藏人文化网文学频道,https://www.tibetcul.com/wx/xrxz/sg/25399.html。
② 西月:《触摸酒乡》,中诗网,http://www.yzs.com/zhgshg/shirenfangzhen/4697.html。
③ 《土族简史》,民族出版社,2009,第20页。
④ 雷子:《诗与丹砂》,藏人文化网文学频道,https://www.tibetcul.com/wx/zuopin/sg/28038.html。

情诗歌。诗歌的书写之中形成有趣的跨民族文化意象：羌族诗人—
仡佬族丹砂—汉乐府民歌。在这首诗中，羌族诗人不仅看到仡佬族
的历史，还走回历史现场，诗意地想象汉乐府民歌使用仡佬族丹砂
的书写。

可见民族文化本身是流动的和互写的。这种各民族作家对各民
族文化的审视、体验和表达，可以在艺术层面完成文化理解和自我
反观，彼此的打量将"他者"融入自我文化之中。民族文化的诗意
互写还有很多，比如（回族）马占祥的《毛藏笔记（组诗）》、（纳
西族）冯娜的《西藏》、（纳西族）彭建鑫的《仰望康巴人》、（彝
族）艾慕的《布达拉宫》和（回族）马文秀的《想去寻找百年藏庄
（组诗）》等。

第三，新媒体诗歌的国家历史书写表达着对国家认同的意愿。
"族群或民族内部的自我认同意识很大程度上是在共同的'历史记
忆'的基础上构建起来的，共同的起源记忆（神话、宗教）及其历
史流变乃至在流变过程中形成的所谓'民族英雄谱系'是强化群体
凝聚力、促进族群成员自我认同感的'认知地图'，也是构建民族认
同的主要基石。"[1] 普驰达岭以"乌勒苏泊"地理空间为历史认同的
诗性符号。"大凉山美丽的乌勒苏泊啊/鲜活在共和国骨节深处的是
你的丰功/镌刻在中国的历史画卷中的是你的伟绩/传遍华夏大地四
海五洲的是你的佳话/生生不息流芳万世的是你高远的民族气节。"[2]
对"彝海结盟"的革命历史的书写，体现了彝族对国族认同的文化
记忆。阿苏越尔的《1935 年的红》书写了 1935 年红军长征经过彝
族地区以及彝海结盟的重要历史。"春风由南向北/撒下甘甜的雨滴/
大凉山的一棵棵草，一个个山寨/以及一根根即将枯萎的老树/在迅

---

① 丁增武：《"族群边界"与"历史记忆"双重视域下的国家认同：评〈瞻对〉及阿来
　　的"非典型西藏文本"》，《民族文学研究》2016 年第 1 期。
② 普驰达岭：《乌勒苏泊在那年那月后流芳》，彝族人网，http：//m. yizuren. com/litera-
　　ture/sg/24927. html。

捷的脚步上翻转，醒来。"① 从南到北的"春风"和"雨滴"，象征着带来生机和生命力的红军；"即将枯萎的老树"，隐喻当时大凉山的生活境况。"从金沙江到大渡河/两条不一样的河水/于一样的心脏跳动"，表层是红军长征的路线，深层是民族团结的家国情怀。"北方有山丹丹花开红艳艳/北方的红/灿烂了 70 年/一直映照着凉山的索玛花。""山丹丹花开红艳艳"以陕西民歌象征革命圣地延安。以"红"映照"索玛花"，象征新中国成立以来对彝族的扶持以及帮助。

　　蓝晓的《包座战役遗址》和《达维会师桥》对甘南的包座战役和小金县的"达维会师"的革命书写，本身就是对国家历史的认同。"穿越的疼痛，度过的险阻/都被激流卷走//那里沸腾着铁与铁的拥抱/那里映现着红与红的交融//如今，这座桥依然站在红色的路口/像一面旗帜，指引前行的路。"② 从形式美学角度看，诗歌意象紧密地勾连、缀和在一起，"激流"与"沸腾"、"铁与铁"和"红与红"、"红与红"与红色的旗帜，诗歌意象的有机联结更能看出国族的认同和中华民族共同体意识。那萨在《2018 年世界杯》中写道，"世界杯"本应该有中国国家足球队的身影，遗憾的是"国足居家看电视"，而中国球迷沉浸在其他国家的足球比赛之中，"激情高涨/每一扇门，都/胜似自家的门"。有人将 2018 年的"世界杯"与1904 年日喀则的"一场球赛"进行比较，在诗人看来这是一种"意淫"，通过虚妄和幻想达到某种现实的心理满足。诗人更加赞叹日喀则的江孜古城人民对英军侵略的抗击，"意淫的肾，来回穿插/汗盖

---

①　阿苏越尔：《1935 年的红》，彝族人网，http：//m. yizuren. com/literature/sg/25352. html。

②　蓝晓：《达维会师桥》，藏人文化网文学频道，https：//www. tibetcul. com/wx/zuopin/sg/32929. html。

的绿茵场//却插不到 1904 年的/江孜古城/白居寺//横尸的 '英雄城'。"① "国足"、西藏足球队和江孜古城，面对的是不同意义上的"他者"，但反向重新建构着自我的中华民族认同。正如阿斯曼所说："通过对自身历史的回忆、对起着巩固根基作用的回忆形象的现时化，群体确认自身的身份认同。这不是一种日常性的认同，集体的认同中含有一种庄严隆重的、超出日常的东西，从一定意义上讲，它有'超越生活之大'，超越了寻常，成为典礼、非日常社会交往涉及的对象。"② 新媒体诗歌透过"多边叙事"将自言自语的本族认同纳入多民族共在的公共话语空间之中。

> 作为多民族国家中每个民族的公民以他们共有国家的公共领域为表达的基础资源，既述说着自己的故事，也转述别人的故事；跨越文化藩篱，加入到涉及社会公共领域的公共性的对话当中，使自己的叙述和表达能够为社会公共生活提供了更为宽广、更具批判性和建设性的公民精神。③

民族作为文化的共同体，不完全受基因、信仰和集体记忆决定，还要有族群共同的现实利益基础。④ 传统民族认同观念本质是用"共同的过去"来规定"共同的未来"。民族文化和民族共同体并非超然于历史洪流之外的"永恒的自然事物"，而是一种历史性的建构和"自我证明"。同时，新媒体诗歌不仅表达着不同的民族精神和民

---

① 那萨：《2018 年世界杯》，藏人文化网文学频道，https://www.tibetcul.com/wx/zuopin/sg/27868.html。

② 〔德〕扬·阿斯曼：《文化记忆：早期高级文化中的文字、回忆和政治身份》，金寿福、黄晓晨译，北京大学出版社，2015，第 47 页。

③ 欧阳可惺：《"走出"的批评：关于当代少数民族文学的多样性与"单边叙事"》，《民族文学研究》2010 年第 3 期。

④ 欧阳可惺：《中国当代少数民族文学批评与族性文化、民族主义》，《新疆大学学报》（哲学人文社会科学版）2009 年第 2 期。

族文化，也呈现着民族文化交流的动态过程。欧阳可惺认为，民族文学话语必然是一种交往的过程，而非自言自语的"独白"。故而，新媒体诗歌批评的基础是文化的共同性和价值的普遍性，并在普世性的差异化认知中达成交往沟通。

总的来说，民族文化和身份是不断生成的，而非现实的、已然确定的和既成的。新媒体诗歌主体性是在"他者"文学的"互文"之中不断建构和生成的。民族认同存在一张无边的文化关系网中，它的意义是在双向性的关系之中逐渐生成的。民族身份既不是出于过去，也不是来自将来，更不是先在预定目标之中，而是在民族自我证明的构建过程之中逐渐延展和生成出来的。在这种双向性的话语之中，民族身份和国家认同都在动态建构之中得到了加强。

第三节　文化创伤与命运共同体书写

"认同"和"认异"是一个双向过程。正如科姆非所说，身份认同是通过差异性来确证的，"我们是谁"的前提是我们需要知道"我们不是谁"。"一方面，共同的民族特征以及民族国家是民族成员的同一性与共性，人们依靠对此的感知形成了自身的民族认同；但另一方面，人们形成民族认同，也需要其他的民族以及民族国家作为参照物。"[1] 弗洛伊德从心理学角度也认为"他者"的建构是"自我"确证的关键之一。作为个体来说，

> 一方面，要通过自我的扩大，把"我"变成"我们"，确认"我们"的共同身份；另一方面，又要通过自我的设限，把"我们"同"他们"区别开来，划清二者之间的界限，即"排他"。只有"我"，没有"我们"，就不存在认同问题了；只有

---

[1]　杨素萍、张进辅：《民族认同的哲学研究》，《世界民族》2012 年第 2 期。

"我们"，没有"他们"，认同也失去了应有的意义。①

无论是一个人，还是一个民族，自我意识都源自对"异己"他者的界定和区隔中所形成的自我审视和打量。在中华民族遭受外族侵略或者国家面临灭亡的危急关头，"外在压力情感应激型"认同逻辑占据主导地位。一是情感认同逻辑，中华民族认同更多表现为一种感情上的认同，背后呈现一种中华民族"是我们的母亲""母亲伤痕累累需要我们去拯救"的情感认同逻辑；二是应激型认同逻辑，这种逻辑在人们心理上呈现的是一种西方"他者"/"我者"的二元对立思维模式。当心中的情绪被激发出来，外生的压力使成员之间密切联系起来，人们强烈地认识到"我们"是一个共同体。这种"外在压力情感应激型"认同逻辑在今天的中华民族认同中也发挥着重要作用，比如，当中国在国际上遭受不公平待遇、污蔑甚至恶意攻击时，当我们遭遇汶川大地震这样的大灾时，民族认同感就会瞬时被激发出来，产生"与被视为兄弟姐妹的祖国同胞的休戚相关、生死与共的依恋之情"。②"如果说'荣耀'和'辉煌'叙事是国家认同构建的一种激励机制，那么，'屈辱'和'苦难'叙事则是国家认同构建的一种自我反省机制。"前者是"几乎每个民族国家的历史叙事都有自我幻想的情结，都有让公民忠诚于国家的国民教育基地和国家的象征符号体系，'几乎每个民族都有自己的英雄史诗和英雄人物'"；③后者则是"他者"区隔镜像的反向自我凝聚效应。

第一，民族英雄的书写是国家凝聚力和认同性的象征。"英雄"塑造与崇拜是人类历史长河中一直存在的精神欲求。作为影响时代精神的典型，按照胡克的说法，英雄就是"在决定某一问题或事件

---

① 龙运荣：《全球网络时代的大众传媒与民族认同》，《广西民族研究》2011年第1期。

② 刘莉：《全球化场域中中华民族文化身份与民族认同的建构》，《思想战线》2011年第6期。

③ 殷冬水：《论国家认同的四个维度》，《南京社会科学》2016年第5期。

上，起着压倒一切的影响；而我们有充分理由把这样的影响归因于他，因为如果没有他的行动，或者，他的行动不像实际那样的话，则这一问题或事件的种种后果将会完全两样"。① 之所以要创造英雄，是因为英雄可以带给我们信心和安全感。同时，英雄对于大众具有一种号召力，甚至能成为国家或民族精神的象征。

> 各民族都有自己的文学，通过艺术形象，人们可以最好地理解一个民族的心性生活与精神价值信仰。民族文学形象的英雄精神，最能鼓舞人心。历史英雄形象和时代英雄形象，具有最为重要的意义，但是，民族英雄形象，并不是简单地即可创造出来，也不是个人随意地能够完成，它本身就是民族共同的文学理想和价值信念的精神寄托。②

时代英雄常常不是高高在上的人，而是从普通大众之中脱颖而出的人。恰好是这样的"普通型"英雄更能凝聚一个国家和民族的精神和信念。壮族诗人韦汉权在《十指相连的心（组诗）》中写道："正是春天前最冷的时刻/黎明前最无情的黑暗/也是最能检验人性的考场/一个人的初心和操守/就是对日常中宠辱得失的淡漠/此刻你早已心在疫区/早已身在那一片没有硝烟的战场/你举起右手，说：祖国/让我去。"③ 人性的光辉隐藏在平凡寻常的日子中，但是面对生死大难，在众人的抉择中，我们能看到人性伟岸的一面。在家族、家庭和国家间，中国的白衣天使选择了国家。"于祖宗，年大过天，/于母亲，家大过年，/于你们，使命大过天和年！"④ 在诗歌的英雄叙事中，

---

① 〔美〕悉尼·胡克：《历史中的英雄》，王清彬译，上海人民出版社，2006，第107页。
② 李咏吟：《形象叙述学》，浙江大学出版社，2009，第18页。
③ 韦汉权：《十指相连的心（组诗）》，河池三姐网，http：//www.hc－r.com/new/2020/2535.html。
④ 石朝雄：《向北！向北！——写给广西援鄂医疗勇士》，中国作家网，http：//www.chinawriter.com.cn/n1/2020/0207/c404100－31575718.html。

"白衣天使"不仅拯救着人的生命还守护着人的心灵。在人的生命岌岌可危时，他们用自己的生命构筑了整个民族信心的基座。"冷风吹过/冻雨下来/乌云翻滚/我目光所及　灰蒙一片/桂西高地的天　是这个样子/武汉的天　是这个样子/湖北的天　是这个样子/中国的天　都是这个样子/我才知道/昨夜我能如此安心入睡/是因为有人为我视死如归。"① "冷风"、"冻雨"、"乌云"和"安心入睡"，外部的严峻环境与个人内心的安全感形成对照，其背后是英雄的"视死如归"。医生并非不惧病毒，不怕死亡，而是出于内心对生命的信仰，他们必须挺身而出。就像孙玉平写给作为支援武汉的医护人员的妹妹的诗歌，"小时候的妹妹胆小/喜欢夜空中的萤火虫/不发光的蝙蝠飞过/她会躲进妈妈的怀里/多少年了/她一直认定有萤火虫的黑夜/是安全的，是美的"。② "萤火虫"发出的光线是极其微弱的，就像人在大灾大难中的"希望"。"妈妈"这个意象可以指真正的"妈妈"，也可以象征"白衣天使"群体，还可以象征整个国家和民族。

第二，新媒体诗歌通过"生命性"的意象书写着民族希望与团结，比如"种子"、"太阳"、"月亮"和"春天"等积极而美好的意象。藏族诗人牧风这样写道："亿万双手在收集温暖的种子/期待在江汉平原开花结果/一颗颗怀揣光芒的心在时刻照亮武汉的夜空。"③在生命攸关的灾难面前，各族人民心连心，大家紧密地联结在一起。诗歌让我们感到灾难激发了每个人内心的温暖和善良，"一颗颗怀揣光芒的心"。韦汉权塑造了在"病毒"面前"永不屈服的族群"的

---

① 梁洪：《妈妈家天台上的那颗辣椒朝天红》，当代广西网，https：//www.ddgx.cn/show/29631.html。

② 孙玉平：《妹妹去了武汉》，搜狐网娱道文化传媒，https：//www.sohu.com/a/382357720_99987336。

③ 牧风：《庚子初春记事》，藏人文化网文学频道，https：//www.tibetcul.com/wx/zuopin/sg/33555.html。

形象。"对于你，我们可憎的恶魔/这一点一点的请求显然是徒劳的/你就试着放纵吧/当你的对手是一个永不倔服的族群/明天，你将会有显而易见的下场。"① 诗歌叙事将中华民族的"一体性"凸显了出来。柏叶用一组意象来隐喻国人在疫情期间的团结。诗中的四个意象是"天空"、"大地"、"风儿"和"鸟儿"，它们分别见证着中国人的"心"、"手"、"脚步"和"声音"是"一起"的。另外，"太阳"和"月亮"则是绝对充满希望的意象，"太阳升起/告诉天空和大地/中国人的心/早已亲密无间/中国人的手/早已紧握相牵/月亮升起/告诉风儿和鸟儿/中国人的脚步/早已整齐出发/中国人的声音/早已响成一片"。② "太阳"和"月亮"被诗人塑造为"力量"和"希望"的象征性意象。柏叶的"希望"意象选择秉承着彝族英雄史诗《支格阿龙》中对日月文化的崇敬。诗人又见采用了"昆仑峰"和"黄河"这两个意象：两个意象，一高一低，将泱泱中华囊括其中；"紧紧相连"和"浪打浪"两个意象象征着人民内心的凝聚性。"过往的艰难和沧桑，都过来了/昆仑峰啊紧紧相连，黄河浪打浪/14亿人民手牵着手，心贴着心/历史将定格，不远的明天，披云见日光/因为，我们始终和你——肩并着肩。"③ 从又见的诗中可以看到面对灾难时中华民族团结一心的力量。仫佬族诗人阳小楼的《被隔离的日常》将隔离的人与相通的心作为诗歌的张力，在两个意象表层的对峙与深层情感的融通中抒发悲悯的情怀。④ 这样的诗歌之所以感

---

① 韦汉权：《我在桂西，你在武汉（组诗）》，中国诗歌网，https：//www. zgshige. com/c/2020 – 02 – 10/11969781. shtml。

② 柏叶：《面对"恶魔"的中国人》，玉溪网，http：//www. yuxinews. com/c/2020/03/03/50451. shtml。

③ 又见：《我们和你肩并着肩》，新浪网，https：//k. sina. com. cn/article_ 2878339751_ ab8ffaa701900oh5q. html。

④ 阳小楼：《被隔离的日常》，新浪网，http：//k. sina. com. cn/article_ 2878339751_ ab8ffaa701900p1gj. html。

人，并非来自文字的矫情，也非来自修辞的伪饰，而是源于超越具体民族身份的心灵底层的悲伤与感动。彝族诗人祁绍军的诗歌以细腻的动作意象表达诗人内心的悲哀和对受难苍生的共情。"在祖国西南的攀枝花，隔着手机屏幕抚摸武汉/我笨拙的指尖居然那么温柔，像云抚摸悠悠的群山。"① "手机"成为一种悖论式的意象：通过手机似乎可以到达任何地方，又似乎哪里也去不了。在生命面前，人和人之间地域、民族和身份的差异已经不重要。一颗心为另一颗停止跳动的心而跳动和悲伤，这才是诗之心。

第三，新媒体诗歌通过色彩意象和革命话语，建构灾难时期国家精神的崇高性。"红色"对于中国文化来说意味着喜庆、革命和希望等，而"冠状病毒"造成的人体肺部病变是"白色"。彝族诗人起云金将"红色"和"白色"两个意象对举，形成诗歌独有的张力。"天上的白云是白色的/病房里的世界是清洁的白/墙白得一尘不染/病床白得干净/医生、护士/也是一身纯洁的白/万恶的冠状病毒/也把患者的病理肺片/吃成了白色"。与白色相对的是护士"白色口罩"下的"笑脸"，"白色病床"上的"金黄的晨光"独留家中的小孩和护士妈妈一起看到的"一轮鲜红的太阳"。"红色"成为打败"白色"的"希望"：红色的"太阳"、红色的"火塘"、红色的"国旗"以及红色的"请战手印"、十四亿人民红色的"血液"（起云金《推开窗，一轮鲜红的太阳》)② 。起云金将国家和人民的"红色"希望与家庭中"火塘"的"红色"并置，将彝族文化中最重要的"火神"庇佑文化融入国家命运的希望叙事之中。壮族诗人石才夫在诗中写道："我的文字终将燃成大火/烧灭阴暗、险毒和邪恶/让光明回归光明/让英雄不被冷落/让这个春天成为难以磨灭的记忆/让

---

① 祁绍军：《我的祖国，我的武汉》，彝族人网，http：//m. yizuren. com/literature/sg/39596. html。

② 起云金：《推开窗，一轮鲜红的太阳》，彝族人网，http：//www. yizuren. com/。

我们一起高唱/一条大河波浪宽/风吹稻花香两岸/这依然、注定、永远是/美丽的祖国。"① 诗歌用互文的形式将"红色经典"歌词放到疫情的情境之下。"一条大河波浪宽,风吹稻花香两岸"来自电影《上甘岭》主题歌《我的祖国》,其背景是抗美援朝战争。以战争年代打败敌人来象征"战疫"时期打败"病毒"。藏族诗人刚杰·索木东的《立春》:"只能这么看着,戴着王冠的病毒/肆虐着众生皆苦的大地/只能这么看着,母亲的河流/依旧沉默,迟缓地向东方蠕动/一盏盏清冷的街灯下/又该如何写下/人世温润……"② "母亲"成为整个中华民族的代名词。灾难之中个体的无力感、语言文字的匮乏感和国家受难的悲恸感,都被压在诗句的底层,给人一种极大的苍凉感。吉狄马加在《献给汶川的挽歌》中写道:"我们的母亲——中国/用她五千年泣鬼神感天地的大爱/再一次把一个民族的苦难/义无反顾地扛在了自己的肩上/她的脸上虽然还留有泪痕/但她仍然以九百六十万平方公里的/仁慈的宽广的胸怀/紧紧地拥抱着自己的受伤的儿女"。③ 汶川大地震以一种刻骨铭心的悲伤刺激着国人的爱国热情,这种热情背后本质是对中华民族共同体意识的体认和对人类命运共同体的认同。

总之,新媒体诗歌是中国新世纪诗歌的重要组成部分,其创作主体的身份、作品依寓的媒介和内容题材组成为中华民族共同体意识的文化媒介构建的基本维度。作为新媒体诗歌的新"环境",媒介技术消解了民族作家的传统身份意识,却塑造了媒介文化认同和媒介共同体想象。在"认同"维度的"多边叙事"上,新媒体文学实

---

① 石才夫:《我写下的每一个字都是星火》,当代广西网,https://www.ddgx.cn/show/29499.html。

② 刚杰·索木东:《立春》,藏人文化网文学频道,https://www.tibetcul.com/wx/zuopin/sg/33092.html。

③ 吉狄马加:《献给汶川的挽歌》,中诗网,https://www.yzs.com/zhgshr/jidimajia/65.html。

践着民族文化的"互写";民族关系呈现、跨民族书写和国家历史叙事构建着中华民族文化共同体的文学倾向。在"认异"角度的灾难书写中,英雄信仰的崇高性书写、民族精神的希望叙事和国家形象的崇高隐喻成为中华民族命运共同体的象征。

新媒体诗歌的现代性经验

现代性是一个宏阔的话语体系，在哲学话语之中它意味着对神性世界的"祛魅"，从而尊崇理性的观念；在社会话语之中它体现在"工业主义"的生产方式、"科层制"的社会组织结构上；在美学话语之中它代表着一种与传统决裂的力量，一种碎片化、否定性和批评性的冲动。① 文化现代性是在反思局部性的现代化问题之后的综合性和根本性表征。现代化带来社会的分化，如工具理性、道德实践、审美实践和个体信仰的分离状态。文化现代性话语在确保文化领域自律的同时，对社会现代化的分化和单面化问题进行批判、补充、纠正和超越。② 新媒体诗歌现代性探讨的前提就在于它并未局限于文本内部，而让语言书写介入现实生活。无论是媒介批评还是空间批评，无论是生态批评还是女性批评，其探讨目的皆是将新媒体诗歌置于整个社会现代性语境之中。

针对技术现代性的文化现代性话语反抗，浪漫主义时期的文学方式奠定当下文化现代性的内蕴。浪漫主义用直觉和想象来对抗压抑的理性，"要么去质朴的田园乡村（华兹华斯）；要么亲近泛神论的自然（诺瓦利斯）；要么返回宗教的神秘主义（威廉·布莱克）；要么经历

---

① 毛勒堂、杨园：《何谓现代性：马克思的本质解答及其意义》，《云南社会科学》2020年第5期。
② 曹卫东：《文化现代性：中德现代化比较研究》，《文艺研究》1998年第4期。

一种爆炸性的非凡生活冒险（拜伦）"。① 与此同时，伯曼将全世界所有人对时间和空间、自我与他者、生活中无数可能性和危险的生命体验称为"现代性"。② 现代性的环境既是创造性的和自我变化的环境，又是可以摧毁"我们所拥有的一切、我们所知道的一切和我们所是的一切"的环境。现代性意味着分裂、矛盾、困惑的"大漩涡"。形成现代生活的大漩涡推动力包括物理科学发现对人们宇宙观的改变；工业化以新的人文环境替代旧环境，并导致生活节奏的不断加速；媒介系统联结和包围整个社会；资本世界裹挟所有的人和机构等。因此，空间、生态和信仰等是浪漫主义反叛现代性的核心论题，而媒介、性别和共同体等又构成了新媒体诗歌批评的现代性话语。

　　新媒体诗歌中的自然空间被原乡情结和城市现代性塑造为两种意象："心灵归属"的家园和"纯洁朴质"的田园。新媒体诗歌也秉持现实写作立场，其生态书写其实是一种对城市化、现代化的排异性反应，也是对长久身处的世界的守护。城市作为"草原"或"村落"的反面，以"破坏"原初纯粹状态为意象特征；城市空间割裂人与自然之间天然的亲近感，使得当代人的灵魂空心化；城市空间以荒诞和悖论的方式完成自我的欲望书写。新媒体诗人在进行"原乡"书写时，即将乡村视为人性的、自然的、健康的和"纯洁"的孕育场所。由于神性空间的存在，故而城市空间并没有被绝对地言说为"污染"、"欲望"和非家园化的象征。乡村空间、城市空间和寺庙空间在诗歌意象上的不同表征，本质上折射的是新媒体诗人对待文化现代性的矛盾心态；三种空间之间是一种不连续的断裂关系，其背后有工业化、商业化和技术化扩展等带来的后果。

　　新媒体小说的着眼点在"城市空间"，而新媒体诗歌的着眼点在

① 汪民安：《现代性的冲突——西方政治现代性与文化现代性的多元矛盾》，《福建论坛》2007 年第 5 期。

② 〔美〕马歇尔·伯曼：《现代性——昨天，今天和明天》，周韵译，载周宪主编《文化现代性读本》，南京大学出版社，2012，第 27～28 页。

"乡村空间"。新媒体文学从文化地理学意义上来看是从"城市"之中生长出来的，但是与"城市空间"没有内在的原生性关系。新媒体诗歌所塑造的三种空间：乡村空间、城市空间和神性空间，三者之间处于张力或矛盾关系中。乡村空间属于漂泊异乡者精神归属的"母体"空间，它为文学主体创伤的心灵提供了慰藉；城市空间是具有"弑母"倾向的"子体"空间，它以"资本"、"欲望"和"技术理性"为自己的表征；神性空间将乡村空间，特别是城市空间作为"异己"面（它们都是世俗空间的代表），它在宗教维度上寻求绝对的超越性，与此同时与城市空间又处于相互解构和影响的模糊关系中。

　　文学并不是对空间景观的单纯反映，文学的审美想象对空间建构是一种反向"赋义"。纸媒文学叙事从现代性规划理论中的"文明—野蛮"关系，逐渐演变成文化相对主义的"现代—传统"结构。① 新媒体作家凭借直觉和想象建构对空间的审美意象。人所居住的空间本质上具有非均质性。这种非均质性因情感、认知和宗教等价值判断而差异明显。"对于一个宗教徒来说，教堂与它所处的街道分属于不同性质的空间。那通往教堂内部的门理所当然地代表着一种空间连续性的中断。"② 在空间的文学书写中，我们看到的是标榜科学、理性和进步的启蒙现代性给当下文化造成的焦虑。乡村空间、城市空间和神性空间在诗歌意象上的不同表征，本质上折射的是新媒体诗人对待现代化存在的矛盾心态：希望享受现代生活的福利，又担忧灵魂跟不上变化的节奏。③ 三种空间之间是一种不连续的断裂关系，其背后有工业化、商业化和技术化扩展等带来的后果，正如卡林内斯库所说，现代性带着一个最根本的特点就是"与生俱来的

---

① 刘大先：《新世纪少数民族文学的叙事模式——情感结构与价值诉求》，《文艺研究》2016 年第 4 期。

② 〔罗马尼亚〕米尔恰·伊利亚德：《神圣与世俗》，王建光译，华夏出版社，2002，第 4 页。

③ 魏巍：《中国当代少数民族女性诗歌研究》，人民出版社，2016，第 3 页。

通过断裂与危机来创造的意识"。① 鲍曼也认为现代性社会追求的是确定性、清晰性、连贯性、合逻辑性。然而，真实世界是一种情境化的存在，不可能天生是秩序性的。换句话说，事物的秩序是非自然的。艺术天生携带的"秩序的非自然性"便将现代性设计所追求的目标与其反作用的"他者"揭示出来，即"不可界定性、不连贯性、不一致性、不可协调性、不合逻辑性、非理性、歧义性、含混性、不可决断性、矛盾性"。②

从新媒体诗歌的空间书写所呈现的现代性表征中，我们发现此种危机意识在纸媒诗歌之中同样存在。传统诗人的写作往往有深沉的文化怀旧情绪，对现代生活的热情在工业化、商业化的冲击下分崩离析。现代性的欲求与后果的焦虑形成眷恋与挣扎的悖论。③ 换句话说，诗歌在进入网络新媒介后，并没有以"媒介"为中心形成当代纸媒诗歌与新媒体诗歌的对立。值得庆幸的是，新媒体诗歌之中，对空间断裂性采用的是弥合式的诗意书写，比如边宗的《在一座花园里安顿自己》就是脱离具体空间的情绪书写。"就把世界当成一座大花园/逛完刚好用去一生的时间。"④ 空间在诗人这里并没有分别，只是一个人徜徉其中的心灵居所。"逛"其实就是一种"散步"的心态。宗白华先生的《美学散步》将"美学"与"散步"并置，其意图是将诗意的、美学的存在状态表达出来。"行走"具有从一个地方到另一个地方的功利目的，而"散步"并非为了到达某个地方，其意义就在

---

① 〔美〕马泰·卡林内斯库：《现代性的五副面孔》，顾爱彬、李瑞华译，商务印书馆，2002，第102页。

② 〔波兰〕齐格蒙特·鲍曼：《对秩序的追求》，邵迎生译，载周宪主编《文化现代性读本》，南京大学出版社，2012，第128页。

③ 刘大先：《从差异性到再融合：后社会主义时代的各民族文学》，《南方文坛》2013年第3期。

④ 边宗：《在一座花园里安顿自己》，藏人文化网文学频道，https：//www.tibetcul.com/wx/xrxz/sg/35062.html。

到达的过程之中。故而，诗人将人所生存的空间诗意化，唯有诗意化的审视才可以将乡村空间、城市空间和神性空间之中的异质性抹平。

"现代性"的"祛魅"，将人从心灵安顿的状态之中拔出来，抛入一种冷冰冰的、逻辑理性的世界之中，一切不再神秘，一切皆可计算。正如席勒在《审美教育书简》之中所说，现代社会是一种钟表式机械地拼凑起来的社会，其每个环节都是分裂的。"国家与教会，法律与道德习俗都分裂开来了；享受与劳动，手段与目的，努力与报酬都彼此脱节。人永远被束缚在整体的一个孤零零的小碎片上，人自己也只好把自己造就成一个碎片。"① 只有诗意的审美活动才能在人和世界之间建立"游戏"关系，这种关系更为纯粹，它可以让人摆脱一切物质的和道德的强制规约。

现代性话语之中，理性主义和技术主义是塑造整个世界和社会关系结构的基本观念。按照斯蒂芬的说法，现代性便是理性的产物，对科学和技术的逻辑选择奠定了西方文学的知识权力关系。理性主义的话语形态并非中立和客观的，而是包含着对女性、阶级、种族和物种的排斥。② 现代性的社会话语表现在理性和技术至上的人类中心主义，将人类自我的生存凌驾于自然万物之上，理性主义在欲望极度膨胀之下转变为生态美学之中的非理性问题；当人的精神世界被物质欲望的刺激替代之后，虚无和无意义的精神危机就出现了，生态美学则主张人与自身、自然的和谐；技术的中立化被资本推动，从而走向对自然的控制和改造。③ 新媒体诗歌的生态书写表征为自然书写、动物批评和宗教救赎三个维度，而这三个维度与现代性批判形成一种呼应关系。自然书写呈现为对人类中心主义的符号化和视角化解构，对自然的审美化融入和对生态破坏的自我救赎的讽刺。

① 席勒：《审美教育书简》，冯至、范大灿译，北京大学出版社，1985，第30页。
② 孙越、蔡榆芳：《技术现代性批判及其思考——基于技术女性主义视角的研究》，《云南社会科学》2014年第6期。
③ 陈军：《生态美学与现代性》，《南京师范大学文学院学报》2005年第1期。

动物批评的诗学策略体现在动物叙事视角的自然性、人类欲望膨胀对动物生命的剥夺、"杀生"与"救赎"的讽刺性悖论。面对自然环境所存在的生态问题，新媒体诗歌通过宗教观念以及哲学思辨来实现对生态困境的理论超越。

新媒体诗歌的女性主义批评混杂着现代性话语之中的种种冲突。新媒体诗歌之中的"女性形象"包含诗人笔下的女性形象，比如母亲形象的伟大、乡村女性形象的淳朴、城市女性形象的堕落，其背后隐藏着新媒体诗人内心对城市现代化的抗拒。同时，在新媒体诗歌之中，空间承载着女性的精神、生活和命运。当生活空间进入现代化和城市化的进程后，"城市"被塑造为扭曲和污染女性的空间，而"乡村"则是对女性精神和灵魂救赎的地方。故而，对空间的书写往往是以"故乡""自然"空间为出发点，其旨归却是生命的安放、灵魂的归属和世界意义的宗教式追问。

女性的新媒体诗歌写作裹挟于悖论性、冲突性和多元性的现代性中，其独有的诗歌形象构建于西方话语、本土经验和媒介逻辑的博弈中。在现代性形成的过程之中，理性化与男性气质被权力话语规约为等同的。在男性话语下，女性是被排除在现代性进程之外的，"现代主义所强调的实验性、自觉性和反讽的美学，被视为体现了对情感、欲望和身体所具有的诱惑感的一种敌对和防御性的反应"。①新媒体时代，女性诗歌写作之中的"女性经验"主要体现在：去欲望化的身体书写被用于拟化世界、被视为痛苦和创伤根源。女性独有的生理和心理经验形成独特写作技巧和诗歌意象选择，如"黑夜"和"镜子"等。这种写作姿态本身是对男性中心的理性主义美学话语的挑战。女性天生的直觉和感性与信仰书写形成审美性同构，这让女性诗人的创作更能在形而上的言说中游刃有余。

随着资本流动性、空间流动性和媒介融合性，现代性社会逐渐

---

① 〔美〕芮塔·菲尔斯基：《现代性的性别》，陈琳译，南京大学出版社，2020，第32页。

意识到西方一元现代性的话语体系的局限，人对现代性进程产生了迷茫与忧虑。"人类命运共同体"作为中国提出的多元现代性话语的核心概念可以克服西方现代性带来的种种危机。新媒体诗歌从媒介共生、多元叙事和文化创伤等方面构建着共同体理论。诗歌主体与现实生活主体之间存在着某种身份符号的分裂关系。由于网络媒介本身具有一种符号性的遮蔽特征，主体更愿意在媒介之中呈现不同于现实的性格、身份和角色。

20 世纪末，"电脑"对于普通人来说是一种新工具，"上网"是一种新鲜的生活尝试，"网瘾"是一种需要被克服或治疗的"疾病"。然而随着技术发展，每个人都被卷入网络之中，无处可逃、无时可避。深处网络之中，非正常的"疾病"成为所有人的"正常"生活状态。前网络时代，人绝对地处于现实身份之中；网络时代初期，人游走于现实身份和虚拟身份之间；而今大量的人将虚拟身份当成自我的真正身份。比如，人们更愿意在网络展示美颜或美形后的自己，长此以往，自己在潜意识之中将真实的自己排除在外，默认网络中的身份才是真实自我。同时，新媒体的网络身份往往是以自我个体喜好和价值判断为中心（以微博、朋友圈为代表，表现为我只愿意看到我愿意看到的信息或评论），于是身份的建构在媒介冲击之下出现一种原子化倾向。故而网络新媒介逐渐参与甚至主导着每个人的身份建构，成为身份认同所绕不开的力量。

参考文献

一 专著

《土族简史》，民族出版社，2009。

S. N. 艾森斯塔特：《反思现代性》，生活·读书·新知三联书店，2006。

阿盖尔：《宗教心理学导论》，陈彪译，中国人民大学出版社，2005。

阿伦·布洛克：《西方人文主义传统》，群言出版社，2012。

阿斯特莉特·埃尔：《文化记忆理论读本》，冯亚琳编，余传玲等译，北京大学出版社，2012。

埃德加·莫兰：《方法：思想观念》，秦海鹰译，北京大学出版社，2002。

艾略特：《艾略特诗学文集》，王恩衷编译，国际文化出版公司，1989。

安斯加·纽宁、维拉·纽宁：《文化学研究导论：理论基础·方法思路·研究视角》，闵志荣译，南京大学出版社，2018。

保罗·莱文森：《软利器——信息革命的自然历史与未来》，何道宽译，复旦大学出版社，2011。

保罗·莱文森：《手机：挡住的呼唤》，何道宽译，中国人民大学出版社，2011。

保罗·莱文森：《人类历程回放：媒介进化论》，邬建中译，西南师范大学出版社，2017。

　　本尼迪克特·安德森：《想象的共同体：民族主义的起源与散布》，上海人民出版社，2017。

　　彼得·贝格尔：《神圣的帷幕——宗教社会学理论之要素》，高师宁译，上海人民出版社，1991。

　　蔡爱芳：《性别视角小的女性题材诗歌》，吉林大学出版社，2014。

　　茶居、萧何编选《生命之重：中国百位诗人献给汶川的 100 首诗》，海峡文艺出版社，2008。

　　朝戈金等主编《全媒体时代少数民族文学的选择》，中国社会科学出版社，2016。

　　陈定家：《文之舞：网络文学与互文性研究》，社会科学文献出版社，2014。

　　陈定家选编《审美现代性》，中国社会科学出版社，2011。

　　陈东原：《中国妇女生活史》，商务印书馆，2017。

　　陈晓明主编《现代性与中国当代文学转型》，云南人民出版社，2003。

　　陈仲义：《中国前沿诗歌聚焦》，中国社会科学出版社，2009。

　　储卉娟：《说书人与梦工厂：技术、法律与网络文学生产》，社会科学文献出版社，2019。

　　丹尼尔·贝尔：《后工业社会的来临》，高铦等译，江西人民出版社，2018。

　　丹尼尔·伯斯坦、戴维·克莱恩：《征服世界——数字时代的现实与未来》，吕传俊、沈明译，作家出版社，1998。

　　单小曦：《媒介与文学》，商务印书馆，2015。

　　道格拉斯·凯尔纳：《媒体文化——介于现代与后现代之间的文化研究、认同性与政治》，丁宁译，商务印书馆，2004。

　　丁来先：《诗人的价值之根》，中国社会科学出版社，2011，第

65 页。

董秀丽：《20 世纪 90 年代女性诗歌研究》，中国社会科学出版社，2019。

杜小真编选《福柯集》，上海远东出版社，1998，第 534 页。

段义孚：《恋地情结》，志丞、刘苏译，商务印书馆，2018。

樊义红：《文学的民族认同特性及其文学性生成》，中国社会科学出版社，2016。

范周主编《网络文学批评》，知识产权出版社，2019。

费孝通：《中华民族多元一体格局》，中央民族大学出版社，2019。

弗·施勒格尔：《雅典娜神殿断片集》，李伯杰译，生活·读书·新知三联书店，1986。

弗里德里希·包尔生：《伦理学体系》，何怀宏、廖申白译，中国社会科学出版社，1988。

龚举善：《新中国少数民族文学总体研究的叙述框架》，人民出版社，2016。

郭秀琴：《新时期内蒙古少数民族作家小说生态书写研究》，中国社会科学出版社，2020。

汉斯·罗伯特·姚斯：《接受美学与接受理论》，周宁、金元浦译，辽宁人民出版社，1987。

赫尔德：《论语言的起源》，商务印书馆，1998。

黄发有：《网络文学内外》，海峡文艺出版社，2021。

黄鸣奋：《位置叙事学：移动互联时代的艺术创意》，中国文联出版社，2017。

黄鸣奋：《西方数码艺术理论史》，学林出版社，2011。

黄晓娟等：《中国当代少数民族女性文学研究》，上海文艺出版社，2014。

霍俊明：《新世纪诗歌精神考察》，河北大学出版社，2014。

贾舒:《因何而生:从性别文化视角看网络文学中的男性生育题材》,中国社会科学出版社,2019。

金惠敏:《媒介的后果:文学终结点上的批判理论》,人民出版社,2005。

金振邦:《新媒介视野中的网络文学》,东北师范大学出版社,2008。

荆亚平:《当代中国小说的信仰叙事》,学林出版社,2009。

卡林内斯库:《现代性的五副面孔》,顾爱彬、李瑞华译,商务印书馆,2002。

克罗齐:《美学原理》,商务印书馆,2012。

拉尔夫·科恩主编《文学理论的未来》,程锡麟等译,中国社会科学出版社,1993。

莱恩·考斯基马:《数字文学:从文本到超文本及其超越》,单小曦等译,广西师范大学出版社,2011。

莱辛:《汉堡剧评》,张黎译,华夏出版社,2017。

赖敏:《文化产业境域的网络文学研究》,科学出版社,2017。

勒内·韦勒克、奥斯汀·沃伦:《文学理论》,刘象愚等译,浙江人民出版社,2017。

雷蒙·威廉斯:《关键词:文化与社会的词汇》,刘建基译,生活·读书·新知三联书店,2018。

雷蒙·威廉斯:《乡村与城市》,韩子满、刘戈、徐珊珊译,商务印书馆,2013。

黎杨全:《中国网络文学与虚拟生存体验》,中国社会科学出版社,2021。

李进书:《审美现代性与文化现代性:法兰克福学派思想的二重奏》,人民出版社,2014。

李灵灵:《新媒体与中国网络文学》,东南大学出版社,2020。

李西建、金惠敏主编《美学麦克卢汉:媒介研究新维度论集》,

商务印书馆，2017。

李晓峰、刘大先：《多民族文学史观与中国文学研究范式转型》，中国社会科学出版社，2016。

李晓峰：《被表述的文学：20世纪中国文学史书写中的民族文学》，中国社会科学出版社，2013。

李咏吟：《形象叙述学》，浙江大学出版社，2009。

李长中：《当代人口较少民族文学的审美观照》，社会科学文献出版社，2015。

梁平：《阅读的姿势——当代诗歌批评札记》，四川文艺出版社，2014，第7页。

梁书正：《遍地繁花》，作家出版社，2018。

林建法、徐连源主编《中国当代作家面面观》，春风文艺出版社，2010。

林平桥：《永不终止的缱绻：传统文化视野中的现当代女性诗歌研究》，吉林人民出版社，2020。

林秀琴：《当代文学与现代性经验》，海峡文艺出版社，2016，第8~9页。

刘大先：《现代中国与少数民族文学》，中国社会科学出版社，2013。

刘小枫：《现代性社会理论绪论——现代性与现代中国》，上海三联书店，1998，第19页。

刘燕：《媒介认同论：传播科技与社会影响互动研究》，中国传媒大学出版社，2010。

卢桢：《新诗现代性透视》，百花文艺出版社，2016。

吕周聚等：《网络诗歌散点透视》，中国社会科学出版社，2015。

马丁·李斯特：《新媒体批判导论》，吴炜华、付晓光译，复旦大学出版社，2016。

马尔库塞：《单面人》，湖南人民出版社，1988。

马季：《网络文学透视与备忘》，中国社会科学出版社，2010。

马克斯·韦伯：《学术与政治》，冯克利译，生活·读书·新知三联书店，1998。

马铃薯兄弟编《中国网络诗典》，江苏文艺出版社，2002。

马泰·卡林内斯库：《现代性的五副面孔》，顾爱彬、李瑞华译，商务印书馆，2002。

迈克·迪尔：《后现代都市状况》，上海教育出版社，2004。

迈克·克朗：《文化地理学》，杨淑华、宋慧敏译，南京大学出版社，2005。

麦克卢汉：《理解媒介——论人的延伸》，何道宽译，译林出版社，2011。

孟华主编《比较文学形象学》，北京大学出版社，2001。

米尔恰·伊利亚德：《神圣与世俗》，王建光译，华夏出版社，2002。

娜仁其其格编《诗歌风赏——中国当代少数民族女诗人作品选》，长江文艺出版社，2014。

欧阳可惺：《民族叙述：文化认同、记忆与建构》，暨南大学出版社，2013。

欧阳友权：《网络文学论纲》，人民文学出版社，2003。

欧阳友权：《网络文学本体论》，中国文联出版社，2004。

欧阳友权：《人文前沿：网络文学与数字文化》，中南大学出版社，2005。

欧阳友权：《网络文学的学理形态》，中央文献出版社，2008。

欧阳友权：《比特世界的诗学：网络文学论稿》，岳麓书社，2009。

欧阳友权：《网络文学研究成果集成》，中国文联出版社，2016。

欧阳友权编《网络文艺学探析》，中国社会科学出版社，2018。

欧阳友权：《网络文学批评理论与实践》，中国社会科学出版社，2019。

欧阳友权：《中国网络文学二十年（1998~2018）》，江苏凤凰文艺出版社，2019。

皮亚杰：《人文科学认识论》，郑文彬译，中央编译出版社，2002。

齐格蒙特·鲍曼：《流动的现代性》，欧阳景根译，中国人民大学出版社，2018。

乔纳森·卡勒：《文学理论入门》，李平译，译林出版社，2013。

乔治·马尔库斯、米开尔·费彻尔：《作为文化批评的人类学——一个人文学科的实验时代》，生活·读书·新知三联书店，1998。

让·鲍德里亚：《消费社会》，刘成富、全志钢译，南京大学出版社，2014。

荣跃明：《突破与转型：新世纪以来网络文学研究论文选》，东方出版中心有限公司，2017。

芮塔·菲尔斯基：《现代性的性别》，陈琳译，南京大学出版社，2020。

桑德拉·吉尔伯特、苏珊·古芭：《阁楼上的疯女人：女性作家与19世纪文学想象》，杨莉馨译，上海人民出版社，2015。

邵燕君：《网络文学经典解读》，北京大学出版社，2016。

邵燕君：《网络文学的"新语法"》，海峡文艺出版社，2021。

斯图尔特·霍尔：《表征：文化表征与意指实践》，徐亮、陆兴华译，商务印书馆，2013。

斯图亚特·霍尔：《文化身份与族裔散居》，中国社会科学出版社，2000。

宋宝伟：《新世纪诗歌研究》，中国社会科学出版社，2015。

孙旭光：《与面具共舞——中国网络诗歌现状研究》，中国戏剧出版社，2013。

梳椤：《网络文学：观察、理解与评价》，海峡文艺出版社，2020。

汤晓青主编《全球语境与本土话语：中国多民族文学论坛十年

精选集》，社会科学文献出版社，2014。

　　唐迎欣：《网络文学及其批评研究》，人民日报出版社，2016。

　　陶东风：《文化研究读本》，南京大学出版社，2013。

　　陶水平：《文化研究的学术谱系与理论建构》，社会科学文献出版社，2019。

　　王冰冰：《跨民族视域中的性别书写与身份建构——新时期以来少数民族女性创作研究》，浙江工商大学出版社，2015。

　　王纯菲等：《中国性别理论与女性文学批评》，社会科学文献出版社，2014。

　　王家新：《为凤凰找寻栖所——现代诗歌论集》，北京大学出版社，2008。

　　王杰：《现代审美问题：人类学的反思》，北京大学出版社，2014。

　　王珂：《新诗现代性建设研究》，东南大学出版社，2015。

　　王士强：《消费时代的诗意与自由——新世纪诗歌勘察》，广西师范大学出版社，2017。

　　王小英：《网络文学符号学研究》，中国社会科学出版社，2016。

　　王晓华：《在现代和后现代之间：文学艺术的转型》，黑龙江人民出版社，2006。

　　威廉·冯·洪堡特：《论人类语言结构的差异及其对人类精神发展的影响》，姚小平译，商务印书馆，1997。

　　威廉姆·沃克·阿特金森：《逻辑十九讲》，李奇译，江苏人民出版社，2018。

　　维特根斯坦：《哲学研究》，商务印书馆，2015。

　　魏巍：《中国当代少数民族女性诗歌研究》，人民出版社，2016。

　　沃尔夫冈·韦尔施：《重构美学》，陆扬、张岩冰译，上海译文出版社，2006。

　　伍明春：《现代汉诗沉思录》，海峡文艺出版社，2016。

　　西叶、苏若兮主编《界限——中国网络诗歌运动十年精选》，重庆大学出版社，2009。

　　悉尼·胡克：《历史中的英雄》，上海人民出版社，2006。

　　习近平：《携手建设更加美好的世界——在中国共产党与世界政党高层对话会上的主旨讲话》，人民出版社，2017。

　　席勒：《审美教育书简》，冯至、范大灿译，北京大学出版社，1985。

　　席慕蓉：《我的家在高原上》，上海文艺出版社，1997。

　　夏烈：《观念的再造与想象力重建》，北京大学出版社，2017。

　　夏烈主编《话语网络文学研究》，湖北教育出版社，2018。

　　夏烈：《网络文学的新传统与未来性》，杭州出版社，2019。

　　谢有顺：《成为小说家》，北岳文艺出版社，2018。

　　徐琴：《文化身份的建构与书写——当代藏族女性文学研究》，中山大学出版社，2017。

　　徐庆群：《我经过的时候你知道——小小微信现代诗歌选》，长江文艺出版社，2107。

　　徐艳蕊：《媒介与性别：女性魅力、男子气概及媒介性别表达》，浙江大学出版社，2014。

　　许苗苗：《网络文学的媒介转型》，中国社会科学出版社，2021。

　　阎志主编《中国诗歌：2010 年网络诗选》，人民文学出版社，2010。

　　阎志主编《中国诗歌：2011 年网络诗选》，人民文学出版社，2011。

　　阎志主编《中国诗歌：2012 年网络诗选》，人民文学出版社，2012。

　　阎志主编《中国诗歌：2013 年网络诗选》，人民文学出版社，2013。

　　阎志主编《中国诗歌：2014 年网络诗选》，人民文学出版社，2014。

　　阎志主编《中国诗歌：2015 年网络诗选》，人民文学出版社，2015。

　　阎志主编《中国诗歌：2016 年网络诗选》，人民文学出版社，2016。

　　阎志主编《中国诗歌：2017 年网络诗选》，人民文学出版社，2017。

　　阎志主编《中国诗歌：2018 年网络诗选》，人民文学出版社，2018。

　　阎志主编《中国诗歌：2019 年网络诗选》，人民文学出版社，2019。

阎志主编《中国诗歌：2020 年网络诗选》，人民文学出版社，2020。

扬·阿斯曼：《文化记忆：早期高级文化中的文字、回忆和政治身份》，金寿福、黄晓晨译，北京大学出版社，2015。

杨庆堃：《中国社会中的宗教——宗教的现代社会功能与其历史因素之研究》，范丽珠译，上海人民出版社，2007。

杨雨：《网络诗歌论》，中国文史出版社，2008。

伊夫·瓦岱：《文学与现代性》，田庆生译，北京大学出版社，2001。

伊格尔顿：《二十世纪西方文学理论》，伍晓明译，北京大学出版社，2007。

衣俊卿：《现代性的维度》，黑龙江大学出版社、中央编译出版社，2011。

于尔根·哈贝马斯：《现代性的哲学话语》，曹卫东译，译林出版社，2011。

于坚：《还乡的可能性》，商务印书馆，2013。

张邦卫等：《网络时代的文学书写》，中国社会科学出版社，2016。

张德明：《网络诗歌研究》，中国文史出版社，2005。

张嘉谚：《中国低诗歌》，人民日报出版社，2008。

张京媛主编《当代女性主义文学批评》，北京大学出版社，1995。

张清华：《复活的女娲长歌当哭——当代中国女性主义的诞生与女性主义诗歌》，《中华女子学院山东分院学报》1999 年第 2 期。

张桃洲主编《新世纪诗歌批评文选》，中国社会科学出版社，2016。

张晓红：《互文视野中的女性诗歌》，广西师范大学出版社，2008。

中海主编《中国微信诗歌选（2016）》，文汇出版社，2017。

周冰：《四川网络文学名篇读评》，四川大学出版社，2018。

周根红：《网络文学与网络文化》，海峡文艺出版社，2020。

周宪：《审美现代性批判》，商务印书馆，2005。

周宪：《文学与认同：跨学科的反思》，中华书局，2008。

周宪主编《文化现代性读本》，南京大学出版社，2012。

周宪主编《文化现代性与美学问题》，中国人民大学出版社，2005。

周志雄：《网络文学的兴起——中国网络文学发展文献史料辑》，人民出版社，2014。

周志雄：《网络文学的发展与评判》，人民出版社，2015。

周志雄等：《文化视域中的网络文学研究》，安徽教育出版社，2018。

周志雄等主编《中国网络文艺作品评论选》，中国社会科学出版社，2017。

庄庸、王秀庭：《国家网络文艺战略研究：中国文化强国新时代》，福建教育出版社，2018。

宗白华：《美学散步》，上海人民出版社，1999。

二　论文

《当前诗歌现状的七个问题》，《诗刊》2002年第2期。

《中共中央关于繁荣发展社会主义文艺的意见》，《人民日报》2015年10月20日。

《中国诗歌网上线五周年》，《人民网》2020年6月24日。

J. 希利斯·米勒：《全球化时代文学研究还会继续存在吗?》，《文学评论》2001年第1期。

阿顿·华多太：《诗途的身份、本真以及缘分》，《青海湖》2018年第5期。

艾晶晶：《网络文学中的女性写作流行演变》，《写作》2020年第4期。

艾伟：《文学与现代性》，《扬子江文学评论》2021年第5期。

柏贵喜：《民族认同与中华民族认同浅论》，《西南民族大学学报》（哲学社会科学版）2011年第11期。

蔡爱国：《"网络诗歌"的价值重估》，《前沿》2009年第4期。

曹顺庆、付品晶：《多民族文学史的编写问题》，《民族文学研究》2008 年第 2 期。

曹顺庆：《三重话语霸权下的少数民族文学研究》，《民族文学研究》2005 年第 3 期。

曹卫东：《文化现代性：中德现代化比较研究》，《文艺研究》1998 年第 4 期。

曾繁仁：《人类中心主义的退场与生态美学的兴起》，《文学评论》2012 年第 2 期。

曾宏伟：《脱去光环——当下新诗走向探析》，《艺术广角》2006 年第 4 期。

陈超：《"反道德""反文化"：先锋"流行诗"的写作误区》，《诗刊》2004 年第 11 期。

陈超：《"泛诗"时代的诗歌写作问题》，《深圳特区报》2013年 12 月 12 日。

陈超：《"泛诗歌"时代：写作的困境和可能性》，《文艺报》2011 年 7 月 13 日。

陈定家、唐朝晖：《网络文学：扬帆出海正当时》，《文艺争鸣》2019 年第 3 期。

陈定家：《从"茅盾文学奖新人奖"看网络文学大趋势：以"网络时代的赛车手"唐家三少为例》，《阅江学刊》2018 年第10 期。

陈定家：《网络文学理论与批评现存问题及其应对策略》，《阅江学刊》2016 年第 6 期。

陈冠梅：《论楚辞的夜、时间、命运意象》，《船山学刊》2007年第 1 期。

陈海燕：《从虚构到写实：论网络文学的题材转向》，《广西师范学院学报》（哲学社会科学版）2018 年第 4 期。

陈建岭、贾会敏：《网络文学创作和宗教神话的关联性研究》，

《名作欣赏》2012 年第 20 期。

陈军：《生态美学与现代性》，《南京师范大学文学院学报》2005 年第 1 期。

陈朴：《新世纪以来网络诗歌写作的现实意义》，《网络文学评论》2019 年第 3 期。

陈仲义：《"声、像、动"全方位组合：台湾新兴的超文本网络诗歌》，《江汉大学学报》（人文社科版）2008 年第 4 期。

陈仲义：《新世纪五年来网络诗歌述评》，《文艺争鸣》2008 年第 6 期。

赤·桑华：《赤·桑华创作谈：文学是无法用谎言来完成的》，《青海湖》2019 年第 2 期。

大解：《网络时代的诗歌（随笔）》，《星星·诗歌理论》2020 年第 10 期。

戴宇辰：《走向媒介中心的社会本体论？——对欧洲"媒介化学派"的一个批判性考察》，《新闻与传播研究》2016 年第 5 期。

单小曦：《"作家中心""读者中心""数字交互"——新媒介时代文学写作方式的媒介文艺学分析》，《学习与探索》2018 年第 8 期。

单小曦：《合作式网络文艺批评范式的建构》，《中州学刊》2017 年第 7 期。

单小曦：《媒介存在论——新媒介文艺研究的哲学基础》，《文艺理论研究》2013 年第 2 期。

单小曦：《媒介文艺学对语言论文论的改造》，《文艺理论研究》2016 年第 5 期。

单小曦：《新媒介文艺批评及"媒介说"文艺观的出场》，《中国人民大学学报》2017 年第 6 期。

党圣元：《网络文学研究的当下困境与理论突围》，《江西社会科学》2017 年第 6 期。

翟永明：《黑夜的意识》，《诗歌报》1986 年 8 月 12 日。

丁增武：《"族群边界"与"历史记忆"双重视域下的国家认同：评〈瞻对〉及阿来的"非典型西藏文本"》，《民族文学研究》2016 年第 1 期。

段玉明：《寺庙与城市关系论纲》，《西南民族大学学报》（哲学社会科学版）2010 年第 2 期。

朵渔：《球形话题的两个面》，《名作欣赏（上旬刊）》2011 年第 7 期。

范永康：《文化批评何以成为"文本的政治学"》，《山西师大学报》（社会科学版）2012 年第 1 期。

方丽：《超越人类中心主义：生态批评考评》，《外国语文》2010 年第 2 期。

方旭东：《为何儒家不禁止杀生——从孟子的辩护谈起》，《哲学动态》2011 年第 10 期。

傅钱余：《当代藏族作家的文化生态叙事研究——兼论当前国内生态批评的局限》，《中央民族大学学报》（哲学社会科学版）2015 年第 3 期。

傅钱余：《少数民族小说研究的空间维度刍议》，《天府新论》2011 年第 5 期。

盖光：《生态批评的话语表达路线》，《山东社会科学》2014 年第 1 期。

龚奎林：《媒介生态视野下的新世纪诗歌论——基于网络博客和报刊杂志的视角》，《长沙理工大学学报》（社会科学版）2012 年第 3 期。

顾红曦：《凯特·米利特的〈性政治〉与"女性形象批评"》，《外国文学研究》1998 年第 4 期。

郭军：《网络诗歌三问：困顿与迷茫中探寻未来》，《北京文学》2013 年 5 期。

郭子林：《仪式理论视野下的古埃及宗教仪式探究》，《西北大学学报》（哲学社会科学版）2014年第2期。

韩模永：《网络文学"新文类"的链接形态及其美学变革》，《社会科学战线》2017年第8期。

何道宽：《媒介环境学辨析》，《国际新闻界》2007年第1期。

何平：《"私媒体"时代的网络"诗生活"——网络诗歌》，《当代作家评论》2009年第2期。

何平：《衰退期的网络诗歌——网络诗歌》，《当代作家评论》2009年第2期。

何言宏：《转型时代的诗歌体制与诗歌文化——关于21世纪中国诗歌的一种观察》，《诗林》2020年第5期。

贺璋瑢：《关于女性宗教信仰建立的几点思考》，《华南师范大学学报》（社会科学版）2001年第3期。

胡慧翼：《向虚拟空间绽放的"诗之花"——"网络诗歌"理论研究现状的考察和刍议》，《诗探索》2002年第1辑。

胡彦：《女性写作：从身体到经验——兼论当代女作家的创作》，《当代文坛》1996年第3期。

黄炬：《构建人类命运共同体对一元现代性的超越》，《四川大学学报》（哲学社会科学版）2020年第5期。

黄鸣奋：《超文本探秘》，《文艺理论研究》2000年第6期。

黄尚恩：《"心仪于充满锐气的批评"——对话诗评家谢冕》，《文艺报》2011年12月26日。

黄仲山：《生态文学与城市文学的融合困境——反思当代生态文学中的城市意象建构》，《浙江学刊》2015年第6期。

霍俊明，《塑料骑士·网络图腾·狂欢年代——论新媒质时代的网络诗歌写作》，《河南社会科学》2004年第2期。

霍俊明：《"在谈论诗歌的时候我们在谈论什么"——2015年诗歌的新现象与老问题》，《创作与评论》2016年第2期。

霍俊明：《当下诗歌的"热病"》，《文艺报》2016 年 7 月 18 日。

霍俊明：《新诗百年谈：传统、现代性及公共性》，《文艺报》2016 年 10 月 21 日。

吉云飞：《作为"计算批评"的"远读"——以网络小说"升级文"中的节奏与情绪为例》，《中国现代文学研究丛刊》2020 年第 8 期。

姜华：《法兰克福学派与英国文化研究大众文化理论的比较研究》，《社会科学战线》2010 年第 8 期。

蒋登科：《网络时代：诗的机遇与挑战》，《文艺研究》2011 年第 12 期。

蒋东旭：《历史观照与现实反思：共同体理论的媒介维度批判》，《新闻界》2019 年第 6 期。

金春平：《宗教情怀与世纪之交文学价值的重建》，《当代文坛》2013 年第 3 期。

乐戴云：《中国女性意识的觉醒》，《文学自由谈》1991 年第 3 期。

黎杨全、李璐：《网络小说的快感生产："爽点""代入感"与文学的新变》，《海南大学学报》（人文社会科学版）2016 年第 3 期。

黎杨全：《虚拟体验与文学想象——中国网络文学新论》，《中国社会科学》2018 年第 1 期。

李洁非：《Free 与网络写作》，《文学报》2000 年 4 月 20 日。

李莉：《"风景"研究的文化地理学价值》，《广东社会科学》2020 年第 3 期。

李强：《作为数字人文思维的"网文算法"——以"明穿"小说为例》，《中国现代文学研究丛刊》2020 年第 8 期。

李少君：《草根性与新世纪诗歌》，《南方文坛》2009 年第 4 期。

李少君：《新世纪诗歌的三支建设性力量——对当前诗歌的一种观察》，《文艺报》2011 年 7 月 18 日。

李长中：《城市空间的寓言性想象与"反城市"书写》，《中南民族大学学报》（人文社会科学版）2012 年第 5 期。

李长中：《返回物的世界：新世纪少数民族诗歌的时间诗学》，《内蒙古社会科学》2020 年第 4 期。

李子荣：《"网络诗歌"辨析》，《文艺争鸣》2006 年第 4 期。

梁笑梅：《论 20 世纪中国通俗文学的范畴与形态》，《文艺研究》2011 年第 1 期。

刘春阳：《宗教经验与文学创作——以奥古斯丁的〈忏悔录〉为例》，《哈尔滨工业大学学报》（社会科学版）2014 年第 6 期。

刘大先：《从差异性到再融合：后社会主义时代的各民族文学》，《南方文坛》2013 年第 3 期。

刘大先：《新启蒙时代的少数民族文学：多元化与现代性》，《青海社会科学》2013 年第 1 期。

刘大先：《新世纪少数民族文学的叙事模式——情感结构与价值诉求》，《文艺研究》2016 年第 4 期。

刘建明：《西方媒介批评的流派》，《当代传播》2012 年第 1 期。

刘洁岷：《诗歌面对灾难与诗人身份的再确立》，《江海学刊》2009 年第 5 期。

刘昊：《大地的诉求：霍普金斯的自然诗与生态批评》，《外国文学研究》2013 年第 1 期。

刘莉：《全球化场域中中华民族文化身份与民族认同的建构》，《思想战线》2011 年第 6 期。

刘伟兵、李升亿：《论生态哲学对现代性哲学的超越》，《鄱阳湖学刊》2015 年第 6 期。

刘文良：《当前生态批评理论研究的缺失》，《云南社会科学》2007 年第 5 期。

刘晓：《媒介的文学化与文学的媒介性》，北京外国语大学博士学位论文，2013。

刘志慧：《多元并存：论三种类型的网络文学评奖》，《长治学院学报》2020 年第 5 期。

龙扬志：《"新世纪诗歌"写作的新平民倾向》，《文艺争鸣》2006 年第 1 期。

龙运荣：《全球网络时代的大众传媒与民族认同》，《广西民族研究》2011 年第 1 期。

卢嘉、刘新传：《互联网与国家认同：媒介生态学视角下基于全球 33 个国家的实证研究》，《国际新闻界》2018 年第 4 期。

卢桢：《在云端与大地之间：新媒体时代的诗歌生态》，《扬子江诗刊》2021 年第 1 期。

鲁枢元：《生态批评的知识空间》，《文艺研究》2002 年第 5 期。

鲁枢元：《生态批评视域中"自然"的涵义》，《广西民族大学学报》（哲学社会科学版）2009 年第 3 期。

罗麒：《不止于生存的策略——网络诗歌二十年论》，《扬子江诗刊》2020 年第 4 期。

罗小凤：《"诗歌事件化"作为传播策略——论新媒体时代的"诗歌事件化"现象及其反思》，《福建论坛》2019 年第 6 期。

罗小凤：《新世纪诗歌对现实的"发明"与"重塑"》，《中国现代文学研究丛刊》2018 年第 9 期。

罗振亚：《"及物"与当下诗歌的境遇》，《光明日报》2015 年 4 月 13 日。

罗振亚：《21 世纪诗歌："及物"路上的行进与摇摆》，《天津师范大学学报》（社会科学版）2015 年第 2 期。

罗振亚：《新世纪诗歌形象的重构及其障碍》，《扬子江评论》2013 年第 3 期。

吕周聚：《论网络诗歌的观念变革》，《山东社会科学》2016 年第 3 期。

马兵：《基于人类命运共同体的文学理解："世界文学"的另一

维度》，《文艺报》2017 年 12 月 22 日。

马春光：《"纸"与"网"的博弈——网络诗歌新论》，《中国石油大学学报》2014 年第 4 期。

马春光：《"自媒体"时代的诗歌形态》，《海南师范大学学报》（社会科学版）2016 年第 5 期。

马季：《2008 年网络文学综述》，《光明日报》2009 年 2 月 20 日。

马季：《IP 时代：网络文学的生存与发展之路》，《网络文学评论》2019 年第 2 期。

马季：《IP 背景下的网络文学走向》，《文艺论坛》2018 年第 1 期。

马季：《IP 的实质：网络文学知识产权漫议》，《文艺争鸣》2016 年第 11 期。

马季：《网络文学的渠道与内容关系解析》，《中国文学批评》2018 年第 3 期。

猫腻、邵燕君：《以"爽文"写"情怀"——专访著名网络文学作家猫腻》，《南方文坛》2015 年第 5 期。

毛勒堂、杨园：《何谓现代性：马克思的本质解答及其意义》，《云南社会科学》2020 年第 5 期。

南帆：《文学理论体系：文化结构、现代性、审美与文学传统》，《文学评论》2020 年第 6 期。

南帆：《文学研究：本质主义抑或关系主义》，《文艺研究》2007 年第 8 期。

牛婷婷：《西藏寺庙和城市的布局关系研究》，《西安建筑科技大学学报》（社会科学版）2015 年第 4 期。

牛学智：《文化现代性与现实主义文学理论的深入——从毕飞宇〈小说课〉说开去》，《小说评论》2019 年第 4 期。

欧阳可惺：《"走出"的批评：关于当代少数民族文学的多样性

与"单边叙事"》,《民族文学研究》2010 年第 3 期。

欧阳可惺:《中国当代少数民族文学批评与族性文化、民族主义》,《新疆大学学报》(哲学人文社会科学版) 2009 年第 2 期。

欧阳友权:《改革开放视野中的网络文学 20 年》,《中州学刊》2018 年第 7 期。

欧阳友权:《论网络文学的精神取向》,《文艺研究》2002 年第 5 期。

欧阳友权:《网络文学对传统诗性的消解》,《中国文学研究》2003 年第 3 期。

欧阳友权:《数字媒介与中国文学的转型》,《中国社会科学》2007 年第 1 期。

欧阳友权:《数字化的哲学局限与美学悖论》,《北京大学学报》(哲学社会科学版) 2005 年第 3 期。

欧阳友权:《数字媒介的人文性思考》,《社会科学战线》2008 年第 3 期。

欧阳友权:《网络审美资源的技术美学批判》,《文学评论》2008 年第 2 期。

欧阳友权:《网络文学的后现代文化情结》,《文艺理论与批评》2003 年第 2 期。

欧阳友权:《网络文学的审美设定与技术批判》,《中南大学学报》(社会科学版) 2003 年第 5 期。

欧阳友权:《网络文学批评的述史之辨》,《文学评论》2018 年第 3 期。

欧阳友权:《中国网络文学二十年》,《文艺论坛》2018 年第 1 期。

乔焕江:《资本如何影响网络文学的发展》,《人民论坛》2017 年第 8 期。

乔以钢:《论中国女性文学的思想内涵》,《南开学报》(哲学社会科学版）2001年第4期。

任毅、朱瑜雯：《当下网络诗歌对诗歌精神的建构与解构》，《海南大学学报》（人文社会科学版）2008年第5期。

桑克：《互联网时代的中文诗歌》，《诗探索》2001年第1~2辑。

邵燕君：《"典文"、"好文"与"经典性作家"——关于〈中国网络文学二十年·典文集/好文集〉》，《中国文学批评》2019年第1期。

邵燕君：《传统文学生产机制的危机和新型机制的生成》，《文艺争鸣》2009年第12期。

邵燕君：《面对网络文学：学院派的态度和方法》，《南方文坛》2011年第6期。

邵燕君：《网络时代：如何引渡文学传统》，《探索与争鸣》2015年第28期。

邵燕君：《网络文学的"网络性"与"经典型"》，《北京大学学报》（哲学社会科学版）2015年第1期。

邵燕君：《在"异托邦"里建构"个人另类选择"幻象空间——网络文学的意识形态功能之一种》，《文艺研究》2012年第4期。

沈浩波：《下半身写作及反对上半身》，《下半身》2000年第1期。

沈奇：《诗歌：从"80年代"到"新世纪"——答诗友十八问》，《当代文坛》2007年第6期。

宋蓓蓓：《回归与超越——网络诗歌的文化特征》，《中北大学学报》（社会科学版）2013年第4期。

孙斌、张艳芬：《光谱：杜威美学中的一个隐喻》，《江苏行政学院学报》2009年第6期。

孙基林：《台湾中生代网络诗歌及诗学初识》，《扬子江评论》2008年第3期。

孙晓娅：《新媒介与中国新诗的发展空间》，《文艺研究》2016年第 11 期。

孙越、蔡榆芳：《技术现代性批判及其思考——基于技术女性主义视角的研究》，《云南社会科学》2014 年第 6 期。

覃才、赵卫峰：《网民写作现象及其他中国诗歌》，《中国诗歌》2015 年第 6 期。

谭五昌：《中国当代诗歌中的死亡书写的女性经验》，《安徽大学学报》（哲学社会科学版）2007 年第 2 期。

唐晴川、李珏君：《论网络文学女性写作的叙事特征——以盛大公司旗下红袖添香网站为例》，《小说评论》2011 年第 6 期。

唐晓渡：《从内部生成视角看诗的"现代性"》，《扬子江诗刊》2021 年第 1 期。

唐晓渡：《作为"问题情境"的新诗现代性》，《文艺争鸣》2019 年第 8 期。

万冲：《生命共同体的建立——当代诗歌中的自然书写》，《淮南师范学院学报》2018 年第 6 期。

汪民安：《现代性的冲突——西方政治现代性与文化现代性的多元矛盾》，《福建论坛》2007 年第 5 期。

王本朝：《网络诗歌的文学史意义》，《江汉论坛》2004 年第 5 期。

王波：《中国现代主义诗歌中的时间意识类型》，《西安石油大学学报》（社会科学版）2011 年第 2 期。

王海洋：《"现代性时间"及其文化价值反思》，《求是学刊》2009 年第 4 期。

王家新：《"地震时期"的诗歌承担及其困境》，《诗探索》2009 年第 1 期。

王江红：《网络文学概念内涵演变》，《安庆师范大学学报》（社会科学版）2019 年第 6 期。

王杰泓：《原乡情结与中国生态文学批评的发生》，《中南民族大学学报》（人文社会科学版）2014 年第 2 期。

王磊：《"羊羔体"取代"梨花体"走红网络——迎着网络朝阳诗歌背后有长长身影》，《文汇报》2010 年 11 月 15 日。

王丽亚：《"元小说"与"元叙述"之差异及其对阐释的影响》，《外国文学评论》2008 年第 2 期。

王鹏程：《从"城乡中国"到"城镇中国"——新世纪城乡书写的叙事伦理与美学经验》，《文学评论》2018 年第 5 期。

王士强：《新世纪诗歌的活力与危机》，《文艺报》2017 年 9 月 13 日。

王晓英：《论网络文学与传统文学的审美差异》，《华中科技大学学报》（社会科学版）2014 年第 3 期。

王鑫：《诗歌：新媒体时代重放的艺术花朵》，《艺术广角》2015 年第 3 期。

王一川：《大众媒介与审美现代性的生成》，《学术论坛》2004 年第 2 期。

王元骧：《对于文学理论的性质和功能的思考》，《文学评论》2012 年第 3 期。

韦芳婧：《宗教世俗化语境下民间宗教仪式的功能变化》，《原生态民族文化学刊》2019 年第 1 期。

魏天无：《以诗为诗：网络诗歌的"反网络"倾向及其特征——从小引〈芝麻，开门吧〉谈起》，《江汉论坛》2004 年第 9 期。

温士贤：《动物伦理与非遗"马戏表演"》，《文化遗产》2018 年第 5 期。

沃尔夫冈·顾彬：《黑夜意识和女性的（自我）毁灭——评现代中国的黑暗理论》，《清华大学学报》（哲学社会科学版）2005 年第 4 期。

乌兰其木格：《论网络文学中的女性历史书写》，《当代文坛》

2016 年第 6 期。

　　吴思敬：《新媒体与当代诗歌创作》，《河南社会科学》2004 年第 1 期。

　　武翩翩：《传统文学期刊如何应对网络的挑战》，《文艺报》2007 年 3 月 1 日。

　　夏烈：《是时候提出网络文学的"中华性"了》，《光明日报》2017 年 9 月 21 日。

　　肖映萱：《"女性向"网络文学的性别实验——以耽美小说为例》，《中国现代文学研究丛刊》2016 年第 8 期。

　　谢晃：《世纪反思——新世纪诗歌随想》，《河南社会科学》2004 年第 3 期。

　　谢向红：《网络诗歌的优势与面临的挑战》，《河南社会科学》2004 年第 1 期。

　　谢有顺：《苦难的书写如何才能不失重?》，《南方文坛》2008 年第 5 期。

　　徐新建：《多民族国家的文学生活》，《中外文化与文论》2013 年第 4 期。

　　鄢冬：《当代诗歌文化记忆的三种图式》，《福建师范大学学报》（哲学社会科学版）2014 年第 6 期。

　　闫建华：《试论诗歌的空间叙事》，《外国语》2009 年第 4 期。

　　颜红：《论翟永明的"个体诗学"》，《洛阳师范学院学报》2005 年第 4 期。

　　颜翔林：《论审美时间》，《学术月刊》2020 年第 6 期。

　　杨春时：《现代性空间与审美乌托邦》，《南京大学学报》（哲学·人文科学·社会科学版）2011 年第 1 期。

　　杨冬燕：《文化生态学视野下的藏族生境与生态意识研究》，《西北民族研究》2017 年第 2 期。

　　杨四平等：《新世纪新诗的"新"》，《诗歌月刊》2009 年第

1 期。

　　杨素萍、张进辅：《民族认同的哲学研究》，《世界民族》2012年第 2 期。

　　姚洪伟：《新世纪诗歌写作的多元格局及其反思》，《创作与评论》2014 年第 24 期。

　　姚小平：《作为人文主义语言思想家的洪堡特》，《外国语》2003 年第 1 期。

　　姚新勇：《网络、文学、少数民族及知识——情感共同体》，《江苏社会科学》2008 年第 2 期。

　　叶华、朱新福：《论生态批评伦理诉求的逻辑演变与出路》，《外国语文》2016 年第 5 期。

　　殷冬水：《论国家认同的四个维度》，《南京社会科学》2016 年第 5 期。

　　尹泓：《性别政治与女性时间》，《求是学刊》2011 年第 2 期。

　　尹小松：《"网络"诗歌的前世今生》，《文艺理论与批评》2003年第 3 期。

　　尤西林：《审美与时间——现代性语境下美学的信仰维度》，《文学评论》2008 年第 1 期。

　　于坚：《"后现代"可以休矣——谈最近十年网络对汉语诗歌的影响》，《诗探索》2011 年第 1 期。

　　张承志：《母语与美文》，《青年文学》2006 年第 19 期。

　　张春：《超文本创作的形式实验及其美学价值》，《江苏社会科学》2012 年第 1 期。

　　张翠：《后审美·泛审美·反审美：网络诗歌的三个审美维度》，《南京晓庄学院学报》2017 年第 3 期。

　　张大为：《当下诗歌：文化机制与文化场域》，《理论与创作》2007 年第 4 期。

　　张德明：《互联网语境中的新世纪诗歌》，《中南大学学报》（社会科学版）2008 年第 1 期。

张洪军：《浅谈网络诗歌的喜与忧》，《诗刊（上半月刊)》2009
年第 8 期。

张厚刚：《"作为元素的诗歌"与新世纪诗歌的"世俗化"》，
《星星》2016 年第 1 期。

张江：《强制阐释论》，《文学评论》2014 年第 6 期。

张晶：《艺术媒介续谈》，《现代传播》2014 年第 8 期。

张澜、鄢玉枝：《从地方性知识角度看西方独特价值的普遍性叙
事》，《江西社会科学》2006 年第 6 期。

张立群：《论中国新诗的"现代性"问题》，《文艺评论》2012
年第 3 期。

张立群：《网络诗歌的大众文化特征分析》，《河南社会科学》
2004 年第 1 期。

张立群：《中国当代诗歌 70 年发展论说》，《山东社会科学》
2019 年第 10 期。

张丽凤、曾琪琪：《网络文学中的城市书写》，《网络文学评论》
2019 年第 2 期。

张喜田：《女性言说：在循环中实现永恒？——世纪之交女性散
文的时间意识研究》，《文艺争鸣》2011 年第 12 期。

赵小琪：《"十七年"诗歌的现代性价值》，《社会科学战线》
2015 年第 4 期。

赵小琪：《新诗的意义危机与意义重构》，《江汉论坛》2004 年
第 8 期。

郑燕：《人是媒介的尺度》，山东大学博士学位论文，2014。

支宇：《灾难写作的危机与灾难文学意义空间的拓展》，《中华
文化论坛》2009 年第 1 期。

周宪：《文学理论、理论与后理论》，《文学评论》2008 年第
5 期。

周亚琴：《当代中国女性诗歌：从理论"现实"到实践"空间"》，《东吴学术》2019 年第 6 期。

朱斌：《当代少数民族文学文化身份研究的反思》，《民族文学研究》2012 年第 4 期。

朱林：《全国少数民族文学"骏马奖"的制度属性与演化逻辑》，《民族文学研究》2019 年第 1 期。

子川：《新世纪诗歌的遮蔽与去蔽》，《文艺报》2011 年 8 月 10 日。

三　外文文献

Alan Kirby. *Digimodernism*：*how new technologies dismantle the postmodern and reconfigure our culture*. New York：The Continuum International Publishing Group Inc, 2009.

Altheide, D. L. & Snow, R. P. , *Media Logic*. Beverly Hills：Sage, 1979.

Erich Fromm, *The Revolution of Hope*：*Toward a Humanized Technology*, New York, Evanston, and London：Harper & Row Publishers, 1968.

Espen Aarseth. *Cybertext*：*Perspectives On Ergodic Literature*. Baltimore：The Johns Hopkins University Press, 1997.

Fred Davis. *Yearning for Yesterday*：*A Sociology of Nostalgia*. New York：The Free Press, 1979.

George Landow. *Hypertext* 3.0：*Critical theory and new media in an era of Globalization*. Baltimore：The Johns Hopkins University Press, 2006.

Heather Inwood. *Verse Going Viral*：*China's New Media Scences*. Seattle and London：University of Washington Press, 2014.

Jackson, John B. *The Necessity for Ruins*. Amherst：University of Massachusetts Press, 1980.

Josephr Desjardins. *Environmental Ethics*. Wadsworth Publishing Company, 1993.

Kang-I Sun Chang and Stephen Owen. *The Cambridge History Of Chinese Literature vol II.* Cambridge University Press, 2011.

Kenn Robert. *Ecocriticism: What Is It Good For?* Interdisciplinary Studies in Literature and Environment, 2000, 7 (1): 9 – 32.

Michel Hockx. *Internet Literature in China.* New York: Columbia University Press, 2015.

N. Katherine Hayles. *Electronic Literature: New Horizons for the Literary.* Notre Dame, Indiana: University of Notre Dame Press, 2008.

Riffaterre Michael. *Semiotics of Poetry.* Bloomington, IN and London: Indiana University Press, 1978.

Ryan, Marie-Laure. *Narative as Virtual Reality Immersion and Interactivity in Literature and Electronic Media.* Baltimore: The Johns Hopkins University Press, 2001.

Yi Fu Tuan. *Passing Strange and Wonderful: Aesthetics, Nature, Culture.* Washington, DC: Island Press, 1993.

Zygmunt Bauman. *Modernity and Ambivalence.* Cambridge: Polity, 1991.

后 记

还记得 1998 年第一次接触网络时，最爱浏览的便是"榕树下"文学网站。网页上那棵清新、淡雅且枝繁叶茂的大榕树承载着我的青春回忆。那时甚至没听过"网络文学"这个词，也没有意识到它将改变中国当代文学的版图，更没有意识到自己后来的学术生涯会与之交融在一起。

从十年前发表的以"新媒体文学"为主题的学术论文开始，我的学术视野便一直在新媒体文艺领域。从新媒体文学到多民族网络文学，再到新媒体诗歌，思考范围在缩减，视点却未变过。被遮蔽的和被忽略的边缘，我以为更具话语价值。本书关注的正是被边缘化的"新媒体诗歌"及其文化现代性表征。

整个写作过程比较顺利。这得益于中国社会科学院文学研究所提供的访学机会，让我可以心无旁骛地读书、写作，恍惚回到了学生时代。其间得到陈定家先生的悉心指导。陈先生学识渊博，性格随和。得知我的研究方向后，先生推荐了大量文献，这些文献为我打开了全新的学术世界。同时，研究生时的导师马正平先生了解此书的写作后，也为我设计了后续研究的方向。得两位先生指点，内心充满感激。

成书始终，深知非一己之力可为。在此，特别感谢西南民族大学中国语言文学学院领导王启涛、宫保扎西、邱富元、王菊等教授的关心和支持；感谢前辈和同事李凯、罗庆春、马建智、吴雪丽、杨荣、戴登云、邹华芬等教授的建议和意见。

　　诗的感性体验，著之以理性追问，这是写作的初衷。然停笔之时，却深感差距尚远。诸多不足，还望方家批评指正。

徐　杰

2022 年 6 月于成都府南河畔

图书在版编目（CIP）数据

　　新媒体诗歌与文化现代性 / 徐杰著. -- 北京：社
会科学文献出版社，2023.6
　　（西南民族大学中国语言文学学术文丛）
　　ISBN 978 - 7 - 5228 - 1916 - 7

　　Ⅰ.①新… 　Ⅱ.①徐… 　Ⅲ.①诗歌研究 - 中国 - 当代
Ⅳ.①I207.22

　　中国国家版本馆 CIP 数据核字（2023）第 105234 号

·西南民族大学中国语言文学学术文丛·
新媒体诗歌与文化现代性

著　　者 / 徐　杰

出 版 人 / 王利民
责任编辑 / 罗卫平
责任印制 / 王京美

出　　版 / 社会科学文献出版社·人文分社（010）59367215
　　　　　地址：北京市北三环中路甲 29 号院华龙大厦　邮编：100029
　　　　　网址：www. ssap. com. cn
发　　行 / 社会科学文献出版社（010）59367028
印　　装 / 三河市龙林印务有限公司

规　　格 / 开 本：787mm × 1092mm　1/16
　　　　　印 张：14.25　字 数：192 千字
版　　次 / 2023 年 6 月第 1 版　2023 年 6 月第 1 次印刷
书　　号 / ISBN 978 - 7 - 5228 - 1916 - 7
定　　价 / 138.00 元

读者服务电话：4008918866